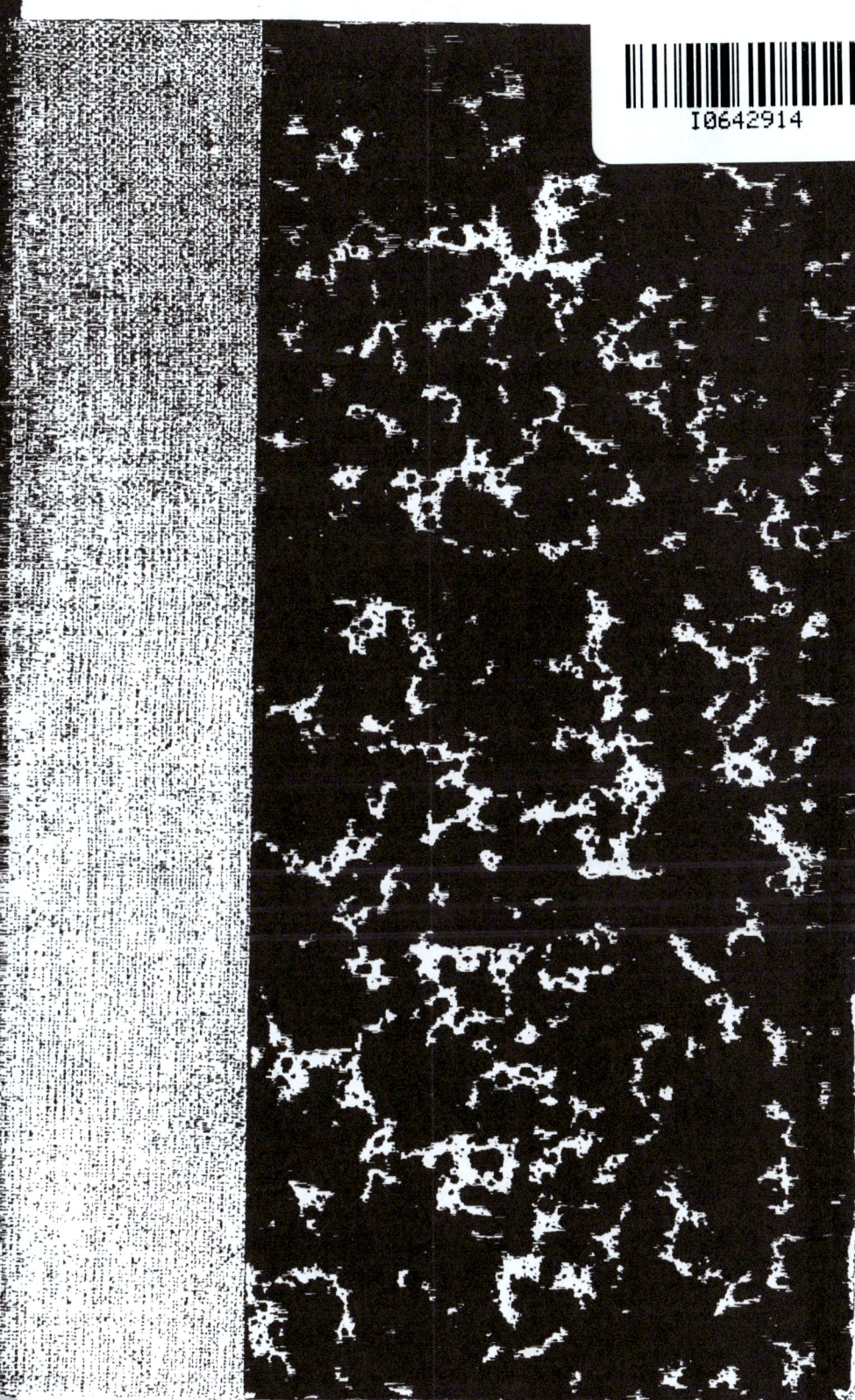

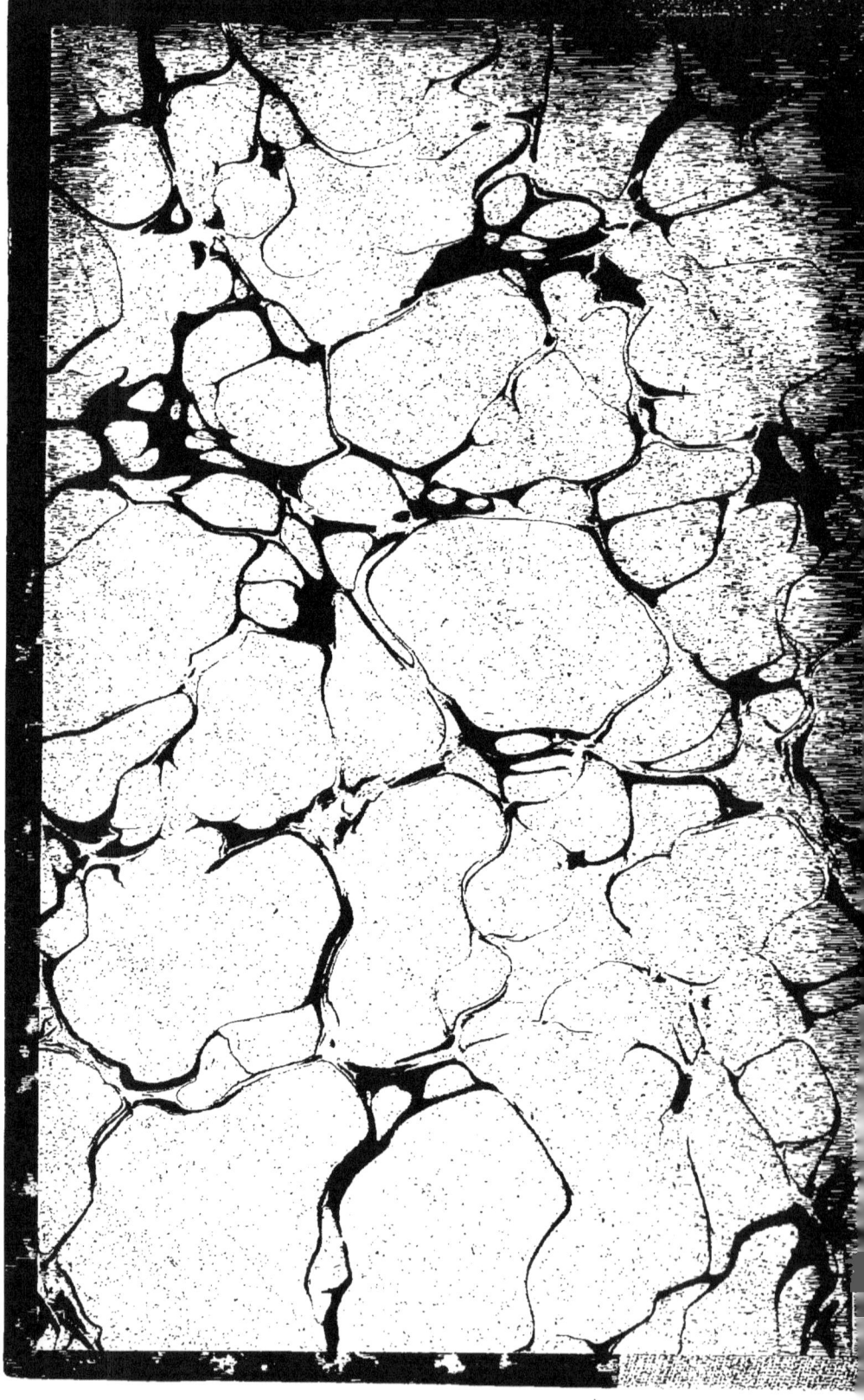

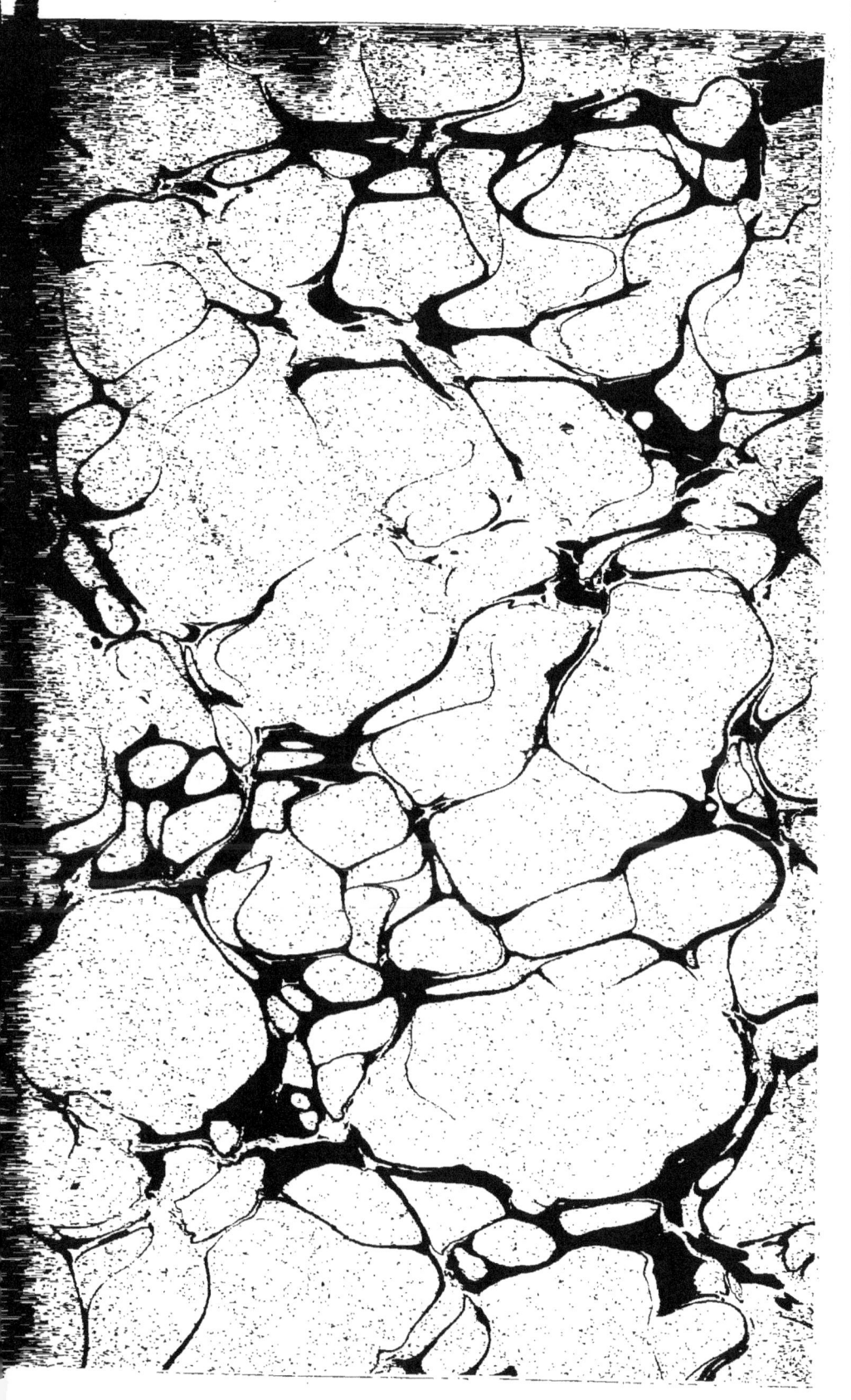

COLLECTION DES VOLUMES POPULAIRES

UN FRANC CINQUANTE — ET PAR LA POSTE: **1** FR. **75** FRANCO

LÉO TAXIL

LES 3 COCUS

ROMAN COMIQUE

PARIS

LIBRAIRIE POPULAIRE

26 & 35, Rue des Écoles, 26 & 35

LES TROIS COCUS

A LA MÊME LIBRAIRIE

—

Sous Presse :

FAUBLAS

PAR

LOUVET DE COUVRAY

———

Édition populaire complète

———

DEUX JOLIS VOLUMES A 1 fr. 50
(Par la poste : chaque volume, 1 fr. 75.)

—

C'est le même ouvrage qui s'est vendu jusqu'à présent partout **20 fr.**
Notre édition est aussi complète et ne coûte que **3 fr.**

LÉO TAXIL

LES

TROIS COCUS

ROMAN COMIQUE

PARIS

LIBRAIRIE POPULAIRE

26 et 35, rue des écoles, 26 et 35

Tous droits réservés

LES TROIS COCUS

CHAPITRE PREMIER

LE NOUVEAU LOCATAIRE DU 47.

Ce jour-là, le père Orifice, concierge de la maison n° 47 du boulevard Saint-Michel, à Paris, était dans tous ses états. Il avait passé une nuit déplorable.

Il racontait ses malheurs à la dame qui tient le kiosque à journaux en face de chez lui.

— Tout ça, s'écriait-il, c'est la faute au printemps, à la race canine et à ces gredins d'étudiants!

— Pauvre monsieur Orifice! répondait la dame du kiosque, compatissante; et ce vacarme a duré?...

— Une bonne heure, chère madame, une bonne heure .. Je dormais comme un bienheureux; Agathe ronflait... Tout à coup on sonne... Je me réveille en *cerceau*... Je frotte mes yeux... « Tiens! que je me dis, mais il me semblait que tous les locataires étaient rentrés... » Enfin, tout de même, je tire le cordon... La porte s'ouvre, reste ouverte un grand moment, puis se referme avec fracas... Il était sur les deux heures du matin... Une minute se passe dans le silence..... Puis, voilà des z'hurlements qui remplissent la cour... Je réveille Agathe... « Entends-tu ces z'hurlements? que je lui fais. — Ah! mon Dieu! qu'elle me répond épouvantée, c'est le jugement dernier »... Le fait est que ce n'était pas rassurant du tout... Je me lève cependant... en chemise, comme bien vous pensez... et je mets le nez à la fenêtre.

— Monsieur Orifice, vous me donnez le frisson.

— Il y avait de quoi, chère madame... La cour était pleine d'un tas d'ombres qui s'agitaient par terre... Et ça grouillait, et ça z'hurlait, qu'on aurait dit des âmes du purgatoire en train de demander grâce au Père Éternel... Puis, voilà que les z'hurlements se changent en aboiements lamentables... « C'est des chiens! que me fait Agathe. Poltron! est-ce que tu as peur de quelques chiens? Par où donc qu'ils sont entrés?... » Pour lors, je prends ma canne... je sors... toujours en chemise... et je tape dans le tas... Ah bien oui! il y en a un gros qui me saute après et me mord

1

le gras du mollet... Impossible de me débarra·ser de tous
ces animaux-là... Je crie : au secours !... La maison se réveille... On me jette des seaux d'eau sur la tête, sous *pré-
tesque* de calmer les chiens, qui z'hurlaient de plus fort en
plus fort... Enfin, Agathe, qui avait pris le temps de passer
une jupe, se glisse le long des murs jusqu'à la porte d'entrée, l'ouvre toute grande, et cette *émeute* enragée se décide
à sortir de chez nous...

— C'était encore une farce de ces maudits étudiants...

— Comme vous le dites, chère madame... A la poignée de
la sonnette, il y avait une lettre pendue.

— Vous l'avez lue, cette lettre ?

— Agathe s'en empara et la rapporta dans la loge... Nous
allumons la bougie, pendant que les locataires se recou-
chent en nous injuriant... et alors nous lisons cette lettre
infernale... Voici ce qu'elle disait : « *Recette pour amuser un
portier :* Prendre à minuit sur le pavé une chienne errante,
après s'être assuré qu'elle est sous l'influence des ardeurs du
printemps; la promener en la tenant en laisse pendant deux
heures, dans la rue Mouffetard ou toute autre rue fréquentée
par l'espèce canine; une fois que la demoiselle a récolté à sa
suite une trentaine de galants, faire ouvrir la première porte
venue et introduire la meute dans la cour; refermer la porte
et laisser le portier se distraire en compagnie de ces camarades inattendus. »

— C'est abominable, monsieur Orifice !

— D'autant plus abominable que cela était signé : *Sapeck*... Sapeck, chère madame, un scélérat qui est le fléau du
quartier latin...

— Ne m'en parlez pas... Il m'en a déjà fait voir de toutes
les couleurs...

— Oh! si jamais je le tiens seul à seul, dans un coin, il
apprendra ce qu'il en coûte de troubler ainsi la nuit paisible
d'un concierge comme moi.

— Et vous ferez bien !... Cet être là est un monstre !...

— Pis que cela, chère madame, c'est un *journalisse*.

Et là-dessus, le père Orifice réintégra son domicile en ju-
rant comme un charretier.

De fait, le concierge du 47 n'avait pas tout à fait tort
d'être en fureur. La farce du mauvais plaisant qu'il avait désigné sous le nom de Sapeck était d'un goût détestable. La
meute de chiens qui avait été introduite à deux heures du
matin dans sa cour, grâce à l'effet des ardeurs printanières
d'une phryné canine, lui avait littéralement coupé son sommeil, et, quand il s'était rendormi, au point du jour, entre

les bras d'Agathe, son repos avait été encore troublé par d'horribles cauchemars. Il avait rêvé qu'il était assailli par une bande de chiens enragés.

Après tout, pensa-t-il en se réveillant, qui sait si le brigand de chien qui l'avait mordu n'était pas atteint de la rage?

Il fut montrer son mollet au pharmacien le plus proche, qui profita de cette circonstance pour le cautériser dans les hauts prix.

Au surplus, le jeune Hyacinthe, son héritier présomptif, âgé de trois ans, avait eu, de son côté, une nuit tellement agitée qu'il s'oublia de la belle manière dans sa couche enfantine; ce qui lui valut une fessée soignée de la part de madame sa mère, la hargneuse Agathe.

Le père Orifice était à peine cautérisé et prenait le frais sur sa porte, lorsqu'il fut abordé par un jeune homme à l'aspect sympathique.

— Pardon, monsieur, fit le jeune homme, est-ce vous qui êtes le concierge de cette maison?

— Oui, monsieur.

— De combien de pièces, s'il vous plaît, se compose l'appartement d'entre-sol qui est à louer?

— De quatre pièces, monsieur : un salon, une chambre à coucher une salle à manger et une grande cuisine très claire. Il y a aussi un cabinet sur la cour, lequel est assez vaste et pourrait compter pour une pièce.

— Le prix?

— Mille francs, monsieur.

— Peut-on visiter?

— A votre service.

Et voilà le pipelet qui s'empresse de montrer au candidat locataire les beautés de l'habitacle.

Le jeune homme déclare que l'appartement lui convient. Toutefois, il s'informe des personnes qui demeurent dans la maison. Il ne voudrait, pour rien au monde, habiter dans une maison qui ne serait pas tranquille et respectable.

— Pour cela, monsieur, affirme le concierge, vous n'avez aucune inquiétude à avoir... L'entresol n'a que deux locataires : celui de l'appartement disponible et l'épicier du rez-de-chaussée. Au premier demeure un plumassier de la rue Saint-Denis, M. Paincuit. Au second, c'est M. Mortier, président à la vingt-cinquième chambre. Au troisième, le colonel Campistron de Bellonnet, retraité. Tous gens paisibles et fort honorables, menant chacun dans sa famille une vie patriarcale. Vous voyez que la maison est bien habitée.

Quant aux étages au-dessus, ils sont divisés en deux appartements occupés par des employés de commerce; ce ne sont pas des bourgeois, mais c'est tout comme. Partout, des ménages d'une tranquillité dont rien n'approche.

— Bien, ça me va. Et quelles sont les charges du bail?

— Six mois à payer d'avance, défense de faire monter du bois ou du charbon après dix heures du matin, et interdiction absolue d'avoir des chiens ou même des chats.

— Les oiseaux sont-ils aussi interdits?

— Pas le moins du monde.

— Je désirerais que cela fût stipulé sur le bail.

— M. Tardieu, le propriétaire, n'y verra aucun inconvénient.

— Alors, c'est entendu. Je retiens l'appartement. Voici trente francs pour le denier-à-Dieu.

— Grand merci, monsieur, vous me comblez!

— Veuillez prendre mon nom et mon adresse. Robert Laripette. Je vis de mes petites rentes. J'ai assez voyagé, et je viens me fixer à Paris. Je demeure depuis huit jours à l'hôtel de Suez, boulevard de Strasbourg. Dites au propriétaire de me préparer un bail de trois-six-neuf, résiliable au gré du locataire à chaque période de trois ans.

— Très bien, monsieur.

— En signant, je remettrai à M. Tardieu les cinq cents francs qui représentent les termes de loyer d'avance.

Le portier salua jusqu'à terre M. Robert Laripette.

Celui traversa la cour. Sur le seuil de la porte cochère se tenait, pleurnichant, un moutard renfrogné. C'était l'héritier présomptif des époux Orifice.

— Qu'as-tu, petit? demanda le nouveau locataire.

— Maman a fouetté Bébé parce que Bébé a fait caca au lit.

— Oh! maman pas gentille, dit Robert Laripette. Bébé bien sage. Tiens, voilà dix sous pour récompenser Bébé d'avoir fait caca au lit. Toutes les fois que Bébé sera bien sage, le monsieur lui donnera dix sous pour acheter bonbons.

Le jeune Hyacinthe trépignait de bonheur et oubliait complètement sa fessée.

Le concierge n'avait pas entendu le dialogue; il vit seulement que M. Robert Laripette tapotait amicalement les joues de sa progéniture et lui donnait une pièce de monnaie. Il courut à lui.

— Monsieur, vous êtes trop bon.

— Oh! ce n'est pas la peine. J'adore les enfants.

— Monsieur est marié, sans doute?

— Non, je suis au contraire tout ce qu'il y a de plus garçon; pas le moindre ménage, ni légitime, ni irrégulier.

Trois jours après, M. Robert Laripette prenait possession de son appartement. Le propriétaire lui avait octroyé un bail de trois-six-neuf, résiliable par chaque période à la volonté du preneur, stipulant que les oiseaux étaient autorisés pour le locataire; Laripette avait payé, rubis sur l'ongle, ses deux termes d'avance et avait fait retapisser à neuf. Le salon, notamment, avait été garni de papier peint représentant d'une façon admirablement frappante une forêt d'Afrique.

Le lendemain de l'entrée du nouveau locataire, le portier, en cirant l'escalier le matin, ne fut pas peu surpris de voir, vissée sur la porte de M. Robert, une belle plaque de cuivre sur laquelle on lisait ces mots :

Mlle PÉLAGIE,

Culotteuse de pipes.

CHAPITRE II

CROQUIS DE PALAIS

Les deux jeunes substituts, Edgard Belvalli et **Augustin Saint-Brieux**, étaient les plus joyeux compères que jamais le parquet de Paris eût vus. Ils avaient le même amour, et, un beau matin, ils s'étaient aperçus qu'ils allaient mutuellement sur les brisées l'un de l'autre.

La ravissante Mme Mortier, épouse du président, était l'objet de leurs communs soupirs.

— Halte-là! avait dit Augustin, je m'aperçois, mon ami Edgard, que tu es amoureux de la présidente.

— Pardon, avait riposté l'autre, c'est toi, camarade Augustin, qui roucoule pour la belle Marthe.

Ils s'étaient regardés une seconde, avaient éclaté de rire, puis avaient murmuré :

— Que nous sommes bêtes! Au lieu d'user nos moyens stratégiques l'un contre l'autre, si nous faisions alliance pour nous emparer ensemble de la place?...

Nouvel éclat de rire, peu respectueux pour le vénérable président de la vingt-cinquième chambre.

L'amour des deux jeunes substituts n'était pas une folle passion, mais bien un caprice d'écervelés.

La coquette qui avait allumé cette flamme à deux becs n'était pas du reste femme à s'offenser d'une campagne menée contre elle en partie double. Mme Marthe Mortier, adorable dans ses trente ans, était d'une bonté excessive, et, s'il lui était arrivé de succomber, cela avait toujours été par charité chrétienne et pour obéir au précepte : « Faites pour autrui ce que vous voudriez qui fût fait pour vous-même. » Hollandaise et châtain clair, elle ne savait pas refuser.

M. Mortier, solennel dévot, ne se doutait de rien, cela va sans dire. On sait que les maris ont été créés et mis au monde avec les yeux dans leur poche.

Il était sûr de la fidélité de sa femme.

Et comment en aurait-il pu être autrement?... Il faisait

coudre par les couturières des médailles de la Vierge, — médailles bénies à Lourdes, s'il vous plaît, — dans toutes les robes de madame.

— Tant que votre femme aura la médaille de Lourdes sur elle, avait dit le curé, votre contrat ne subira aucun coup de canif.

Mme Mortier n'avait jamais fait mentir l'oracle à tonsure. Si le contrat conjugal avait été criblé de coups de canif, c'est que dans ces moments critiques les saintes médailles n'étaient plus sur madame. On ne peut demander à des médailles plus que ce qu'elles ont promis.

La confiance du président Mortier égalait donc celle du vénérable Putiphar, autre magistrat, connu dans l'histoire égyptienne pour avoir été l'époux d'une conjointe également très inflammable.

Parfois, Isidore (c'était le petit nom du ministre de Thémis) bâillait à se décrocher la mâchoire dans une audience qui n'en finissait plus. En rentrant chez lui, le soir, il ne manquait pas de se dire :

— Dieu! que ce Belvalli fait des réquisitoires interminables! Lui et Saint-Brieux, voilà les deux plus intarissables robinets du parquet!

Il ignorait, dans sa candeur naïve, qu'un traité secret existait entre les jeunes complices.

Quand Belvalli était désigné pour une audience, il allait trouver Saint-Brieux :

— Tu sais, Augustin, c'est moi qui tient le crachoir, demain, à la vingt-cinquième chambre. Emancipe-toi. Je parlerai pendant trois heures.

— Merci, Edgard ; à charge de revanche.

Et Saint-Brieux, sûr de son ami, allait le lendemain voir la belle Mme Mortier. Il savait que, Belvalli occupant le siège du ministère public, l'audience finirait très tard.

Réciproquement, quand Saint-Brieux était chargé de requérir contre les justiciables d'Isidore, c'était Belvalli qui prenait du bon temps.

En vain M. Mortier disait :

— Mais, monsieur le substitut, la religion du tribunal est suffisamment éclairée: veuillez concl re.

Le jeune organe du ministère public consultait sa montre et répliquait imperturbablement :

— Monsieur le président est trop bon pour moi et trop indulgent pour ma faible éloquence; cependant, comme il me reste encore à faire valoir quelques arguments qui édifieront tout à fait le tribunal, je ne puis me dispenser de les exposer; m'abstenir, en pareille circonstance, serait faillir aux devoirs sacrés du poste qui m'a été confié. .

Et là-dessus, il enfilait une nouvelle période de phrases redondantes. C'était inouï, ce qu'il avait toujours d'arguments à faire valoir! Le président et ses assesseurs prenaient le parti de s'endormir; ce qu'ils avaient de mieux à faire.

Le plus terrible de l'histoire, c'est que Belvalli et Saint-Brieux avaient, les trois quarts du temps, un auxiliaire redoutable. Cet auxiliaire, parfaitement inconscient du reste, était un avocat natif d'Auvergne, répondant au nom de Me Anselme Bredouillard.

Celui-là était bien le plus stupide crétin que le Palais eût produit. Anselme Bredouillard avait trente-cinq ans, et il était aussi bête qu'avant son stage. Il était rouge-carotte, portant la barbe en collier. Il avait un défaut de langue, grâce auquel il se comparait modestement à Démosthène. Démosthène avant les cailloux, aurait-on pu lui répondre. On lui savait de hautes prétentions politiques; ce qui faisait bien rire les camarades du barreau. Impossible de rêver un avorton pareil, tranchant avec un aplomb aussi comique les questions de la plus grave importance. Avec ça, venimeux, revêche, fielleux, hargneux, jaloux, rageur; jamais on ne lui avait entendu dire du bien de quelqu'un. Par-dessus le marché, il était spirite.

Belvalli et Saint-Brieux exploitaient sa suffisance.

— Eh bien! maître Bredouillard, disait de temps à autre l'un des deux substituts en tapant familièrement sur l'épaule au niais Anselme avant l'ouverture d'une audience, nous allons batailler aujourd'hui. C'est vous qui plaidez dans l'affaire Machin contre Chose, et c'est moi qui aurai à donner les conclusions du ministère public. Je n'ai pas de parti pris, mais il me semble que Chose a raison contre votre client. Toutefois, je n'ai pas mon opinion définitivement faite, et je me laisserai convaincre si vous faites valoir, avec le talent qui vous caractérise, de bonnes raisons.

Bredouillard se poussait du col.

— Je vous convaincrai, répondait-il.

— Oh! ne vous avancez pas trop, cependant. Ce vous sera dur, d'établir que Machin n'est pas dans son tort.

— Que si, que si!

— Alors, il vous faudra plaider longtemps. Il est vrai que vous ne ménagez pas votre éloquence et que vous êtes de ceux qui ne fatiguent jamais leur auditoire, parleraient-ils plusieurs jours consécutifs...

— Oh! vous exagérez...

— Non pas, cher maître. Tenez, combien de temps parlerez-vous aujourd'hui?

— Dame, une heure et demie au minimum.

— Parions que durant cette heure et demie votre éloquence ne faiblira pas une seconde. Sapristi! c'est que je vous ai déjà vu à l'œuvre. Vous vous appréciez moins, à coup sûr, que je vous apprécie.

L'imbécile Bredouillard était enchanté, ravi. Il s'imaginait être le maître suprême de la parole, et il y allait carrément de ses deux heures de plaidoyer. L'audience, de M. Mortier d'une part, de Mᵐᵉ Mortier, d'autre part, en était d'autant plus allongée.

Le soir, celui des deux substituts dont les vœux avaient été comblés par la belle Marthe, disait à l'autre :

— Le président n'est rentré qu'à sept heures. Bredouillard a donc donné?

— Parbleu!

Les deux amis échangeaient une poignée de main et un sourire.

Mais le côté le plus comique de la situation, c'est que, pendant que Belvalli finissait de flirter avec la présidente, c'était le président qui portait à madame le nouveau rendez-vous de Saint-Brieux ; et réciproquement.

Voici comment le truc se pratiquait :

Il y a au Palais deux vestiaires : le vestiaire de la magistrature, et celui du barreau. Par conséquent, le parquet et le tribunal accrochent leurs chapeaux dans la même salle.

Pendant l'audience, le substitut griffonnait son billet doux. Lors de la délibération, il filait prestement au vestiaire, faisait semblant de farfouiller dans ses effets civils et glissait la missive dans la bordure intérieure de la coiffe du chapeau présidentiel.

Quand M. Mortier arrivait le soir chez lui, Mᵐᵉ Marthe s'empressait :

— Isidore, que je te débarrasse de ta canne et de ton chapeau!...

Isidore était charmé.

— Quelle perle que cette femme! murmurait Isidore.

Et Mᵐᵉ Marthe prenait adroitement sa correspondance dans l'ingénieuse boîte aux lettres. La réponse s'effectuait invariablement par retour du courrier.

Une fois, l'audience avait été tellement longue, et le substitut avait eu tant de choses à écrire, que, la corres-

pondance étant volumineuse, le chapeau n'entrait que difficilement sur la tête présidentielle.

Ce jour-là, M. Mortier était rentré à la maison en demandant de l'éther, du tilleul, de la guimauve, un bain de
pieds, des sinapismes, etc.

— Je n'en puis plus! s'était-il écrié; ces audiences se pro-
longent d'une façon ridicule. Quand Belvalli ou Saint-Brieux
sont compliqués de Bredouillard, il est impossible de répondre de la fin des débats. Sept heures de siège aujour-
d'hui, ma chère, sept heures. Nous avons commencé à midi
et nous sortons à peine de finir d'entendre les gredins! Quel
dommage qu'il n'y ait pas dans le Code un article nous per-
mettant d'appliquer à la défense et au ministère public la
peine méritée par les accusés! Sept heures, ma bichette, sept
heures d'audience! C'est épouvantable, on n'a pas idée de
ça! Tiens, regarde comme le sang m'est monté au cerveau;
je dois avoir la tête gonflée; mon chapeau a toutes les
peines du monde à entrer.

— C'est vrai, avait répondu Marthe; ta tête a grossi,
Isidore.

— Pourvu que je n'aie pas une congestion cérébrale!.....
Vite, un bain de pieds, Eglantine.

Eglantine, c'était la domestique, une luronne.

Il y avait trois mois à peine qu'elle était au service du
président.

Elle avait, dès les premiers jours, montré un très grand
attachement à madame.

Belvalli et Saint-Brieux, par contre, la voyaient de mauvais œil.

Le matin du jour où M. Robert Laripette s'était installé
dans l'appartement de l'entresol, le président Mortier avait
dit à Eglantine :

— Ma fille, hier, j'ai reçu une averse en revenant du tribunal. Faites-moi le plaisir d'aller faire donner un coup de
fer à mon chapeau.

Or, au moment où Eglantine prit le chapeau de monsieur
pour le porter au chapelier d'en face, la correspondance de
madame était déjà dans la boîte aux lettres.

Le hasard voulut que le chapelier fût absent.

La chapelière dit néanmoins qu'elle se chargeait de donner un coup de fer soigné et qu'Eglantine pouvait revenir
dans dix minutes.

En retournant la bordure de la coiffe, la chapelière trouva
un papier qui avait l'air d'une lettre. Curieuse, elle lut le
billet doux.

— Eh! eh! fit la chapelière après lecture, j'avais raison de me défier de cette délurée d'Eglantine; mon mari lui fait de l'œil, je m'en suis toujours douté, et ils ont trouvé ce moyen de correspondance, sous prétexte de coup de fer à donner au chapeau de M. le président... Les effrontés!... Heureusement, je suis là, et, sans rien dire, je veillerai au grain.

Ce disant, la chapelière avait confisqué la lettre, qui était ainsi conçue :

« Augustin, cette nuit j'ai rêvé de vous. Il me tarde de vous raconter mon songe. »

Le poulet n'était pas signé; mais la chapelière ne douta pas qu'il fût adressé à son mari. De l'un de ses prénoms, le chapelier s'appelait Augustin.

Quand la chapelière rendit à la domestique le couvre-chef du président, Eglantine remarqua que la commerçante dardait sur elle un regard mauvais.

— Tiens! pensa-t-elle, qu'a donc Mme Suprême à me regarder ainsi? Dirait-on pas que je lui ai mangé sa soupe?... Ces marchands de casquettes, ça se croit sorti de la cuisse de Jupiter... En voilà-t-il, des airs que ça se donne!... La prochaine fois, j'irai faire astiquer mon coup de fer par M. Plumet, leur concurrent du quartier.

CHAPITRE III

UNE SOIRÉE CHEZ LE COLONEL

Il y avait soirée, ce même jour, chez le colonel Campistron de Bellonnet, le locataire du troisième; soirée intime.

Le colonel avait pour femme une petite brune, Pauline de
Bellonnet, dont il avait ajouté le nom patronymique au
sien, — pour arrondir la phrase, disait-il.

Pauline, malicieuse enfant de la Provence, avait le diable
au corps.

M. et Mme Mortier étaient au nombre des invités du colonel, ainsi que Saint-Brieux et Belvalli. Il y avait là
aussi une vieille brisque, le général Sesquivan, un breton,
sénateur réactionnaire, qui avait battu en retraite à Lille, et
qui, sous l'Ordre-Moral, avait commandé un état de siège
dans le Midi; il était décoré pour avoir dressé des poteaux
d'exécution, ce qui faisait dire qu'il portait un caillot de
sang républicain à la boutonnière. Le président Mortier ne
manquait jamais, quand il rencontrait le général chez Campistron, de le féliciter sur ses exploits; mais la vieille
brisque, que la connaissance d'une archiduchesse de paco-
tille avait totalement ramolli, répondait aux félicitations par
des grognements sourds qu'Isidore ne savait comment interpréter. Le fait est que le général Sesquivan avait une manière de grogner telle qu'on ne savait jamais au juste s'il
était de bonne ou de mauvaise humeur.

Un autre invité du colonel était un jeune avocat imberbe
qui, politiquement parlant, était un vrai caméléon. Il se disait démocrate et ne fréquentait que le monde monarchiste;
il se disait libre-penseur et venait de se marier à l'église de
la Trinité. Georges Lapaix était neveu de Campistron.

Campistron était bonapartiste, et Mme Lapaix cléricale.

Aussi, Georges se tenait le raisonnement suivant:

— J'arriverai quand même. Si la République dure, je me
pousserai comme républicain. Si l'empire revient, mon oncle
me patronnera. Si c'est le comte de Chambord, en avant les

influences de la famille de ma femme! Quand j'aurai un
fils, j'en ferai un orléaniste, ce sera la poire pour la soif de
mes vieux jours.

On voit par là que, comme Polichinelle, Georges Lapaix
était réussi.

Tandis que les invités prenaient le café, Saint-Brieux avait
murmuré quatre mots à l'oreille de Mme Mortier :

— Rien dans la coiffe!

Mme Mortier avait regardé son mari en blêmissant.

— Il aura découvert le truc, avait-elle dit à voix basse.

La soirée parut bien longue à la présidente et au substitut. Cependant M. Mortier ne sourcilla pas.

Il causa longuement avec le colonel et le général. Le sujet de la conversation était la politique.

— Nom de Dieu! hurlait Campistron, tout le monde se
rallie à cette sacrée Marianne que le diable emporte! Jusqu'à Galiffet, maintenant, qui pose pour le républicain! C'est
indécent! Où allons-nous?...

— Je vous demande pardon, dit l'avocat Lapaix inter-
venant. Galiffet n'a rien changé à ses anciens sentiments.
C'est un habile homme qui, par une adroite et très judi-
cieuse tactique, fait semblant de...

— Laisse-moi tranquille, mon neveu... Toi, d'abord, tu
n'as pas voix au chapitre... Ici, tu nous fais parade d'opinions énergiquement conservatrices; mais je sais très bien
qu'au dehors...

— Mon oncle!

— Tra, la, la! Monsieur Georges, je ne suis pas une an-
douille, et ce n'est pas à moi, mille tonnerres! que l'on fera
prendre des rougets pour des carpes!...

A ce mot de carpes, le général Sesquivan poussa un grognement.

— Carpe au bleu! fit-il en donnant un coup de poing sur
la table... Saut de carpe!... Boum!... et Carpentras!...

Tout le monde se regardait, ahuri.

Belvalli, souriant, poussa le coude à Saint-Brieux.

— Tu sais, lui fit-il de façon à n'être entendu de personne
autre, voilà que ça lui prend, à ce vieux dur à cuire; s'il se
met à faire de l'esprit, cela va être drôle...

Heureusement, M. Mortier s'empressa de maintenir la
vieille brisque, à qui les yeux sortaient de la tête.

— Calmez-vous, général, disait-il... Voyons, soyez raisonnable... N'envenimez pas la discussion.

Le général poussa un nouveau grognement et retomba au
fond de son fauteuil pour ne rien dire de quelques minutes.

Pauline Campistron, à qui la politique donnait sur les nerfs, profita de l'incident pour mettre brusquement la conversation sur une autre voie.

— A propos, monsieur Mortier, vous savez que l'appartement de l'entresol est loué? ·

— Non... Qu'est-ce que cela peut me faire?

— On ne sait pas. Placide, en descendant tantôt, a vu sur la porte la plaque du nouveau locataire. Il paraît que c'est une dame, et même une dame qui exerce une profession... tout à fait extravagante.

— Bigre!

Cette exclamation avait été poussée par Campistron et par le président à la fois.

Le colonel sonna Placide.

Placide était son valet de chambre, précédemment son ordonnance, à l'époque où Campistron était en activité. Placide parut.

Raide comme un automate, il salua et dit :

— Qu'y a-t-il au service de mon colonel?

— Placide, demanda Campistron, ma femme est folle; elle prétend que depuis aujourd'hui la maison est mal habitée, et qu'il y a, à l'entresol, une locataire exerçant une profession... extravagante.

Placide salua.

— Madame la colonelle n'est pas folle, dit-il. J'ai vu la plaque en cuivre de l'appartement de l'entresol, occupé depuis hier. Cette plaque porte : *Mlle Pélagie, culotteuse de pipes.*

— Qu'est-ce que cela signifie? firent le président et Campistron.

Et Mme Mortier ajouta :

— Avez-vous interrogé le concierge, Placide?

— J'ai interrogé M. Orifice, madame. Il ne sait pas lui-même ce que cela veut dire. Ce n'est pas à une demoiselle qu'il a loué, mais bien à un jeune homme brun, grand, à petite moustache, avec une figure rouge et un long cou, qui a pris un bail de trois-six-neuf et a dit ne pas être marié...

— Pas marié!... Parbleu! une demoiselle Pélagie, culotteuse de pipes!

— Non, messieurs, non, mesdames.... Ce jeune homme a dit formellement n'être marié ni de la main droite ni de la main gauche... Il a déclaré vivre sans père ni mère, sans frère ni sœur, sans enfants ni parents, ni amis d'aucun sexe...

— Mais alors?

— Le concierge n'en sait pas plus long. Il donne sa langue aux chiens. A propos de chiens, il y a trois nuits... mais ça, c'est une autre histoire... Pour en revenir au locataire, il a emménagé hier et est sorti ce matin de très bonne heure.... Il n'est pas rentré de la journée... On ne sait pas où il est... Il a laissé son appartement fermé et il n'y a, en effet, personne chez lui... M. Orifice a regardé et écouté pendant une heure par le trou de la serrure...

Tandis que Placide donnait ces détails, Mme Campistron savourait à petites gorgées sa tasse de café.

Placide continuait :

— Ce locataire a pourtant paru être un jeune homme très convenable ; il vit de ses rentes, n'a pas hésité pour donner le premier prix qu'on lui a demandé de l'appartement... C'est un monsieur fort bien qui a beaucoup voyagé, paraît-il, et qui se nomme Robert Laripette.

A ce nom, Mme Campistron poussa un petit cri.

— Qu'as-tu, Pauline ? dit le colonel.

— Rien, j'ai avalé une gorgée de travers... Ce n'est rien, mon ami, c'est passé.

Placide fut renvoyé à l'office et les conversations reprirent leur train. Chacun se demandait qui trouverait la clé de ce mystère.

— Assez causé là-dessus ! fit tout à coup le colonel. Toutes ces bricoles-là, ça m'énerve ! Quand nous jaserions pendant trois ou quatre éternités, cela ne nous avancerait à rien... Cette culotteuse de pipes, la première fois que je la rencontre dans l'escalier, je la prends par la peau du dos et je la déménage... Et si le propriétaire ne veut pas lui casser son bail, on entendra parler du colonel Campistron de Bellonnet, nom de Dieu !... Voilà comme je suis, moi !

Et en disant cela, il prenait machinalement le *Figaro* du jour qui se trouvait là et le froissait.

— Voyez-vous, poursuivait-il, ce n'est pas parce j'ai durci mon cuir dans les casernes que j'accorderais des circonstances atténuantes à l'inconduite !... Tout ce qui est contre les mœurs, chansons grivoises, dîners en cabinet particulier, mariages au vingt-unième arrondissement, adultères, soirées chez Bullier, et cætera, tout ci, tout ça, condamnation à mort... L'adultère surtout, fusillé et coupé en morceaux... Mille millions de mille millions ! c'est heureux que Pauline soit une épouse modèle... mais si elle mourait et que je vinsse à me flanquer d'une Messaline, nom de Dieu ! ça tournerait mal... Une canne à épée, un revolver... Ah ! miséricorde ! je plains les amoureux !

Le colonel était devenu violet. Il écumait. Il se rassit tout sec en disant :

— Non, en voilà assez! Parlons d'autre chose!

On l'avait laissé dire; car chacun connaissait sa manie, qui était de fulminer à tout propos contre les gens de mœurs légères et de faire, sans s'en prendre à personne de son entourage, des scènes terribles dans lesquelles les menaces aux adultères jouaient un grand rôle.

En cela, Campistron suivait un plan qu'il s'était tracé. Beaucoup plus âgé que sa femme, il s'était dit que pour s'assurer la fidélité de Pauline il devait lui faire bien entrer dans la tête que la moindre galanterie serait pour elle son arrêt de mort. La fidélité conjugale par la terreur, tel était son plan. Aussi, ne laissait-il jamais échapper l'occasion d'une sortie furieuse à propos des femmes qui joséphient leurs maris.

Son petit tapage terminé, Campistron ouvrit le *Figaro*, et sans autre formule de politesse :

— Vous savez, messieurs, causez de ce que vous voudrez. Moi, je vais lire mon journal.

Et, en effet, il se plongea dans sa lecture, tandis que les invités reprenaient une troisième fois leurs conversations sur la pluie et le beau temps. Seul, le général ne disait rien.

Il y avait cinq minutes que Campistron était tranquille, lorsqu'il bondit sur sa chaise :

— A la bonne heure, nom de Dieu! voilà que le *Figaro* purifie sa petite correspondance... La petite correspondance, c'était la seule chose qui me heurtait dans ce journal... Toujours des déclarations d'amour et des rendez-vous contre les maris! Aujourd'hui cela va mieux... La correspondance galante cède le pas à la correspondance militaire... Vive Dieu! mes compliments au journal!...

Sur ce, déployant majestueusement la feuille, il lut à haute voix :

— « Correspondance à 3 francs la ligne..... TAMBOUR-MAJOR. Je suis dans la forteresse. *L'oursin retiré de la demi-lune.* »

En entendant cette lecture, Mme Campistron rougit jusqu'aux oreilles, mais personne n'y prit garde.

Le colonel était joyeux au possible.

— Tambour-major, forteresse, demi-lune, s'écria-t-il, tout ça, cela me botte. Vive l'armée, nom de Dieu! Il n'y a que l'oursin que je ne comprends pas.

On allait peut-être chercher à déchiffrer cette correspon

dance que Campistron qualifiait de militaire, quand un grand bruit se fit dans l'escalier.

— Au secours! au secours! criait-on.

Placide ouvrit gravement la porte pour aller voir ce qui se passait. Une jeune femme blonde, échevelée, se précipita, suivie d'un gros monsieur, poussif, essoufflé.

Chacun de placer son mot.

— Qu'y a-t-il?

— C'est M. et Mme Paincuit.

— Les locataires du premier.

— Que leur est-il arrivé?

Mme Paincuit, plumassière, se trouvait mal, on s'empressait autour d'elle.

Elle prononçait des phrases entrecoupées.

— Vivante!..... Oh! c'est affreux..... Quelle infamie!... L'avoir conduite ici!... Je l'ai vue... Elle est vivante!...

— Rassure-toi, Gilda, disait M. Paincuit en tapant dans les mains de sa femme.

— Mais qu'est-ce donc? lui demandait-on.

Tous étaient vivement intrigués. L'air terrifié de la femme contrastait singulièrement avec la physionomie du mari, qui paraissait ivre de bonheur et qui, lui aussi, répondit par phrases entrecoupées:

— Oui, vivante... et belle!... Rien n'est plus beau qu'elle!... Elle est dans la maison... Elle y restera!

A ce dernier mot, Mme Paincuit fut prise d'une crise violente.

— O Néostère, murmura-t-elle, vous êtes sans pitié, vous me ferez mourir.

Et elle s'évanouit.

La porte était restée grande ouverte. Il y avait toujours du vacarme dans l'escalier. Quelqu'un se précipita encore chez les Campistron. Cette fois, c'était le père Orifice, le concierge. Il était affolé. Ses cheveux étaient tout ébouriffés.

— Aïe! aïe! aïe! geignait-il, quel malheur!

— Mais qu'est-ce donc? interrogeait-on à la ronde, pendant que le plumassier Paincuit s'efforçait de faire revenir sa plumassière.

— Nous sommes perdus, répondit le portier... Je l'ai vue...

— Qui?

— Pélagie...

— La culotteuse de pipes?

— Oui... Elle m'a avalé mes lunettes!

Et le père Orifice s'arrachait une poignée de cheveux.

Vlan! au même moment un coup de poing formidable retentit. C'était le général Sesquivan qui sortait de sa torpeur.

— Lunette à chaud! beuglait la vieille brisque après un grognement... Lunettes de dinde!... Boum!... Serpent à lunettes!...

CHAPITRE IV

ORIGINES DE L'OURSIN ET DE LA DEMI-LUNE

Pendant que nous y songeons, nous ne ferions sans doute pas mal d'apprendre au lecteur à quelle époque se sont passés les faits dont nous avons jusqu'à présent donné le récit : c'est dans la seconde quinzaine de juin 1881.

Au commencement du mois, un événement qui devait avoir une grave influence sur l'existence de Pauline Campistron, avait eu lieu à Marseille.

Nous avons dit que la brune épouse du colonel était née sur le sol de l'ardente Provence : elle était marseillaise pur sang, marseillaise des allées de Meilhan. Elle appartenait à une famille de négociants qui, de père en fils, faisaient le commerce des blés et minotaient à leur compte depuis des siècles. L'un de ses ancêtres avait été anobli sous l'ancien régime pour avoir, dans une époque de disette, accompli des sacrifices vraiment patriotiques dont le résultat fut d'empêcher les farines de monter à des cours trop élevés.

Le dernier des de Bellonnet n'avait eu qu'une fille, Pauline. Sa femme était morte de bonne heure, et il ne s'était pas remarié. Il aurait bien voulu faire épouser à Pauline un homme de négoce; mais elle s'était toquée du colonel Campistron qui, en 1874, au moment où la brunette atteignait sa majorité, était à Marseille en activité de service.

Pauline avait énergiquement revendiqué ses droits de majeure et déclaré qu'elle n'aurait pas d'autre mari que le colonel. Bref, le papa de Bellonnet avait baissé pavillon devant les exigences de mademoiselle, fille unique et enfant gâtée. Il lui avait constitué une dot de cent mille francs. Du coup, Campistron avait pris sa retraite et emmené sa jeune femme à Paris.

Le papa de Bellonnet, abandonné, n'ayant plus de goût pour son commerce, avait vendu sa minoterie, et, s'établissant rentier, passa sa vie à voyager entre Marseille et Paris, dépensant un mois dans sa chère ville natale et un mois auprès de sa fille adorée.

A ce jeu-là, il fit une consommation effrayante de billets de première au profit de la Compagnie P.-L.-M., et nous n'étonnerons personne en disant qu'il ne tarda pas à trouver la mort dans un accident, cette compagnie étant renommée à juste titre pour ses déraillements, explosions de locomotives, tamponnages, rencontres de trains, etc.

Ce décès valut à Pauline un héritage qui, augmenté de l'indemnité à laquelle le chemin de fer fut condamné, porta à vingt-cinq mille francs les revenus annuels du ménage Campistron.

Le mariage avait été pour Pauline une cruelle illusion dont elle fut promptement désabusée. Elle s'était laissé séduire par l'éclat d'un pantalon rouge, et n'avait pas tardé à reconnaître que la gloire militaire est une fumée trompeuse.

Combien de femmes sont dans ce cas-là! Que de demoiselles de famille, qui ont tout pour elles, jeunesse, beauté, fortune, dédaignent la redingote civile, qu'elles trouvent trop vulgaire, pour s'accrocher à l'uniforme d'un brillant officier? Et le grade supérieur donc, c'est cela qui tourne facilement la tête aux jeunes filles élevées dans un couvent quelconque du Sacré-Cœur. Etre la femme d'un commandant, d'un colonel, quel rêve! Ces fils de Mars vous ont de tels airs vainqueurs que mesdemoiselles s'imaginent des choses, des choses!... Quelle désillusion le lendemain de la noce!... Madame la nouvelle mariée s'aperçoit alors que le proverbe « promettre et tenir sont deux » est un dicton rigoureusement vrai; mais il est trop tard.

Tel était le cas de Pauline. Elevée au pensionnat du Saint-Nom-de-Jésus, elle avait eu, dès quinze ans, la tête farcie d'un tas de frivolités et de gaillardises comme on n'en apprend que dans les couvents de religieuses.

Les chants mystiques de la chapelle et les romans apportés en cachette par les autres pensionnaires lui avaient fait désirer un rapide mariage avec quelque héros de grandes batailles.

Elle savait par cœur et tout au long le cantique de saint François de Sales :

> Vive Jésus, vive sa force,
> Vive son agréable amorce!
>
> Vive Jésus, quand sa bonté
> Me réduit dans la nudité!
>
> Vive Jésus quand il m'appelle
> Sa sœur, sa colombe, sa belle!

Vive Jésus en tous mes pas !
Vivent ses amoureux appas !

Vive Jésus, lorsque sa bouche
D'un baiser langoureux me touche !

Vive Jésus dont tous les sens
Exhalent parfums enivrants !

Vive Jésus, quand ses blandices
Me comblent de chastes délices !

Vive Jésus, quand ses beaux yeux
Jettent un regard gracieux !

Vive Jésus, qui me tourmente !
Vive Jésus, qui me contente !

Vive Jésus qui prend mon cœur
Et qui le remplit de bonheur !

Vive Jésus, lorsqu'à mon aise
Il me permet que je le baise !

Vive Jésus, dont le désir
M'inonde d'un si doux plaisir !

Vive Jésus, lorsque, pâmée,
Je me trouve en lui transformée ! (1)

On comprendra sans peine qu'une jeune fille, élevée aux chants de pareils cantiques, aspire, après les joies mystiques du ciel, aux douceurs plus confortables du paradis terrestre.

La veille encore du jour où M. le maire ceignit son écharpe en l'honneur des *novis* (2), le colonel apparaissait aux yeux de la brune Pauline comme un Jésus en chair et en os ; une auréole de gloire militaire, planant sur sa tête, relevait encore son prestige. Par exemple, le lendemain, quand ses anciennes compagnes de pension l'avaient interrogée, curieuses, la jeune épouse avait répondu, avec une moue significative, que le mariage était une amère déception.

Néanmoins, pendant sept années consécutives, c'est-à-dire jusqu'au mois de juin 1881, Pauline avait été, envers son retraité de mari, d'une fidélité remarquable. Ce furent les

(1) Ce cantique, qui est un curieux échantillon de la littérature religieuse, se trouve textuellement dans le volume : *Les Perles de Saint François de Sales, ou les plus belles pensées du bienheureux*, mises en ordre par le Révérend père Huguet, de la Compagnie de Jésus. Le volume, qui est de 320 pages in-32, a été édité à Paris, en 1871, par la librairie catholique Ruffet.

(2) Mot marseillais qui veut dire : les nouveaux mariés.

épines d'un oursin qui déchirèrent, pour la première fois, la robe de sa chasteté conjugale.

Mme Campistron, en allant se fixer à la capitale, avait conservé de bonnes relations à Marseille avec tous ses parents, et surtout avec un vieux grand-oncle et une vieillle grand'tante, M. et Mme Garoutte. Ces deux antiques débris de la branche féminine de Bellonnet demeuraient au cours Bonaparte (actuellement cours Pierre-Puget), et c'était chez eux que Pauline avait son pied-à-terre quand elle venait, dans la cité phocéenne, vivre quelques jours d'une existence embaumée de parfums méditerranéens.

A Marseille, la saison des bains de mer commence tôt. Dès les premiers jours de juin, la clientèle afflue dans les établissements de la plage du Prado et de la petite baie rocailleuse d'Endoume.

Pauline, nageuse consommée, ne manquait jamais d'accourir aussitôt que l'eau était annoncée comme supportable. Son établissement favori était celui des Catalans.

Cette année-là, contrairement à l'habitude, il n'y avait pas trop de baigneurs ; non pas que l'eau fût encore froide, mais parce qu'il courait en ville des bruits sinistres. Les journaux affirmaient qu'un navire marchand, revenant de l'Italie avec un chargement de viandes mal salées, avait jeté en vue de la Corse une partie de cette cargaison infectante, à la grande joie des requins dont ces parages sont encombrés ; et l'on ajoutait qu'une dizaine de ces squales féroces avaient suivi le bateau jusque dans la rade de Marseille. L'*Egalité*, le *Sémaphore*, le *Petit Marseillais*, le *Citoyen* et la *Gazette*, toute la presse de l'endroit, en un mot, avait raconté les luttes homériques engagées, aux environs de Planier ou de l'île Pomègue, entre les requins et les barques de pêcheurs aventureux.

La ville se trouvant sous le régime de l'état-de-siège, la commission municipale avait demandé au général d'envoyer dans la rade un remorqueur garni de soldats armés jusqu'aux dents pour exterminer les poissons maudits.

Naturellement, la force armée n'avait pas trouvé la queue d'un requin et le remorqueur s'en était revenu bredouille, pour la plus grande gloire du chroniqueur fumiste qui avait donné le vol à ce gigantesque canard.

Toutefois, bon nombre d'amateurs de bains de mer n'étaient pas trop rassurés, et les établissements chômaient. Celui du Roucas-Blanc, principalement, qui, déjà en temps ordinaire, est délaissé par la population, voyait ses actions de plus en plus en baisse.

Quelques rares intrépides, seuls, ne partageaient pas la
pétouche (1) générale et inauguraient bravement la belle saison. Parmi les plus vaillants était un jeune homme qui
avait fait les voyages de la côte d'Afrique, en qualité de
docteur à bord des vaisseaux anglais, et qui avait couru bien
des dangers, — ceux-ci point imaginaires, — en se baignant au
Sénégal et au cap de Bonne-Espérance. Il était brun, grand,
avait une figure rouge plantée sur un grand cou et portait
une petite moustache. Nos lecteurs le connaissent déjà ;
c'était Robert Laripette.

Il était né au Cap de parents français, avait fait ses
études à Paris, études médicales ; mais, ayant le goût des
voyages, il avait mis à profit ses connaissances de docteur
pour se faire admettre comme médecin à bord dans une
Compagnie de vapeurs desservant les comptoirs anglais qui
sont échelonnés tout le long de la côte occidentale africaine.
Orphelin de père et de mère, élevé grâce à la tutelle d'un
parent, qui, chose bien extraordinaire, ne lui avait pas
mangé son petit héritage, il avait eu, à son tour, la sagesse,
une fois majeur, de ne pas le gaspiller. Même il avait rapidement accru sa modeste fortune au moyen de missions
scientifiques que lui confiait le gouvernement anglais. Ainsi,
à chacun de ses voyages, il rapportait à Londres quantité
d'animaux rares, empaillés ou vivants, qui lui étaient payés
à prix d'or par les Muséums et les Jardins zoologiques de la
Grande-Bretagne ; serpents, autruches, crocodiles, il captu-
rait et transportait de tout. Il n'était pas jusqu'aux crânes
de nègres, — qu'il déterrait dans les cimetières africains et
qu'il faisait artistement mariner en route, — dont il ne dotât
les cabinets d'histoire naturelle de la vieille Albion.

Avec cela, Robert Laripette était un garçon d'une gaieté
folle. Nous ferons connaître, à un prochain chapitre, quelle
était sa théorie sur la question de l'amour, théorie curieuse
qu'il n'avait pas inventée, — car il l'avait lue dans un livre
de M. Alfred Naquet, — mais qu'il s'était juré de mettre en
pratique.

Robert, disons-le hardiment, avait tout pour plaire.

Quand il arriva à Marseille, il se trouvait à la tête de
cent quarante mille francs gagnés en quelques années, ce
qui prouvait son intelligence et son activité, et économisés,
ce qui prouvait son esprit d'ordre. Ce pécule, placé à gros
intérêts dans des comptoirs de la côte, lui rapportait bon
an mal an, de huit à dix mille francs. Il avait vingt-huit ans

(1) Mot marseillais qui signifie : crainte, appréhension, alarme.

et jugeait le moment venu de se reposer sur ses lauriers.
Quant à sa science pathologique, il la garderait pour lui.
D'une nature essentiellement indépendante, il n'avait jamais
eu une seconde l'idée de s'établir docteur en médecine, position fort honorable sans doute, mais qui rend tout à fait
esclaves ceux qui l'exercent. Être de jour et de nuit à la
discrétion du premier malade venu qui envoie sa bonne ca-
rillonner chez vous?... Non, cette perspective ne lui souriait
pas.

Il s'était dit :

— Maintenant, je me fixe à Paris; avec mille francs pour
mon loyer annuel, et sept cent cinquante francs par mois
pour le reste, c'est bien le diable si nous ne menons pas,
Pélagie et moi, la vie la plus heureuse du monde!

Donc, avant de se rendre à la capitale, Robert Laripette
s'était arrêté à Marseille et y prenait quelques bains de mer.

Il s'en donnait à cœur joie.

Et, tous les jours, c'étaient des exercices natatoires exé-
cutés en pleine eau, loin de l'établissement, à la grande
admiration des baigneurs.

Une baigneuse des Catalans était aussi intrépide que
Robert : Mᵐᵉ Campistron. Les deux amateurs d'eau salée ne
se connaissaient pas. Ils arrivaient à part, chaque après-
midi, entre quatre et cinq heures; l'un entrait par la porte
Bain des hommes, et l'autre par la porte Bain des dames.
Quelques minutes après, on se retrouvait au large. Sans se
parler, obéissant d'instinct à cette émulation qui existe entre
tous les nageurs, on tirait des coupes, on allongeait des
brassées, cela à peu de distance, chacun se disant à part soi
en pensant à l'autre :

— Tu ne vas pas mal, mais je vais mieux que toi.

Et allez donc! vive le bain de mer! et zut pour les requins!

Au bout de trois jours de ce manège, le propriétaire de
l'établissement était convaincu qu'il avait affaire à deux
amoureux qui n'avaient que la natation et la pleine mer
pour mode et lieu de rencontre.

Or, ledit loueur de caleçons était dans la plus complète
erreur.

A peine trois ou quatre fois, Robert et Pauline, nageant
côte à côte, avaient échangé des phrases banales, comme
celle-ci :

— Cristi! j'ai bu un coup...

— Je vous plains; elle est diablement salée...

Ou bien :

— Ouf ! je m'arrête, j'en ai assez pour le quart d'heure...

— Ne vous gênez pas, je vous attends en faisant la planche...

Le 5 juin (Robert et Pauline garderont toujours le souvenir de cette date), les deux baigneurs étaient allés tout à fait au large. Mme Campistron, qui était venue à l'établissement quelques minutes avant son émule en natation, et qui avait à son actif un plus long service de bras et de jambes, se trouva une seconde fatiguée.

Au lieu de faire la planche pour se reposer, elle se dirigea vers un petit rocher qui émergeait de l'eau.

L'atteindre et s'asseoir dessus fut l'affaire d'un clin d'œil; mais au moment où elle venait de prendre la position turque sans avoir bien assuré sa base, une vague la souleva brusquement et la laissa retomber avec lourdeur sur le roc à deux pas plus loin de la place choisie.

Pauline poussa un cri.

En trois brassées, Robert fut auprès d'elle.

La nageuse se tenait la main à l'endroit que les plaisants appellent la lune, et son visage exprimait une vive douleur.

— Qu'est-ce, madame? Que vous est-il arrivé?

— C'est une **co**quine de vague... aïe ! aïe !... qui m'a assise sur un oursin !

CHAPITRE V

L'OURSIN ET LA DEMI-LUNE SE COMPLIQUENT DU TAMBOUR-MAJOR

Ne vous asseyez jamais sur un oursin, mesdames mes chères lectrices ; on ne sait pas où un animal de ce genre peut vous mener.

Demandez plutôt à Pauline Campistron.

La colonelle se tenait le bas du dos et répétait :

— Oh ! que ça cuit !.. oh ! que ça cuit !...

Robert Laripette était de son naturel très charitable. Il aimait son prochain ; surtout quand son prochain était représenté par une ravissante brune en caleçon de bain de mer. Mettez-vous un peu à sa place ; vous vous seriez senti des élans extraordinaires de charité, hein ?

Il prit pied sur le rocher et offrit ses services :

— Madame, si vous voulez bien permettre ?...

La colonelle ne lui laissa pas le temps de finir la phrase. D'un geste brusque, elle arracha le malencontreux oursin, en répondant à Robert :

— Vous êtes trop bon, monsieur... voilà qui est fait...

Seulement, elle se trompait, la charmante dame ; ce n'est pas par un mouvement brusque que l'on doit arracher un oursin de n'importe où il lui a pris fantaisie de s'incruster.

La précipitation qu'elle mit dans l'affaire fit qu'une bonne partie des épines du coquillage se cassèrent net et restèrent enfoncées dans la demi-lune de la belle.

Elle ne tarda pas à s'en apercevoir. A son premier mouvement, elle éprouva une douleur plus vive que d'abord.

Nouveaux « aïe ! aïe ! »

Laripette offrit derechef ses services.

— Madame, dit-il, je suis docteur en médecine. J'avoue que le cas pathologique qui s'offre aujourd'hui à ma faible science n'est pas prévu par les auteurs que j'ai étudiés ; mais je crois pouvoir affirmer que, si madame veut bien me confier le soin de guérir sa blessure, je m'en tirerai à mon honneur et à l'honneur de la Faculté.

Pauline rougit très fort.

— Mais, monsieur, je ne puis pas cependant...

— Non, madame, vous pouvez sans crainte... Un médecin n'est pas un homme comme un autre... Extraire des épines d'oursin n'est pas pour moi une distraction, mais un sacerdoce...

En disant cela, il était grave et solennel.

La colonelle réfléchissait.

Elle se dit que, somme toute, il lui faudrait bien subir l'opération d'un docteur quelconque. Elle se vit allant sonner à la porte du D\u1d63 Mittre, médecin très réputé à Marseille, et lui exposant son cas. Elle serait obligée de donner des détails, de raconter toute l'histoire.

Le médecin ne la croirait peut-être pas sur parole.

Il lui poserait sans doute des questions :

— N'y a-t-il personne dans votre famille, votre père ou votre grand-père, ou votre bisaïeul, à qui pareil accident soit arrivée? En d'autres termes, l'épine d'oursin ne serait-elle pas chez vous une affection héréditaire?

Ces docteurs sont si indiscrets!

Bien sûr, elle mourrait de honte en demandant une telle consultation.

Et dire qu'il lui était facile d'éviter un interrogatoire aussi ennuyeux!... Et elle hésitait?...

Brusquement, elle prit le bon parti.

— Soit, monsieur, j'accepte votre gracieux office, mais pas ici!

En effet, le rocher à fleur d'eau sur lequel se tenait ce dialogue n'était pas assez éloigné du rivage pour que les promeneurs et les pêcheurs à la ligne ne s'aperçussent point de l'opération.

— Madame, fit Robert, mes services vous sont acquis où vous voudrez.

Alors, on discuta l'endroit où le jeune docteur exercerait ses talents chirurgicaux.

Dans l'établissement des bains?... Impossible! Le patron s'opposerait à ce que Laripette entrât dans une des cabines du côté réservé aux dames... Et puis, dans le cas où l'on donnerait une explication au patron, le pédicure, l'inévitable pédicure attaché à l'établissement, ne manquerait pas de prétendre que l'on empiétait sur ses prérogatives... Or, M\u1d50\u1d52 Campistron voulait bien confier ses pieds au pédicure, mais pas autre chose.

Où irait-on alors?... Dans un hôtel de la ville? Mais la ville est encore assez loin!... Aller jusqu'à un hôtel du centre, ce serait s'imposer le supplice d'un autre Calvaire.

Laripette eut une idée.

— Écoutez, madame, dit-il, il y a moyen de tout arranger. Vous allez regagner l'établissement, moi aussi; vous vous habillerez en toute hâte; vous irez de là chez Isnardon, le petit restaurant qui est à deux pas. Ou, pour mieux dire, nous nous y rendrons ensemble. Je commande un petit dîner, avec des huîtres et du champagne. Je vous laisse là pendant une demi-heure, le temps de sauter dans un fiacre et d'aller chercher ma trousse. Je reviens, je vous opère et nous dînons. Cela va-t-il?

— Votre combinaison, mon cher monsieur, ne manque ni de charme ni de logique... Seulement, il y a un seulement...

— Lequel?

— Je dois aller dîner chez mon oncle et ma tante Garoutte. De là, selon le programme de ma soirée, j'ai à me rendre au théâtre du Gymnase pour voir jouer la *Fille du Tambour-Major*.

— Eh bien! les Garoutte et la *Fille du Tambour-Major* se passeront de vous.

— C'est que voici : j'ai loué une loge pour ce soir..

— Les Garoutte iront tout seuls.

— Pardon. Mon oncle et ma tante ne viennent pas au théâtre. J'ai loué une loge parce que, n'ayant personne pour m'accompagner au Gymnase, je ne tiens pas à être remarquée aux premières ou aux fauteuils d'orchestre.

— Faites alors le sacrifice complet de votre soirée de théâtre.

— Je ne dis pas non; mais mon oncle et ma tante Garoutte ont la manie, quand je suis allée un soir au spectacle, de me faire raconter le lendemain mes impressions sur la pièce qu'on a jouée. Or, si je leur débite une narration de fantaisie, ils peuvent s'en apercevoir, car ils lisent tous les journaux et connaissent tous les comptes rendus.

— Qu'à cela ne tienne! J'ai vu la *Fille du Tambour-Major* avant-hier; je vous raconterai cette opérette en dînant.

— Ma foi, s'il en est ainsi, je ne vois plus d'objection à vous faire... Ah! si, pourtant!...

— Encore?

— Et le dîner?... Mon oncle et ma tante seront inquiets en ne me voyant pas venir...

— Vous leur écrirez de chez Isnardon qu'ils n'aient pas à vous attendre, que le bord de la mer vous a séduite, que vous dînez sur la plage et que de là vous irez directement au théâtre... En allant chercher ma trousse en ville, je remettrai votre billet à un commissionnaire...

— C'est parfait .. Votre esprit est fort ingénieux, monsieur le docteur... Je vous en fais mon compliment.

— Madame, vous m'honorez beaucoup... Sur ce, nous agirions comme des gens avisés en nous remettant à la nage pour retourner à l'établissement... Souffrez-vous encore?

— Oh! oui, cela cuit diablement, l'oursin!

— En nageant, vous éprouverez moins de douleur qu'en restant assise.

— C'est vrai.

On se remit donc à la nage.

Une demi-heure après, Pauline et Robert retenaient un cabinet chez Isnardon. Le jeune docteur commandait une plantureuse bouillabaisse.

La colonelle écrivit une lettre ainsi conçue :

« Cher oncle et chère tante,

« Ne m'attendez pas pour dîner. Je reste au bord de la mer, où je vais manger quelques coquillages; vous savez que j'adore les oursins; il y en a ici de superbes. J'irai directement au Gymnase.

« PAULINE. »

L'*Angelus* n'était pas encore sonné à Notre-Dame-de-la-Garde, quand Robert Laripette revenait chez Isnardon. Il avait remis la lettre à un commissionnaire en ville, et il rapportait sa trousse.

Avec une adresse admirable, il retira une à une toutes les épines du fameux oursin; puis il pansa la blessure.

Pauline était émerveillée; l'opération avait été faite sans qu'elle eût éprouvé la moindre douleur.

Si l'on dîna de bon appétit, je ne vous le dirai point.

Robert raconta, avec force détails, la *Fille du Tambour-Major*.

La colonelle expliqua au jeune docteur comme quoi elle était mariée à une espèce de sauvage qui ne parlait que de la couper en morceaux si jamais il apprenait qu'elle avait lacéré son contrat du moindre coup de canif.

— Mais alors, c'est un tigre, le colonel Campistron? observa Laripette, qui s'était enquis du nom de sa charmante cliente.

— Tout ce qu'il y a de plus tigre!

— Diable!

Pauline se versa un verre de champagne (ce n'était pas le premier) et dit :

— Croyez, monsieur Robert, que je n'ai pas peur des tigres.

— Ni moi non plus! riposta Laripette.

Ils se regardèrent en riant.

— Vous êtes adorable, reprit le jeune docteur après un moment de silence.

— C'est une déclaration?

— Parbleu!

La colonelle pencha sa tête sur l'épaule du jeune homme. Robert prit cette tête dans ses mains et l'embrassa.

— Et vous, Robert, fit tout à coup Pauline, vous ne m'avez pas fait connaître votre état civil... Je sais bien votre nom, votre profession; je sais que vous avez beaucoup voyagé... Mais êtes-vous garçon ou marié?

— Garçon.

— Vous n'avez jamais songé au mariage?

— Pas encore.

— Allons donc!

— Je vous le jure.

— Vous avez bien eu cependant des maîtresses?

— Oui, mais si fugitives!...

— Aucune n'a fixé votre cœur?

— Aucune.

— C'est étrange. Charmant comme vous l'êtes, — je puis bien le dire, — vous avez dû faire pas mal de conquêtes... et vous ne campez encore sur aucun des terrains conquis?

— Je n'ai pas de famille, pas d'ami, pas de maîtresse.

— Vous vivez absolument seul?

— Non.

— Vous voyez bien que vous êtes attaché à quelqu'un.

Elle se versa encore un verre de champagne et se rapprocha de lui.

— C'est vrai, j'ai quelqu'un qui m'aime, fit Robert.

Pauline pinça les lèvres avec une sorte de dépit.

— Quelqu'un?... ou quelqu'une?

— Quelqu'une.

La colonelle eut un mouvement d'impatience; elle était nerveuse, l'ancienne petite pensionnaire du Saint-Nom-de-Jésus.

— Et comment l'appelez-vous, fit-elle en serrant les dents, celle qui vous aime?

— Oh! c'est une amitié qui est sincère, mais qui ne tire pourtant pas à conséquence...

— Mais enfin... son nom?

— Pélagie.

Pauline froissa sa serviette avec colère.

— J'en était sûre... Il a une maîtresse!...

— Mais non!

— Robert, vous vous êtes moqué de moi... Vous venez de me dire que je suis adorable.

— Je le maintiens...

— Et vous en aimez une autre!

— Allons, bon! vous êtes jalouse de Pélagie... Si vous saviez?...

— Quoi donc?

Laripette se pencha à l'oreille de Pauline et lui dit deux ou trois mots à voix basse. Elle éclata de rire. Ils s'embrassèrent.

Peu après, le colonel entrait dans la confrérie dont saint Joseph est le patron.

Il était minuit quand les deux amoureux foulèrent le pavé de la ville. Robert racontait à la belle la fin du *Tambour-Major*.

En la quittant devant la porte des Garoutte, il se disait à part lui :

— Elle n'est pas jolie, jolie; mais elle vous a un esprit!... un esprit!... D'abord, tous les nez retroussés sont spirituels et charmants!...

Messieurs les maris, méfiez-vous des nez retroussés qui vont s'asseoir sur des oursins...

CHAPITRE VI

LES PARFUMS DE LA MUSE

Tandis que nous sommes à Marseille, demeurons-y encore un peu. — L'année dans laquelle le colonel Campistron épousa mademoiselle Pauline de Bellonnet, fut marquée par un autre mariage, dont l'historique est nécessaire pour que nos lecteurs comprennent bien la suite de ce récit.

Le chef-lieu des Bouches-du-Rhône est renommé, chacun sait ça, pour sa quantité phénoménale de water-closets. On ne peut pas faire un pas à Marseille sans se heurter à un de ces établissements, dont il faut bien reconnaître la nécessité, mais qui toutefois dans la cité phocéenne sont en trop grande abondance. Partout on aperçoit de belles boutiques à devanture en couleur tendre avec cette inscription au sommet : *Lieux d'aisance, 5 centimes*. A Marseille, cela ne coûte que cinq centimes. C'est la loi générale de l'offre et de la demande : plus grande est la concurrence, plus le commerce est obligé de baisser ses prix. Allez à la place du Grand-Théâtre, à Marseille, votre regard sera frappé par l'innombrable multitude de cabinets inodores qui s'offrent aux clients pressés. Le long des quais qui entourent les ports, c'est une succession d'établissements du même genre; là, les enseignes portent des inscriptions dans toutes les langues du globe; touchante attention pour les marins de nationalités si diverses qu'amènent chaque jour mille et mille vaisseaux. Aux Allées, sur la Canebière, à la Plaine, derrière la Bourse, partout enfin, même multiplicité de reposoirs hygiéniques, chacun vantant en grosses lettres la supériorité de son système. Mais c'est surtout sur le Cours que les lieux d'aisance marseillais se font une concurrence acharnée; en ce point de la ville, ils sont du reste plus luxueux que partout ailleurs : lavabo à la sortie, petits becs de gaz pour rallumer les cigares, salon de décrottage, papier à discrétion, bref, toutes les commodités.

En 1874, deux de ces maisons du Cours étaient en guerre. Elles étaient situées vis-à-vis l'une de l'autre. La première,

Aux Délices de l'Orient, avait la clientèle du général commandant l'état de siège ; la vieille dame du comptoir, légitimiste fanatique, avait, dans une journée mémorable,
déposé une couronne de fleurs sur la tête du général Sesquivan, vainqueur de l'insurrection et restaurateur de la pro-
cession annuelle du Sacré-Cœur. L'autre maison, *Aux Méditations de Lamartine,* était également en vogue, mais pour
des motifs d'un ordre tout différent. Tandis que les *Délices
de l'Orient* devaient leur succès à la politique, les *Méditations de Lamartine* devaient le leur à la jeunesse de la
demoiselle de magasin. D'un côté, clientèle aristocratique,
de l'autre clientèle d'adorateurs. En allant aux *Délices de
l'Orient,* les conservateurs de la ville accomplissaient un devoir sacré, ils manifestaient en quelque sorte en faveur de
la royauté et de la religion ; par contre, les jeunes galantins
qui se pressaient et souvent même se forçaient aux *Méditations de Lamartine* rendaient hommage à la beauté de mademoiselle Paméla Dujasmin.

Georges Lapaix qui, à cette époque, était célibataire et
n'avait que vingt-trois ans, ne manquait jamais, quand il
venait voir à Marseille son oncle Campistron, de faire un
pèlerinage sentimental chez Paméla.

Un autre adorateur de la demoiselle, — mais celui-ci
tenace et habitant la ville, — c'était le jeune poète Pharamond Le Crêpu. Pharamond Le Crêpu avait deux ans de plus
que le neveu du colonel. Il était cordonnier de son état, et,
tout en ressemelant ses bottes, il versifiait. Mais quels vers !
Ses amis affirmaient qu'après Victor Hugo il était le premier
poète de France ; et lui, qui considérait son talent comme
bien au-dessus de celui de l'auteur des *Châtiments,* disait :

— Quel dommage pour Hugo que ce siècle ait encore
vingt-six ans à vivre ! Dans vingt-six ans ma gloire aura
effacé la sienne, et c'est moi qui laisserai mon nom au
siècle !

Le mot est authentique. Notre cordonnier ne s'en croyait
pas moin que cela. Dans l'histoire du monde, le dix-neu-
vième siècle, prétendait-il, s'appellerait le siècle de Pharamond Le Crêpu. Le jeune Pharamond, brun, grêlé, barbu à
la diable, chevelu en crinière mérovingienne, ne faisait pas
seulement que des vers et des souliers ; il fricotait encore de
la politique. A ce point de vue, il s'était juré d'être toujours
plus avancé que n'importe qui ; les radicaux étant au sommet du pinacle du suffrage universel, il s'intitulait alors collectiviste et considérait Louis Blanc comme un vil réactionnaire. L'aiguille de sa boussole politique se tournait tou-

jours vers une exagération; sa muse littéraire était Paméla.

Que de stations fréquentes et prolongées il faisait chaque soir aux *Méditations de Lamartine!* Les jours où la cordonnerie avait bien donné, il arrivait muni d'un superbe bouquet. Son cœur battait fort quand il approchait de la maison où trônait la belle; il pensait défaillir lorsqu'il apercevait la devanture rose tendre de la boutique et cet écriteau supplémentaire en saillie sur la rue : « Arrêtez-vous ici! n'allez pas en face! » Il offrait son bouquet et engageait la conversation :

— Comment cela va-t-il, depuis hier?

— Pas mal, Monsieur Pharamond. La santé est bonne et les affaires sont en pleine prospérité. Nous avons aujourd'hui, sur la recette d'hier, une augmentation de huit francs, ce qui représente une plus-value de cent soixante têtes. Les *Délices de l'Orient* sont dans une rage folle. Papa tient de Vitalis, le liquoriste, que notre concurrente va faire peindre sur son enseigne une inscription en sous-titre : « Ici c'est le Paradis; en face, c'est l'Enfer. » Quand nous nous sommes établis, elle comptait que nous ferions de mauvaises affaires; mais, jusqu'à présent, elle en est pour ses frais de jalousie... Et, à part ça, êtes-vous satisfait, vous?

— Je n'ai pas à me plaindre sous le rapport matériel. J'ai reçu aujourd'hui une commande importante de babouches turques pour un bazar de Paris. C'est votre beau-frère le chapelier, M. Suprême, qui m'a valu ça. Malheureusement, je ne suis pas outillé en conséquence; je ne fais pas le gros. Je vais passer la commande à un confrère et je gagnerai ainsi sans peine une bonne commission.

— Il y a longtemps que ma sœur aînée ne m'a plus écrit.

— M. Suprême, son mari, me dit dans sa lettre que tout le monde se porte à merveille.

— Ah! tant mieux!

— En politique, je gagne tous les jours du terrain. Ce matin, j'ai eu la visite d'une délégation du Cercle Collectiviste de Gratte-Semelle, qui me demande une conférence sur la *Liquidation sociale*. Je crois qu'aux prochaines élections je pourrai poser ma candidature avec des chances de succès.

— Monsieur Pharamond, je suis bien aise de constater que tout vous réussit à souhait.

— Tout?... Hélas!... non!...

— Que manque-t-il à votre bonheur?

— Oh! vous le savez bien, cruelle... Il me manque ce mot que j'attends depuis des siècles, il me manque ce consente-

ment que j'implore à vos genoux, il me manque ce « oui »
que vous me refusez, bien que ma flamme soit pure; car,
vous le savez, ce n'est pas à la honte que je veux vous mener,
comme vos autres adorateurs; non, c'est par les liens les
plus légitimes, chère Paméla, que je voudrais que nous fus-
sions liés...

— Plus bas, monsieur Pharamond, je vous en prie... Il y
a, derrière ces cloisons à jour, des clients qui peuvent nous
entendre.

En effet, pendant ce dialogue, les clients entraient et sortaient. Le service ordinaire était effectué par une bonne; il
n'y avait que dans les cas de grande presse que Mlle Paméla
donnait un coup de collier. C'était du reste une justice à lui
rendre, elle n'était pas fainéante et mettait volontiers la
main à la pâte.

Mais Pharamond Le Crêpu se souciait peu d'être entendu
ou non par la clientèle de l'établissement. Il tira de sa poche
un rouleau de papier.

— Tenez, cruelle, écoutez, dit-il, les vers que vous m'ins-
pirez. Voici la poésie que j'ai faite hier soir en vous quittant
et sous le rayons de la pâle lune.

Et il se mit en devoir de déclamer :

> Le front dans la nuée et les pieds dans l'a...

— Plus bas, monsieur Pharamond, plus bas! reprit
Mlle Dujasmin.

Le poète recommença en baissant un peu le ton :

> Le front dans la nuée et les pieds dans l'abîme,
> Clairon de l'Idéal, je sonne le réveil;
> Mais, brûlé par l'Amour, l'Amour qui me décime,
> Je sens mon cœur sécher comme un linge au soleil.

A ce vers, le poète fut interrompu par une explosion de
sanglots qui partaient d'un compartiment à droite du comptoir. On se précipite, on frappe à la porte.

— Qu'avez-vous, monsieur? Est-ce que vous vous trouvez
mal?

— Non, madame, répond à travers la cloison une voix
larmoyante, c'est que je suis une nature sensible; je ne
puis pas entendre une poésie sans que cela me fasse pleurer.

Cette nature sensible, c'était M. Garoutte, l'oncle de la
colonelle, vieux bonhomme de soixante-quinze ans. En sortant du buen-retiro, il essuya ses yeux et adressa une profonde révérence à Pharamond Le Crêpu. Le poète voulait reprendre sa lecture. A ce moment, un flot de clients se pré-

cipita dans l'établissement. La bonne étant insuffisante pour le service, Paméla quitta son siège. Le cordonnier lyrique, alors, de poser son manuscrit sur le comptoir.

— Mademoiselle, fit-il avec un regard suppliant; je vous en conjure, lisez mes vers, puisque vous ne voulez pas les écouter.

— Monsieur Pharamond, je ne demande pas mieux; mais vous voyez vous-même que le devoir m'appelle.

— Soit, mais quand le coup de feu sera passé!...

Il allait mettre le pied sur le seuil de la boutique, lorsqu'il se ravisa. Il rebroussa chemin, et, comme un vulgaire client, il demanda un cabinet.

— Au numéro 13, monsieur Pharamond, répondit la voix claire de Mlle Dujasmin.

L'établissement avait repris sa physionomie habituelle. On entendait seulement les bruits que l'on sait, au milieu desquels le cabinet numéro 13 se faisait particulièrement remarquer; mais ce n'étaient pas là des sons ordinaires. Le poète amoureux, qui n'était resté que pour la frime, poussait des soupirs à fendre l'âme d'un rocher. La belle Paméla, pour le coup, en fut vraiment attendrie.

— Comme il m'aime! pensait-elle.

Les clients défilaient toujours, se succédant sans interruption; le public se renouvelait constamment. Seul, le numéro 13 restait fermé, et les soupirs qui s'en exhalaient étaient de plus en plus attendrissants.

Un des clients se présenta, la bouche en cœur et serra la main à la belle Paméla. Il prononça quelques mots tout bas. Mlle Dujasmin y répondit tout haut par cette phrase impérative :

— Finissez, monsieur Georges!

A quoi le client répondit par :

— Oh! rien que ce mignon bouquet de violettes qui est à votre corsage!...

Les soupirs du numéro 13 cessèrent brusquement; le cabinet s'ouvrit aussitôt et Pharamond parut. Il fit quatre pas, raide, sec, plissant la lèvre, posa ses cinq centimes sur le comptoir d'un air vexé, et sortit en faisant claquer la porte de la rue.

Le client qui avait réclamé un bouquet de violettes se mettait à rire; mais Paméla lui coupa sa gaieté.

— Tenez, dit-elle, avec vos manières ridicules, voilà que vous êtes cause que M. Pharamond s'en va fâché!

Et, d'un geste péremptoire, elle ajouta :

— Puisque vous n'avez rien à faire, puisque vous n'êtes

venu ici que pour me conter fleurette, quittez ces lieux, monsieur, et ne remettez plus les pieds chez moi !

Ah! c'est qu'au fond elle aimait son cordonnier lyrique, la demoiselle du lieu d'aisance.

Georges Lapaix s'en alla, méditant un projet de vengeance.

Il se rendit incontinent au Cercle Phocéen, dont son oncle était un des habitués. Justement, le colonel venait de terminer une partie de whist.

— Qu'as-tu, mon neveu? interrogea Campistron. Tu as le visage tout bouleversé.

— Je viens de recevoir un affront sanglant.

— Tant mieux!... un duel..... il te faut un duel.. ... Je ne connais que ça, nom de Dieu !

— Mais, mon oncle, c'est une femme qui m'a...

— Une femme?... Fichtre!... cela change les choses. .

— C'est la demoiselle de comptoir des *Méditations de Lamartine*.

— La maison du Cours?

— Oui, mon oncle.

— C'est bien fait, alors... Cela t'apprendras à ne pas écouter mes conseils... Que t'ai-je dit, quand tu es arrivé à Marseille?... Je t'ai dit : « Attention, Georges ! C'est aux *Délices de l'Orient* que tout le parti conservateur va; ne te commets jamais dans d'autres lieux »... T'ai-je prévenu, oui ou non, saperlotte?

— Certainement, mon oncle... mais...

— Il n'y a pas de mais... Le *Lamartine*, c'est une boîte de nom de Dieu de conspirateurs, c'est un foyer d'insurrection, mille tonnerres!... Si le général m'écoutait, il prendrait un arrêté pour en ordonner la fermeture.

— La demoiselle de comptoir a pour amoureux un certain Pharamond.

— Je sais ça... Pharamond Le Crépu, un cordonnier collectiviste, qui est grêlé et qui fait des vers, avec des grands cheveux...

— Précisément, mon oncle.

— Très mal noté, nom de Dieu! signalé à la police... Je sais ça... Il a organisé une Société sous le nom de *Société des Dames Marseillaises pour la réhabilitation de la violette*.

— Vous y êtes, mon oncle... Il prétend que la violette est un emblème bonapartiste, et que, si les dames en portent toutes un bouquet à leur corsage, nous n'oserons plus en orner nos boutonnières... Cela n'a pas le sens commun!... Or, voici : c'est la demoiselle des *Méditations de Lamartine* qui est présidente de la Société.

— Parfaitement... Demain soir, les dames de la Violette donnent un bal à l'Eldorado...

— Mon oncle, vous êtes admirablement renseigné...

— Parbleu !... Eh bien, écoute ce que tu vas faire, et cette fois obéis-moi, mille millions de mille millions !... Voici ma carte... Tu iras de ce pas chez le général... Tu diras que c'est pressé... Avec ma carte, les portes te seront grandes ouvertes... Tu expliqueras la chose au général, comme quoi les *Méditations de Lamartine* sont un foyer d'insurrection... le poète Pharamond Le Crépu un socialiste dangereux... et cætera... Bref, qu'il ferme la boutique et qu'il coffre le cordonnier.

— Merci, mon oncle.

Là-dessus, Georges Lapaix court à la division. Il montre la carte du colonel.

On l'introduit. Le général sortait de table.

— Qu'est-ce que c'est? demande-t-il. Encore une conspiration? Faites entrer ce jeune homme.

Georges Lapaix entre.

— Surveillez les issues, commande le général au planton de service... Maintenant, jeune homme, racontez-moi votre histoire.

— Je viens, général, envoyé à vous par le colonel Campistron.

— C'est compris... Il y a urgence, avez-vous dit?

— Voici, général... Il s'agit d'un cordonnier qui fait des vers...

— Qu'est-ce que vous me chantez là?... Les cordonniers ne font pas des vers...

— Pardon, général, quand ils sont poètes...

— Poète, poète... Vous voulez dire un cordonnier qui chante des complaintes... Oui, je connais ça... J'en ai lu des complaintes... Après?

— Ce cordonnier a organisé une Société dont le signe de ralliement est un bouquet de violettes que les dames portent au corsage et les hommes à la boutonnière...

— Très bien, c'est très bien, cela !... La violette, excellent emblème...

— C'est, dit-il, pour réhabiliter cette fleur... La présidente de la Société est une demoiselle Paméla Dujasmin...

— Attendez, jeune homme, je vais prendre des notes.

Et le général se met à écrire :

— Paméla Dujasmin... Qu'est-ce qu'elle fait, cette Paméla Dujasmin?

— Elle tient un lieu d'aisance sur le Cours...

— Sur le Cours . lieu d'aisance...

— En face les *Délices de l'Orient*...

— *Délices de l'Orient...* Continuez... Où est la conspiration dans tout ça?

— J'y arrive, général... Le cordonnier, le poète aux violettes, voudrait épouser la demoiselle du lieu d'aisance...

— Très bien, je comprends. . Seulement, le père s'y oppose?...

— Mais non, général, je ne dis pas cela...

— Ça ne fait rien... Les pères s'opposent toujours quand on leur demande leurs filles en mariage... Je sais ce que je dis... Comment l'appelez-vous, ce cordonnier qui veut épouser le lieu d'aisance?

— Pharamond Le Crêpu...

— Bon... J'écris... Pharamond... Pourquoi s'appelle-t-il Pharamond?

— Dame, général... sans doute parce que son père...

— Ah!... Il a donc aussi un père, ce Pharamond Le Cornu?

— Certainement, général...

— Pourquoi ne le disiez-vous pas?

— Mais, général, ce détail n'a pas d'importance...

— Comment! cela n'a pas d'importance?... C'est l'essentiel..... Et le père Le Cornu, est-ce qu'il autorise le mariage de son fils Pharamond avec le lieu d'aisance?

— Je n'en sais rien, général...

— Il aurait fallu s'en informer.

— Je vous répète, général, que cela ne fait rien à l'affaire... Et puis, ce n'est pas Le Cornu, c'est Le Crêpu...

— Qu'est-ce que vous me chantez, à présent?... Alors, ce n'est pas son père?

— Plaît-il?

— Si le fils s'appelle Pharamond Le Cornu et si le père s'appelle Le Crêpu, c'est que votre cordonnier n'est pas le fils de son père. .

— Mais, général, je ne vous ai pas dit que le fils s'appelait Le Cornu... Je vous ai dit : Pharamond Le Crêpu...

— Cela ne change rien à mon raisonnement; la chose est renversée, mais c'est la même chose... Nous disons donc que c'est le fils qui se nomme Le Crêpu... Le Crêpu Pharamond... C'est bien cela, cette fois?

— Oui, général...

— Où est la conspiration?

— C'est au sujet du bal...

— Quel bal?

— Un bal que donnent demain les dames de la Violette...

— La demoiselle du lieu d'aisance?

— Oui, général... Elle est présidente...

— Comment l'appelez-vous, m'avez-vous dit?

— Paméla Dujasmin...

— C'est cela, j'avais bien écrit... Elle porte un bouquet de violettes et elle chante des complaintes...

— Mais non, général... Les complaintes, c'est le cordonnier...

— Cela ne fait rien, c'est la même chose; ils chanteront bien tous les deux des complaintes, puisqu'il est entendu que votre cordonnier épousera le lieu d'aisance...

— Pardon, général, il n'a pas encore épousé...

— Oui, c'est vrai; vous m'avez dit que le père s'y oppose...

— Mais non, général, je vous ai dit que...

— Parfaitement, vous avez parlé d'un bal...

— C'est cela, général...

— Alors, le père ne s'oppose plus, puisqu'il donne un bal?...

— Je vous prie de m'excuser, général, si j'insiste... Ce n'est pas le père qui donne le bal...

— Allons donc! vous ne me ferez pas croire que c'est la fille... Quand un père a une fille à marier, c'est lui qui invite ses amis et connaissances à ses soirées.

— D'accord, général; mais ce n'est pas le cas. Dans le cas dont il s'agit, le bal est organisé par la Société...

— Quelle société?

— Je vous l'ai dit : la Société des Violettes.

— C'était mon idée, la demoiselle du lieu d'aisance... Cependant, il me paraît difficile à avaler que l'on donnera un bal dans un lieu d'aisance.

— Vous avez raison, général, cette soirée sera donnée à l'Eldorado.

— J'aime mieux ça... Récapitulons... Nous disons donc que votre demoiselle des *Délices de l'Orient*, d'une part...

— Général, la demoiselle tient les *Méditations de Lamartine*.

— Vous m'avez dit les *Délices de l'Orient*... Je le sais bien, sacrebleu! puisque je l'ai écrit.

— Je vous demande pardon, général, je me suis sans doute mal expliqué. Les *Délices de l'Orient*, c'est l'établissement légitimiste...

— Fichtre! vous ne m'apprenez rien de neuf. C'est là que je vais.

— Au contraire, les *Méditations de Lamartine*, la maison tenue par la demoiselle Paméla Dujasmin, c'est...

— C'est le centre de ralliement des violettes.

— Précisément, général... Et le bal de l'Eldorado, voilà la conspiration...

— Une minute !... Nous disons qu'il y a une conspirattion... que le père Dujasmin s'oppose à ce que sa fille Paméla épouse une Société de Violettes... je veux dire un marchand de complaintes, nommé Le Crêpu Pharamond, dont le père, qui n'est pas son père à celui-là, est cordonnier...

— Permettez, général....

— Laissez-moi snivre le fil de la chose... Nous disons encore que les *Méditations de Lamartine* sont invitées par la Société des Violettes à un bal organisé à l'Eldorado, mais que là éclatera la conspiration... Ah ça, quels sont les adversaires de la Société des Violettes qui iront au bal en question ?

— Moi, d'abord, général. Il faut à tout prix que j'empêche ce mariage.

— Comment ! vous ?... Qu'est-ce que cela peut vous faire ?

— Je suis le rival de Pharamond Le Crêpu.

— Pristi ! voilà qui change tout !...

— Certainement, général.

— Alors, vous êtes le rival du marchand de complaintes ?

— Oui, général.

— Vous êtes un adversaire de la Société des Violettes ?

— Naturellement.

— Et vous voulez, grâce au bal de l'Eldorado, empêcher le mariage du lieu d'aisance.

— C'est cela même... J'irai exprès pour cela à ce bal.

— Parfaitement !... Je comprends maintenant pourquoi le colonel Campistron vous a envoyé ici.

Le général sonne. Le planton paraît.

— Faites monter de suite le lieutenant Biquet, mon secrétaire, avec un caporal et une escouade.

Quand le lieutenant est arrivé, le général le fait asseoir.

— Biquet, je vais, dit-il, vous charger d'une mission délicate. Il y a une conspiration contre un jeune homme auquel s'intéresse le colonel Campistron, mon ami... Campistron est bonapartiste, c'est son affaire ; moi, je suis pour le roi, ça me regarde... A part ça, nous sommes d'accord... Vous connaissez les *Délices de l'Orient*, Biquet ?

— Oui, mon général.

— Et les *Méditations de Lamartine ?*

— C'est en face.

— Eh bien, le *Lamartine*, qui est l'établissement bonapartiste...

A ce mot, Georges Lapaix de se récrier :

— Mais, général...

— Assez, monsieur, vous n'avez plus la parole...

Et se tournant vers Biquet :

— La demoiselle du *Lamartine*, dis-je, est à la tête d'une Société pour la propagation de la violette, qui est, comme vous le savez, l'emblème des bonapartistes. Elle s'appelle Paméla Dujasmin, et son père ne veut pas qu'elle se marie avec un jeune homme nommé Pharamond Le Crépu, sous prétexte qu'il chante des complaintes, ce qui n'est pas une raison, et encore sous prétexte que le fiancé Le Crépu n'est pas un enfant légitime, vu que son père, à lui, s'appelle Le Cornu...

— Pardon, général, interrompt Georges Lapaix.

— Silence, sacré nom! Je répète vos propres paroles... Ecoutez-moi, Biquet... Vous comprenez que le second prétexte ne vaut pas mieux que le premier. Ce n'est pas sa faute, à ce garçon, si son père ne l'a pas légitimé... Vous allez donc, dès demain matin à la première heure, trouver M. Dujasmin, le père du lieu d'aisance... Vous lui direz que le colonel Campistron, mon ami, s'intéresse au mariage de sa fille avec le jeune Le Crépu, qui a organisé la Société des Violettes...

Georges Lapaix trépignait.

— Ah! çà, crie le général, avez-vous fini de vous démener sur votre chaise?... Je continue, Biquet... Vous direz encore au père Dujasmin que, bien que les opinions du colonel et celles du jeune Pharamond ne soient pas les miennes, je verrais avec plaisir se conclure ce mariage... Maintenant, il y a une autre affaire... Cet autre jeune homme, celui-ci, qui est le rival de Le Crépu, a organisé, à l'Eldorado, un bal pour s'opposer aux épanchements légitimes de nos deux amoureux...

Le neveu de Campistron ne pouvait y tenir.

— Oh! général, je ne puis laisser ainsi interpréter mes...

— Nom de Dieu de nom de Dieu! allez-vous me ficher la paix, mille tonnerres!... C'est vous-même qui avez déclaré, il y a deux minutes, que vous iriez à ce bal pour faire de l'opposition au mariage de votre rival, et que c'était là la conspiration dénoncée par le colonel...

— Oui, général; mais...

— Assez!

Le caporal et son escouade entraient.

— Caporal, ordonna le général, empoignez-moi ce freluquet, et fourrez-le au fort Saint-Nicolas.

Georges eut beau dire, l'escouade entraîna le neveu du colonel.

— Est-ce tout, mon général ? demanda alors le lieutenant Biquet.

— Non. Vous irez porter aussi demain ce billet à Campistron.

Et le commandant de l'état de siège griffonna ces quelques lignes :

« — Mon cher, j'ai compris l'affaire. Le rival de votre protégé est au clou. Demain, je le fais mettre au secret, afin qu'il ne puisse communiquer avec personne. On n'instruira son affaire que dans un mois. Vous avez bien fait de me livrer ce gaillard-là. A part cette question de mariage, il m'a paru très dangereux. »

Quinze jours après la démarche du lieutenant Biquet auprès du père Dujasmin, démarche à laquelle personne ne comprit jamais goutte, le cordonnier lyrique épousait sa muse. — Quant au colonel, il trouva que son neveu aurait bien pu venir le remercier, et il ne s'étonna pas autrement de son absence. Ce ne fut qu'au bout d'un mois, lorsque le secret fut levé, qu'il apprit, par une lettre datée du fort Saint-Nicolas, la boulette du général.

Il alla voir la vieille brisque.

L'explication fut un peu embrouillée ; mais enfin Campistron finit par se faire comprendre, et son neveu fut relâché.

Le jeune ménage passa, aux *Méditations de Lamartine*, une vraie lune de miel.

Et le général, profondément furieux de sa méprise, se vengea sur le premier journal républicain venu, auquel il infligea, à propos de bottes, une interdiction de vente sur la voie publique.

CHAPITRE VII

PÉLAGIE

Quand le concierge, après avoir dit aux invités du colonel que Pélagie lui avait avalé ses lunettes, leur eut expliqué ce qu'était la susdite Pélagie ; quand Mme Paincuit, revenue à elle, eut reçu l'assurance qu'elle n'avait plus rien à craindre pour le moment, vu que M. Robert Laripette s'était enfermé avec Pélagie dans son entresol ; quand Campistron eut congédié tout son monde, il dit à sa femme, avec qui il était demeuré seul :

— Eh bien, vu les explications, ce n'est pas moi qui irai chercher noise au nouveau locataire à cause de sa compagne... Je trouve que ce garçon est dans son droit... Et dire que j'avais cru à une association de deux êtres menant une vie de débauches !...

— Comment l'appelles-tu, déjà, Bonaventure, ce nouveau locataire ? demanda la colonelle, feignant d'avoir oublié le nom dit par Placide...

— Il se nomme M. Robert Laripette... Ce doit être un parent d'un lieutenant de spahis que j'ai connu à Constantine et qui s'appelait Bernard Latripette... Il n'y a qu'une lettre de différence dans leurs deux noms ; leur parenté ne doit pas être trop éloignée... Des petits-cousins, sans doute... C'est égal, il faudra que je fasse sa connaissance... Après tout ce que nous avons appris, j'ai la conviction que c'est un joyeux pékin, et moi, j'aime les gens gais, nom de Dieu !

Le colonel était tout heureux.

Il se versa un verre de cognac, alluma un cigare et s'étendit sur un canapé.

— Tu ne songes pas à te mettre au lit, Bonaventure ? interrogea la colonelle.

— Ma foi, non... Je fume encore un cigare...

— Il est cependant dix heures.

— Que je ne te gêne pas, Pauline... Si tu as sommeil, tu peux te retirer dans ta chambre... J'irai dans la mienne tantôt.

— Oh! ce n'est pas que j'aie sommeil... Je te tiendrai encore compagnie pendant ton cigare, si ma présence t'est agréable...

— Comment donc!

Le colonel fumait à petites bouffées, regardant les frêles rubans de fumée bleue qui s'échappaient du tabac; plongé dans une sorte de rêverie, il se remémorait les divers incidents de la soirée. Sa main retrouva le numéro du *Figaro*, et, machinalement, il jeta encore une fois les yeux sur la correspondance qu'il essayait de déchiffrer au moment de l'arrivée tumultueuse des Paincuit.

— Tambour-major, demi-lune, forteresse, répétait-il, voilà qui est militaire... Il n'y a que ce sacré oursin que je ne m'explique pas... Que diable veulent-ils dire avec leur oursin?... Qu'en penses-tu, Pauline?

Mme Campistron rougit légèrement.

— Oursin, oursin, répondit-elle, c'est un coquillage hérissé d'épines que l'on trouve en abondance dans les environs de Marseille.

— Oui, je sais bien... Seulement, cela ne s'accorde pas du tout avec demi-lune..... Veux-tu me faire le plaisir de lire ça, Pauline?

Il lui passa le journal.

La colonelle lut à son tour le passage indiqué :

— « Correspondance... TAMBOUR-MAJOR. Je suis dans la forteresse. *L'oursin retiré de la demi-lune.* »

— Eh bien? fit Campistron.

— Je ne comprends pas.

— Une demi-lune, c'est une petite fortification, une défense de courtine, quoi!... Mais voilà, il n'y a pas de raison pour qu'il y ait des oursins ou toute autre espèce de coquillage dans une demi-lune!...

— Cependant, Bonaventure, mon avis est qu'il s'agit bien ici d'un de ces coquillages qui...

— Jamais de la vie!... Cela n'aurait aucun sens...

Il réfléchit quelques secondes, puis, brusquement :

— J'y suis! j'y suis!... J'ai trouvé la clef de cette correspondance militaire... C'est un sapeur...

— Un sapeur?

— Parfaitement... Un sapeur qui écrit à un de ses amis, lequel est tambour-major...

— Ah! bah!

— C'est clair, très clair même, je suis un imbécile de ne pas avoir trouvé plus tôt. Un oursin, c'est un bonnet à poil, le bonnet que portent les sapeurs...

— Tu crois?

— Quelle question! Avec ça que je ne connais pas tout ce qui a rapport à l'armée, jusqu'au moindre bouton de guêtre!...

— Alors?

— C'est un sapeur qui informe un camarade qu'il permute. Il était dans une demi-lune, il passe à une forteresse... « Je suis dans la forteresse »... Ça y est en toutes lettres... Et il a mis dans le journal qu'on le retirait de la demi-lune, afin que son ami le tambour-major le sache...

Pauline ne put retenir un joyeux éclat de rire.

— Tu as l'air de te ficher de moi, nom de Dieu!... Parions que j'ai deviné l'énigme...

— Je ne parie rien du tout... Je crois qu'il est question d'un coquillage; toi, tu penses que c'est d'un bonnet de sapeur .. Qu'est-ce que tu veux que cela me fasse?

— Ça doit te faire... Ça doit te faire... Nom d'un petit bonhomme, parions vingt francs .. Tu ne réponds rien?... Qui ne dit mot consent... Voyons, qui sera le juge du pari?... Prenons-nous Placide pour arbitre?... Non, il dira comme moi; je n'aurai pas de mérite à gagner.. M. Mortier?... M. Paincuit?... Ils ne voudront pas se déranger, maintenant qu'ils sont rentrés chez eux... Ah! faisons appel au nouveau locataire...

— Bonaventure, tu es toujours le même avec tes paris... Quelle manie!... Si tu crois que les gens sont aises d'être dérangés par toi pour de pareilles vétilles?... Laisse donc le nouveau locataire tranquille...

— Non, non... C'est une bonne idée que j'ai eue là... Ce Laripette est un garçon jovial ; j'ai hâte de le connaître, car il me plaît déjà... Je suis certain d'avance que nous nous comprendrons tous deux...

Là-dessus, Campistron sonne Placide.

— Placide, regarde à l'entresol par la fenêtre qui donne sur la cour.

— Voilà, mon colonel, je regarde.

— Y a-t-il de la lumière à l'entresol?

— Oui, mon colonel.

— Très bien, c'est qu'il n'est pas encore couché... Placide, tu vas descendre chez le nouveau locataire... Tu lui diras que le colonel Campistron de Bellonnet l'invite à monter chez lui si cela ne le dérange pas... Tu ajouteras que je serais très flatté de faire sa connaissance dès ce soir, et de le consulter sur quelque chose de fort intéressant.

Pour le coup, Pauline changea de couleur.

— Ah! mon Dieu! pensa-t-elle, que va-t-il arriver? Une invitation faite en de pareils termes!... Il va s'imaginer que mon mari sait tout... Il avouera peut-être... Ou plutôt, non; il parlera de notre rencontre et s'efforcera de l'innocenter... Mon mari se méfiera... Un mot maladroit peut faire saisir le sens de cette maudite correspondance... Ah! mon Dieu! mon Dieu! quel malheur!

Voyant sa femme se troubler, le colonel se leva et vint à elle.

— Fichtre! dit-il, tu es joliment impressionnable... C'est cette Pélagie qui t'effraie?...

— Mais, mon ami, je ne suis pas effrayée...

— Pardon, je le vois bien... Tu es toute bouleversée...

— Tu te trompes, Bonaventure, je n'ai rien.

Campistron se tourna vers Placide :

— Allez chez M. Laripette, fit-il; seulement, priez-le de monter sans sa Pélagie... à cause de madame.

Placide sortit. Cinq minutes après, M. Robert Laripette faisait son entrée; il paraissait vivement intrigué.

— Je vous prie mille fois de m'excuser, cher monsieur, commença le colonel, de la liberté que j'ai prise de vous déranger à cette heure...

En disant cela, il saluait Robert et lui présentait Pauline.

— Mᵐᵉ Campistron de Bellonnet, ma femme, qui est aussi désireuse que moi de faire votre connaissance...

— Madame et monsieur, je suis vraiment confondu...

— Permettez... Après la scène impayable de tout à l'heure, nous ne nous sommes pas senti le courage d'attendre jusqu'à demain pour vous faire savoir combien nous sommes enchantés de vous avoir comme co-locataire...

Robert était assez embarrassé.

— Asseyez-vous donc, je vous en prie, reprit le colonel... Accepterez-vous un verre de fine champagne?... J'en ai qui m'est expédiée directement de Cognac... Un nectar... Tenez, goûtez-moi ça.

Et il versait à boire au jeune homme, de plus en plus surpris.

— Je vous étonne, hein?... Dame, je suis comme ça... Un peu brusque... Je vais droit au but, moi... Ancien militaire, vous comprenez... Nous sommes très ronds, nous autres... Très ronds en affaires, très ronds en tout... Non, pardon, je voulais dire très carrés... Au fait, carré ou rond, c'est la même chose...

Le colonel barbotait. Pauline était au supplice.

— Monsieur le colonel, dit Robert, j'ai déjà connu beaucoup de militaires, et leur brusquerie, puisque vous appelez brusquerie ce qui est une noble impétuosité, m'a toujours particulièrement charmé.

— Merci, vous êtes bien bon... Permettez que je vous la serre.

Ils se donnèrent une poignée de main.

— Voici donc, continua Campistron, pourquoi j'ai pris la liberté de vous déranger... Vous m'excuserez, n'est-ce pas?

— C'est-à-dire que votre amabilité me comble.

— D'abord, le plaisir, la hâte de faire votre connaissance... Ensuite, il y a un pari...

— Je ne saisis pas bien.

— Ma femme et moi, nous venons de faire un pari au sujet d'une correspondance intitulée « *Tambour-Major* » qui figure dans le *Figaro* d'aujourd'hui.

Laripette ne sourcilla pas.

— Lisez vous-même, ajouta le colonel en passant le journal à Robert, et en désignant du doigt le passage en litige.

Laripette lut.

— Eh bien? demanda-t-il.

— Pauline soutient... Pauline, c'est le petit nom de ma femme...

— Pardon, mon ami, interrompit la colonelle, je ne soutiens rien du tout .. Je t'ai dit simplement que mon avis était qu'il s'agissait...

— D'un coquillage... C'est ce que j'allais expliquer à monsieur... Oui, monsieur, ma femme prétend que l'oursin de cette correspondance est un coquillage!... Vous savez, ces espèces d'animaux pleins de piquants... que l'on trouve au bord de la mer... dans la Méditerranée surtout...

— En effet, je vois cela d'ici.

— Moi, je me tue à expliquer à Mme Campistron...

— A expliquer quoi?

— Que cette correspondance, qui est essentiellement militaire, cela ne fait pas l'ombre d'un doute... Forteresse, tambour-major, demi-lune... Que cette correspondance, dis-je, est le fait d'un sapeur... un sapeur dont la signature est dissimulée sous cet oursin... Oursin, bonnet de sapeur... Qu'en pensez-vous?

Laripette était ahuri.

— Moi, je pense... Au fait, je ne sais pas ce que je pense...

— Je vais vous mettre sur la voie... C'est un sapeur qui permute; d'une demi-lune dont il se retire, il passe à une forteresse, et il en informe un de ses amis, tambour-major, qui est abonné au *Figaro*... Y êtes-vous maintenant?... Est-ce ça?

Le jeune homme tendit la main à Campistron.

— Mes compliments, colonel, vous êtes le génie de la perspicacité... Je n'aurais pas trouvé la clef de l'énigme; mais, saperlotte, c'est bien cela...

Campistron triomphait.

— Un coquillage, ça ne signifierait rien...

Et, s'adressant à sa femme, il ajouta :

— Pauline, je n'ai pas influencé monsieur... Conviens que tu as perdu le dîner...

— Quel dîner?... Tu as parié vingt francs...

— Cela ne fait rien... En ma qualité de gagnant, je change l'enjeu... Tu as donc perdu un dîner, et nous l'offrirons à monsieur en l'honneur de Pélagie, le jour où tu n'en auras plus peur.

— Comment! objecta Robert qui n'était pas au bout de ses surprises, madame a peur de Pélagie?

— Oh! monsieur, je vous en prie, ne croyez pas un mot de ce que dit M. Campistron.

— Ta, ta, ta... Quand j'ai envoyé Placide prier monsieur de vouloir bien nous permettre de le déranger, tu as été toute bouleversée... Ne dis pas non!... Ta figure a passé par toutes les couleurs de l'arc-en-ciel... C'est comme Mme Paincuit... Etait-elle épouvantée tantôt, la malheureuse!... Et le père Orifice donc!... Ah! monsieur Laripette, vous pouvez vous vanter d'avoir mis la maison sens dessus dessous avec votre culotteuse de pipes!...

— Que voulez-vous? Il est de ces amitiés bizarres, mais fidèles, dont on ne peut se séparer.

Le colonel rapprocha sa chaise de celle de Robert et lui dit :

— Vous la garderez avec vous?

— Oui.

— Je vous préviens que le président, le locataire du second, doit se plaindre demain au propriétaire... Il disait tantôt que c'était indécent et qu'une maison qui se respectait...

— Il pourra dire tout ce qu'il voudra... Pélagie est chez moi; le bail, que j'ai signé, est bel et bien signé aussi par le propriétaire; il n'y a pas de président qui tienne, Pélagie restera.

— Est-ce depuis longtemps que vous l'avez?

— Depuis trois ans.

— Et, s'il n'y a pas d'indiscrétion, est-elle jeune?

— Pour ça, vous comprenez, je n'ai jamais vu son acte de naissance...

— Cela va sans dire; mais enfin vous pouvez mieux que moi évaluer son âge...

— Elle doit avoir de quinze à dix-huit ans... Je l'ai emmenée du Cap...

— Du Cap de Bonne-Espérance?

— Précisément. Je devais la laisser à Londres. Pendant la traversée, elle s'est attachée à moi, à cause des soins que je lui donnais, et elle n'a pas voulu me quitter.

— Tiens, tiens, elle est originaire du pays des Zoulous?

— C'est une Zouloute pur-sang.

— Intelligente?

— Merveilleusement intelligente... Ce qui prouve que cette race est bien calomniée... Le matin, elle me demande son café au lait... Par exemple, c'est effrayant ce qu'elle avale de pain!...

— Boit-elle de la bière, des liqueurs fortes, comme nous autres?

— Elle mange et boit de tout...

— C'est extraordinaire.

— Elle dort très bien la nuit.

— A propos, est-il vrai qu'elles dorment les yeux ouverts?

— Qui vous a raconté cette bonne histoire?... Je vous la ferai voir quand elle dormira; vous constaterez qu'elle a les paupières fermées.

— Elle a donc des yeux avec des paupières?

— Mais oui... Et même des paupières avec des cils?

— Je n'en reviens pas... Autre chose : le culottage de pipes, c'est une farce, cela, hein?

— Du tout, c'est la pure vérité... Seulement, c'est moi qui l'ai habituée à fumer... Elle est tellement gloutonne qu'elle m'aurait dissipé toutes mes rentes en frais de nourriture... Alors, comme le tabac, fumé à forte dose, combat l'appétit, je lui ai donné des leçons de pipe... Elle y a pris goût... Elle fume comme une locomotive... Du matin au soir, elle ne quitte pas sa pipe...

— Mais cela doit vous revenir fort cher, cette consommation de tabac?

— Au contraire, cela me rapporte. Les pipes bien culottées se paient très cher.

— Allons donc!

— Je vous parle très sérieusement. Il y a des bureaux de tabac qui fournissent de quoi fumer à qui veut leur culotter des pipes neuves; seulement il faut se contenter de mauvais tabac et fournir un culottage soigné... Il y a même des fabricants de pipes qui paient pour ce travail-là...

— Et Pélagie ne craint pas le mauvais tabac ?

— Maryland ou cantine, pour elle c'est tout comme... Elle n'est pas difficile... Elle culotte dans la perfection... L'essentiel, c'est que les pipes soient aussi grosses que possible...

— Pourquoi ?

— Si elles étaient petites, elle les avalerait... Cela lui est arrivé une fois.

— Bref, je vois que ce culottage de pipes est une profession très réelle.

— Un état qui permet à Pélagie de ne pas m'être trop à charge.

Tandis que le colonel et Robert causaient, Mme Campistron, sous prétexte d'aller un instant à sa chambre prendre n'importe quoi, avait quitté le salon ; elle avait griffonné deux ou trois mots ; puis elle était revenue, avait pris sur un meuble une boîte de havanes, et, tenant la carte avec un doigt, de manière à la faire adhérer en quelque sorte à la boîte, avait remis le tout à Laripette en disant d'un air aimable :

— Permettez-moi, monsieur, de réparer un oubli de mon mari : presque tous les messieurs fument ; vous devez donc être fumeur. Veuillez choisir vous-même un cigare.

Elle avait pris ses mesures pour que la carte de visite, masquée par la boîte, tombât d'elle-même dans la main de Robert. Seulement, le jeune homme, qui n'était pas prévenu, la laissa glisser, et elle tomba sur le tapis. Après avoir choisi un cigare et reposé la boîte sur la table, Robert mit la main à sa poche. La colonelle crut qu'il avait la missive et qu'il la renfermait. En réalité, Robert prenait, pour couper le bout de son cigare, un canif qu'il avait sur lui.

— Bon ! pensa Pauline, voilà un canif qui vient bien à propos pour justifier son mouvement de poche.

A cet instant, on sonna violemment à la porte. Campistron regarda sa femme :

— Nous n'attendons pourtant personne à présent.

— C'est Pélagie, dit Robert, je reconnais son coup de sonnette... Elle aura trouvé le moyen d'ouvrir chez moi, j'ai dû oublier de fermer à double tour, et elle s'est mise à ma recherche...

— C'est inouï !

— Dès que je ne suis plus là, elle est inquiète, elle court après moi jusqu'à ce qu'elle me trouve, si elle peut sortir. . Elle est d'une sagacité, d'un flair qui tiennent du prodige.. Je suis sûr qu'elle est venue droit ici.

La sonnette carillonnait toujours.

— Placide se sera endormi sur une chaise à l'office, dit le colonel, et quand il dort, celui-là, on peut tirer le canon!...

Robert se précipita vers la porte.

— J'y vais, dit-il.

— Bonsoir, monsieur, fit la colonelle en saluant, je me retire.

En effet, elle salua et se dirigea vers sa chambre, pendant qne Robert, tout en allant à l'entrée, lui rendait son salut.

— Tu as tort de t'effrayer, dit le colonel, qui attribuait le départ de sa femme à l'arrivée de Pélagie.

Laripette était dans le corridor, ainsi que Placide, qui avait fini par se réveiller. Le colonel, debout, aperçut alors, au pied de la chaise de Robert, une carte sur le tapis. Il se baisse, la ramasse et lit.

Au recto, il y avait : Madame Gilda Paincuit. Et, au dos, ces deux lignes au crayon : « Venez demain à trois heures, j'éloignerai mon mari. »

— Peste! se dit le colonel. Voilà pourquoi le jeune homme n'a pas marchandé l'entresol ; il a une intrigue avec la plumassière. C'est aussi qu'elle n'est pas mal, Mme Paincuit... Seulement, il est léger, l'amoureux... C'est en prenant son canif ou en tirant son mouchoir qu'il aura laissé tomber sa correspondance.

Ce monologue, tout intimement débité, avait tenu à peine quelques secondes. Durant ce laps, on avait ouvert à Pélagie. Elle fit son entrée majestueusement, en tendant son cou vers Robert Laripette et en poussant de petits gloussements plaintifs.

C'était une superbe autruche du Cap.

— Assez comme cela, Pélagie! disait Robert... Restons tranquille...

Mais la bonne bête voulait témoigner quand même son amitié au jeune homme. Le colonel, la carte de visite à la main, était dans l'admiration.

— C'est la reine des autruches! murmurait-il. Ma femme est une nigaude d'avoir eu peur... Combien pèse-t-elle?

— Trente-huit kilos.

— Etonnant! prodigieux! mirifique!

— Maintenant que nous avons eu le plaisir de faire connaissance et que vous avez vu Pélagie, vous me permettrez, cher colonel, de me retirer.

— Je vous remercie de m'avoir fait l'honneur de grimper jusqu'à mon troisième étage... Au plaisir de vous revoir, cher monsieur.

Il le reconduisait. Tout à coup, il se souvint du billet doux qu'il tenait à la main. Le lecteur a compris que pour écrire son rendez-vous, Pauline s'était bien gardée de prendre sa carte de visite et avait utilisé la première venue, convaincue que, la recevant de sa main, Robert saurait à quoi s'en tenir.

Le colonel renvoya Placide, et tout en donnant sur le seuil une poignée de main à Laripette, il lui dit en clignant de l'œil :

— Heureux gaillard, sapristi !

— Comment ! fit l'autre étonné ; heureux de quoi ?

— Don Juan !

— Plaît-il ?

— Lovelace ! Fléau des maris !

— Hein ?

Robert ne savait ce que cela voulait dire. Le colonel clignait de l'œil et riait comme un bienheureux.

— Mais enfin, que signifie ? demanda Laripette à voix basse.

A voix basse, et riant de plus belle, le colonel lui répondit en lui glissant le billet dans la main :

— De la part de Mme Paincuit, la jolie plumassière du premier... Farceur, va !

Le jeune docteur ouvrait un bec aussi large que celui de son autruche. Pélagie attendait paisiblement sur le palier.

Campistron, d'un mouvement amical et familier, poussa Robert et ajouta en reprenant un peu de sérieux :

— Puisque je suis dans le secret, fiez-vous à ma discrétion... Je serai muet... Une tombe !..... Pas un mot, même à ma femme !... Elle n'aurait qu'à bavarder... Comptez sur moi.

Et il ferma la porte, rempli d'une douce hilarité.

CHAPITRE VIII

L'AMOUR EN PARTIE TRIPPLE.

Bienheureux sur cette terre le veinard qui n'a aucun cheveu dans son existence!

Robert Laripette avait beau être le plus jovial des bons vivants, le plus gai des joyeux drilles, il avait son cheveu. Ce cheveu s'appelait sir Ship Chandler de la False-Bay.

Drôle de particulier que ce particulier-là.

Il était Anglais et plusieurs fois millionnaire. Il possédait au Cap une mine de diamants.

Le père de Robert Laripette avait été un de ses intimes amis. Les mauvaises langues du Cap prétendaient qu'il y avait un mystère dans les relations entre M. Laripette père et sir Ship Chandler de la False-Bay. Le fait est, qu'à un moment donné, ils avaient exploité ensemble la mine de diamants dont l'Anglais était resté définitivement propriétaire.

Sir Ship Chandler était un long bonhomme qui n'en finissait plus, tellement il était grand. Quand il avait la migraine, il était obligé de rester une heure dans son bain de pieds, pour donner au sang le temps de descendre de la tête aux orteils.

Cet interminable personnage avait une fille qui était bien la créature la plus parfaite que l'on pût rêver. Jolie au possible, spirituelle en diable et bonne comme le pain, elle n'avait qu'un défaut : celui de s'appeler Briséis. Son père, admirateur fanatique du vieil Homère, lui avait infligé ce prénom-là.

En quoi, allez-vous me demander, sir Ship Chandler était-il un cheveu dans l'existence de Robert Laripette?

En ce que notre Anglais s'était mis dans la tête de marier sa fille au jeune docteur.

Oh! Robert la trouvait charmante, adorable. Mais, d'abord, il ne voulait à aucun prix se laisser imposer une femme ; et, ensuite, il avait en si profonde exécration *l'Iliade* et les autres poèmes grecs qui vous rendent fou lorsqu'on est au

collège, qu'il ne pouvait se faire à l'idée d'appeler sa femme
« Briséis » au moment d'un épanchement amoureux.

Autant Laripette était opposé à ce mariage, autant sir
Ship Chandler y tenait. Et notre homme était un crampon
de première force.

Quand Robert voyageait de Londres au Cap et du Cap à
Londres, sir Ship Chandler s'était arrangé, à chaque par-
cours, pour faire route sur le même paquebot que le fils de
son défunt ami.

Le soir, tandis que tous les passagers prenaient le bon air
sur le pont, il faisait appeler le docteur du bord.

Robert arrivait.

— Eh bien ! quoi ? qu'avez-vous ? êtes-vous indisposé ?

— Pas le moins du monde. Je désire causer avec vous de
mes projets de mariage.

— Je ne veux pas me marier.

— Vous avez tort, Robert. Ma fille est riche, je lui donne
une dot de deux millions ; elle est jolie, intelligente, douce ;
elle vous irait comme un gant ; elle a de l'inclination pour
vous. Voyons, Robert, laissez-vous faire violence ; dites oui ;
je vous réponds que vous serez le plus heureux des maris.

Laripette imaginait toutes sortes de bonnes raisons pour
refuser les avances de sir Ship Chandler.

Il reconnaissait à Mlle Briséis toutes les qualités imaginables ; mais il était, disait-il, décidé à ne jamais se marier.
Beauté, bonté, esprit, fortune, rien n'était capable de le faire
manquer à la promesse qu'il s'était faite.

L'Anglais était navré, mais il ne perdait pas courage. Il
suivait Robert partout. En vain celui-ci cherchait à lui
échapper, sir Ship Chandler le poursuivait, s'attachait à ses
pas, surgissait auprès de lui à l'instant où il s'y attendait le
moins.

J'ai dit qu'en amour le docteur professait une théorie curieuse, empruntée à un livre de M. Alfred Naquet. C'est ici le
cas d'exposer ladite théorie.

Ouvrez le livre de M. Naquet, qui est intitulé : *Religion,
Propriété, Famille,* et vous verrez que le philosophe et savant
sénateur du Vaucluse admet qu'un homme peut aimer sincèrement plusieurs femmes à la fois.

M. Naquet, après avoir posé ce principe qu'il y a trois
sortes de beautés bien distinctes : la beauté physique, la
beauté sentimentale et la beauté intellectuelle, dit ceci
(3e étude, chap. II) :

« Est-il possible que l'amour s'exerce simultanément d'un
homme à plusieurs femmes ou d'une femme à plusieurs

hommes?... Au premier abord, cette idée de la simultanéité en amour paraît monstrueuse à cause de son opposition avec nos mœurs, opposition qui n'est au fond que dans la publicité de la chose... Pourtant, s'il est vrai que l'équilibre des diverses fonctions ne se rencontre jamais, ne peut-il arriver à un homme de trouver dans une femme un complément physique à peu près parfait, sans être aussi bien complété par elle intellectuellement et sentimentalement, bien qu'au fond cet autre complément existe assez pour que la passion de cet homme soit de l'amour?... Ceci ne me paraît pas douteux.

« Si ce premier fait est possible, ne peut-on aussi admettre que le même homme puisse rencontrer dans une autre femme les conditions inverses, c'est-à-dire un complément intellectuel ou sentimental à peu près parfait, uni à un complément physique trop faible pour lui suffire, quoique assez fort pour permettre parfois l'union entre ces deux êtres?

« Mais alors, cet homme, au lieu de trouver à se compléter entièrement par une seule femme, se compléterait par deux femmes différentes. L'amour en lui se trouverait dédoublé. »

M. Naquet poursuit son raisonnement et termine par cette conclusion : c'est que la simultanéité en amour n'a rien d'illogique ni de contre nature.

Or, comme il reconnaît trois sortes de beautés bien distinctes, il s'ensuit que très sincèrement un homme peut aimer au moins trois femmes à la fois.

Robert Laripette était partisan de ce système.

— Une femme, disait-il, est très jolie, sans être cependant ni bête ni méchante; je puis l'aimer pour sa beauté physique. Une autre est bonne à l'excès, sans être cependant ni laide, ni bête; je puis l'aimer pour sa beauté sentimentale. Enfin, une troisième est spirituelle comme tout, sans être cependant ni méchante, ni laide; je puis l'aimer pour sa beauté intellectuelle. Total : trois amours simultanés qui ne se contredisent pas.

D'autre part, notre jeune docteur tenait essentiellement à sa liberté. La seule idée du mariage lui donnait un froid dans le dos.

Du reste, avec sa théorie des trois amours simultanés, il lui était impossible de se marier en Europe, la polygamie y étant partout interdite, sauf en Turquie; mais Robert n'aimait pas les musulmanes.

Ne voulant donc pas se mettre dans le cas d'être à un

moment quelconque contraint d'épouser, il avait résolu de ne brûler sa flamme qu'auprès de dames déjà bel et bien mariées.

Le soir de son dîner en tête-à-tête avec la colonelle chez Isnardon, à Marseille, il s'était dit, en dévorant des yeux la charmante Pauline :

— Voilà ma beauté intellectuelle, amour numéro 1.

Il lui restait à trouver ses deux autres compléments, — pour nous servir du terme de M. Naquet, — beauté physique et beauté sentimentale, amours numéro 2 et numéro 3. Il lui fallait créer dans son entourage une trinité de cocus.

Pauline, en le quittant, avait refusé de lui donner son adresse à Paris. Robert n'avait pas hésité. Il avait commencé par vérifier l'exactitude du peu que lui avait confié la belle : savoir, qu'elle se nommait Pauline Campistron de Bellonnet et qu'elle était l'épouse légitime d'un colonel en retraite. Pour cette vérification, il n'eut qu'à interroger adroitement l'épicière la plus à proximité de la maison habitée par les Garoutte. Puis, quand il fut bien certain de l'identité de son amour numéro 1, il fila prestement à Paris, devançant l'arrivée de Pauline. Ouvrir le *Didot-Bottin,* y prendre l'adresse d'une agence de renseignements confidentiels, courir à l'agence et déposer au directeur une somme de cinquante francs, en disant :

— J'ai besoin d'un renseignement très pressé : où demeure à Paris M. Campistron de Bellonnet, colonel en retraite?

Tout cela fut l'affaire d'une heure à peine.

Le lendemain, il recevait du directeur de l'agence, qui était allé puiser ses indications au ministère de la guerre et à la Légion d'honneur, un mot de billet ainsi conçu :

— Domicile demandé : boulevard Saint-Michel, 47, au troisième.

Comme il se frotta joyeusement les mains, ce jour-là!... Ah! Mᵐᵉ la colonelle avait refusé de lui faire connaître son domicile! Le soir du 5 juin, elle lui avait dit avec une moue délicieuse :

— Non, monsieur, non, vous ne saurez pas mon adresse... Ce n'est pas parce que j'ai été légère ce soir qu'il faut que je perpétue ma faute... Péché isolé n'existe guère ; mais péché répété est un crime...

— Et moi, chère Pauline, je vous dis que je veux être criminel jusqu'au bout, tout le temps, avec aggravation de nombreuses récidives...

— Taisez-vous, vous êtes un vaurien.

Elle lui avait dit ce mot de vaurien si gentiment!...

— Vous m'interdisez l'accès de la forteresse conjugale? avait-il répliqué. Vous ne voulez seulement pas me donner la carte d'état-major indiquant la topographie, la position?

— Cherchez, Paris est grand.

Tel fut son dernier mot, qu'elle accompagna d'un joyeux éclat de rire.

Il avait cherché et il n'avait pas mis grand temps à trouver. « Je suis dans la forteresse », avait lu le colonel en parcourant son *Figaro;* car, grâce à un second versement de cinquante francs, Robert avait été mis, par l'agence de renseignements confidentiels, au courant de toutes les habitudes de Campistron. Et Pauline avait pensé avec un petit effroi mêlé de plaisir :

— Déjà dans la forteresse!... Il va bien, mon ami Robert!...

Par exemple, ce qui le jeta dans la stupéfaction, ce fut la mission de Placide. Le colonel désirait faire sa connaissance, et cela tout de suite. Qu'est-ce que cela pouvait bien signifier?

L'entrevue le rassura promptement.

Mais il était écrit qu'il ne sortirait d'une surprise que pour tomber dans une autre. Il était à peine installé dans son appartement, et déjà il recevait d'une dame mariée un rendez-vous pour le lendemain! et c'était le colonel en personne qui servait d'intermédiaire en cette amoureuse et lui!

Rien n'était plus étrange.

Rentré chez lui, il fit coucher Pélagie. Puis, il s'assit auprès de sa lampe, tournant et retournant la mystérieuse carte entre ses mains.

— Madame Gilda Paincuit, disait-il, je ne connais personne de ce nom. Pas le moindre Paincuit dans mon passé...

Il fouilla tous ses souvenirs d'étudiant. Peut-être avait-il eu une amourette de quelques jours avec une Gilda, au temps où il suivait les cours de la Faculté; sans doute, cette Gilda s'était mariée depuis; de grisette folâtrant avec les jeunes gens du quartier latin, elle était tombée entre les bras d'un plumassier. Ce ne pouvait être que cela. Ce nom de Gilda ne lui revenait pas à la pensée; mais cela n'avait rien d'étonnant, ses souvenirs en matière amoureuse étaient très confus, surtout ceux de cette époque. Gilda devait avoir meilleure mémoire : il n'avait pas changé de nom, lui; il s'appelait toujours Robert Laripette; il n'avait pas été oublié, quoi! et on le réclamait.

A quoi bon, après tout, se mettre la cervelle à l'envers?

Le lendemain, il saurait à quoi s'en tenir. Il se mit au lit, agréablement préoccupé. Le lendemain, à trois heures précises de l'après-midi, il sonnait à la porte des Paincuit. Une soubrette accorte vint ouvrir et, sans lui demander son nom, alla droit au salon où était la jolie plumassière.

— Madame, c'est le monsieur de l'autruche!

— Seul? demanda Mme Paincuit avec émoi.

— Oui, Madame, seul.

— A la bonne heure... Faites entrer ce monsieur.

Robert salua. Mme Paincuit lui rendit sa révérence et lui indiqua un siège, en disant :

— Vous venez, sans doute, Monsieur, me prier de ne pas intervenir auprès du propriétaire pour l'obliger à résilier votre bail, comme va le faire M. le président Mortier?

Laripette n'écoutait pas la question; il examinait attentivement la plumassière; il la trouvait jolie, jolie, mais ses traits ne revenaient pas à sa mémoire :

— Inconnue au bataillon, pensait-il.

Mme Paincuit réitéra sa question, très étonnée cependant de n'avoir pas été comprise. Cette fois, Robert répondit :

— Madame, je viens pour cela et pour autre chose... Monsieur votre mari est bien absent, n'est-ce pas?

— Oui, Monsieur; il est à son magasin de la rue Saint-Denis; mais pourquoi me demandez-vous cela?

La plumassière était intriguée, mais non inquiète; car Laripette n'avait pas le moins du monde l'air dangereux. Le jeune docteur tira de son portefeuille la carte de visite que le colonel lui avait remise la veille et la tendit à Mme Paincuit du côté de l'imprimé.

— Ma carte de visite! fit la dame.

— Veuillez lire ce qui est écrit au verso, fit Robert.

Mme Paincuit retourna la carte, lut et dit :

— Oh! par exemple!...

Robert la considérait en silence :

— Beauté physique, amour numéro 2, conclut-il mentalement.

CHAPITRE IX

LES ESPRITS FRAPPEURS

— Je te dis qu'ils sont tous des monstres!

Ainsi s'exprimait Mme Suprême, la chapelière, en parlant des hommes; et c'était à sa sœur cadette, Paméla Le Crêpu, qu'elle tenait ce langage.

— Tous des monstres!... Tous, sans exception!... Vois par exemple mon mari, Augustin... En voilà un à qui on donnerait le bon Dieu sans confession, n'est-ce pas?... Eh bien, il a des intrigues avec la domestique du président Mortier... Ils s'adressent leur correspondance dans la coiffe du chapeau de ce magistrat vénérable... J'ai surpris le truc... Elle s'appelle Eglantine...

— Un nom de sorcière!

— Elle écrit à Augustin qu'elle rêve de lui et qu'elle a hâte de lui raconter ses songes...

— C'est de l'audace!...

— Tout cela se faisait à ma barbe... je veux dire, à mon nez... Je n'y voyais que du feu... Aussi, maintenant, je suis devenue d'une méfiance... Je ne lui laisse plus un prétexte pour écrire... C'est moi qui fais tout le courrier de la maison... Il n'a plus le droit de toucher à une plume, à un encrier... Je rédige même les factures... Je supprime le papier de partout....

— De partout?

— Oui. Je ne veux pas qu'il en ait la moindre feuille sous la main... De cette façon, toute correspondance lui est impossible.

Et Mme Suprême racontait à sa sœur Paméla tout ce qu'elle avait imaginé pour empêcher n'importe qu'elle communication entre son mari et cette sirène d'Eglantine.

A quelle occasion l'ex-demoiselle des *Méditations de Lamartine* était-elle à Paris?

Voici : — Son mariage avec le cordonnier lyrique avait été néfaste à l'établissement du Cours, à Marseille.

Pharamond, sitôt uni par les liens conjugaux, avait lâché
sa cordonnerie et s'était consacré tout entier à sa femme.

C'était admirable de logique. Seulement, lorsque la clientèle du water-closet sut que la demoiselle était passée au
rang de dame, le *Lamartine* fut promptement déserté. Tous
les mirliflores qui venaient papillonner autour du comptoir
des *Méditations* le délaissèrent en peu de temps. Ils n'avaient
plus aucune raison de fréquenter l'endroit. Pharamond avait
quitté l'alène pour prendre le petit balai de chiendent, et il
était toujours là, majestueux, tenant comme un sceptre l'instrument qui marquait sa nouvelle fonction. Paméla étant
doublée d'un mari légalement breveté par l'Hôtel de Ville,
les clients n'avaient plus qu'à porter leurs hommages dans
d'autres lieux.

Ajoutez à cela que le général Sesquivan, dont la conduite
paraissait incompréhensible aux jeunes époux, ne s'était pas
fait faute d'accabler de vexations le ménage qu'il avait créé
par méprise.

A Marseille, les lieux d'aisance tiennent les journaux, à
l'instar des bureaux de tabac. On y débite les feuilles quoti-
diennes comme dans un kiosque. Personne dans la cité phocéenne n'a oublié un décret fameux du commandant de
l'état de siège, décret ainsi conçu :

« Article 1er. — A partir de ce jour, le journal l'*Egalité,*
dont la rédaction excite continuellement les citoyens au mé-
pris de l'autorité, est interdit sur la voie publique.

« Article 2. — Sont considérés comme compris dans le
domaine de la voie publique : les étalagistes, les kiosques,
les bureaux de tabac et les lieux d'aisance. »

En dépit de cet arrêté, les *Méditations de Lamartine,* qui
croyaient jouir des faveurs du gouvernement de la ville,
continuèrent à tenir divers journaux défendus; et, un beau
matin, le parquet militaire leur signifia un décret particulier ordonnant pour trois mois la fermeture de l'établissement.

Ce fut la ruine.

Quand, après cette interdiction de trois mois, la maison
du Cours rouvrit ses portes au public, elle constata qu'elle
était passée à l'état de Sahara ou grand Désert. Nul mortel
ne s'aventurait plus dans ses cabines. Le ménage Le Crêpu
déposa son bilan.

C'est alors que Pharamond, accompagné de Paméla, se
transplanta dans les environs de la capitale. Il s'installa à
Clichy-la-Garenne et reprit le ressemelage des bottines de
ses contemporains. — Ces détails rétrospectifs sont pour

expliquer la présence de Mme Le Crêpu, à Paris, chez Mme Suprême. Les deux sœurs se voyaient maintenant une ou deux fois par semaine.

La chapelière expliquait donc à sa cadette qu'il fallait se méfier de ces monstres d'hommes, et, après lui avoir narré ses infortunes, elle l'engageait à ouvrir l'œil sur le cordonnier lyrique qui, à son avis, ne devait pas valoir mieux que le commun de l'espèce mâle.

Elle en était là de ses conseils, lorsque le père Orifice, le concierge du 47, se précipita dans le magasin en criant :

— Plaignez-moi, madame Suprême, je suis enragé.

Et il aboyait, mais d'un aboiement de chien à qui l'on a marché sur la queue.

Les deux femmes se reculèrent instinctivement.

— Ouf! c'est passé, dit le portier... Voilà quatre jours que je ne vis plus... J'ai été mordu par une *émeute* de chiens que des forçats en rupture de ban avaient enfermés dans ma cour... Je me suis fait cautériser par le pharmacien; mais je crois que je suis arrivé trop tard... Je suis enragé.

Et il ressortit, en poussant des hurlements lugubres.

Les deux femmes étaient quelque peu émotionnées de cet incident. Elles en causèrent. On plaignit le père Orifice; mais on conclut que c'était un homme qu'il fallait surveiller. Si, par hasard, il était enragé pour de bon?...

Tandis que l'heure s'avançait, Paméla donna le bonjour à sa sœur et se retira. Augustin Suprême rentrait à ce moment, venant d'une course. A peine ouvrait-il la bouche pour dire un mot, que son épouse le pétrifia sur place d'un regard gros de menaces.

— C'est bon! dit-elle. Je suis aise que vous arriviez, Monsieur. Vous garderez la boutique, pendant que je vais porter deux billets de cinquante francs à M. Paincuit.

M. Suprême était abasourdi en présence d'une pareille réception.

— Cristi! pensa-t-il, madame ma conjointe est bien maussade ce soir. Depuis hier, elle n'est plus la même. Aurait-elle appris quelque chose?...

Le chapelier avait sans doute, puisqu'il se tenait un pareil raisonnement, une peccadille sur la conscience. Eglantine n'y était pour rien; mais certes, il n'était pas sans peur et sans reproche. Aussi, baissa-t-il la tête et se garda-t-il de répliquer.

Mme Suprême prit dans un tiroir deux billets de banque et sortit. Elle traversa la rue. Un instant après, elle sonnait chez le plumassier.

— M. Paincuit est-il rentré?

— Oui, madame, répondit le domestique.

— Je lui apporte...

— Bien, madame; veuillez vous donner la peine...

Néostère Paincuit arrivait de son magasin de la rue Saint-Denis. Il avait ramené avec lui l'avocat Anselme Bredouillard, dont il avait fait la connaissance dans un cercle spirite ; car il croyait, lui aussi, à la transmigration des âmes, aux tables tournantes et à un tas de balivernes de cet acabit.

Sitôt que la visite de la chapelière fut annoncée, il se précipita au salon, reçut la dame d'une façon fort affable, et, en échange de ses deux billets de cinquante francs, lui remit cent francs d'or, plus dix sous.

Le plumassier avait dans son secrétaire une forte collection de billets de banque : ils étaient tous de cinquante francs.

Il prit les deux billets de Mme Suprême et les regarda complaisamment en les plaçant devant la lumière d'une lampe.

Bredouillard était légèrement interloqué.

— Vous regardez si ce ne sont pas des billets faux? interrogea-t-il.

— Non, mon ami, non. Mme Suprême n'est pas capable de me tromper. Ce que je regarde sur ces billets, c'est la figurine qui est dessinée en teinte claire dans la pâte du papier.

— C'est une tête de Mercure, fit Bredouillard.

Paincuit haussa les épaules.

— Vous croyez cela, vous?

Et, mettant de plus belle un des billets devant la lumière de la lampe :

— Examinez attentivement les traits du personnage que le dessinateur a gravé sur ce papier-monnaie...

— Eh bien?

— Cette pureté de lignes, cette figure d'une beauté athénienne, ce visage plein d'une douce sérénité, tout cela ne vous dit-il rien?

— Non, ma foi!

— Dans cette tête vous ne reconnaissez personne de vos amis?

— Dame, je crois que le dessinateur a voulu représenter Mercure, le dieu du commerce...

— Possible; mais, par une providentielle coïncidence, ce Mercure est exactement mon portrait, lorsque j'avais vingt-trois ans.

Bredouillard faillit tomber à la renverse.

— Ah bah! murmura-t-il.

Gravement, M. Paincuit ouvrit un album de photographies qui se trouvait sur un guéridon :

— Comparez, fit-il en montrant un portrait-carte; voilà comment j'étais dans ma jeunesse, au moment où je n'avais pas encore un poil au menton; car, il faut vous dire, la barbe m'est venue très tard.

En disant cela, il se poussait du col.

C'était une des manies du plumassier. Il s'était imaginé que le Mercure qui est dessiné dans la pâte du papier des billets de cinquante francs était le portrait frappant de sa jeunesse. Aussi, collectionnait-il avec fureur ces billets de banque. Il rêvait de laisser à son fils, s'il en avait un, toute sa fortune en papier-monnaie de cinquante francs. Il donnait cinq sous par billet de cette somme à quiconque lui en apportait.

Il était plongé dans l'admiration, quand Mme Paincuit vint donner un autre cours à ses idées.

— Néostère, dit-elle en paraissant à une porte, le dîner est servi.

Et elle ajouta avec un sourire à l'adresse de Bredouillard:

— Monsieur, voulez-vous être assez bon pour passer à la salle à manger?

Sur cette invitation, on se mit à table. Le repas fut banal. Bredouillard était un convive peu nouveau. Paincuit s'était pris d'amitié pour Anselme, tout bonnement parce que celui-ci partageait ses idées en matière de spiritisme. La plumassière, par contre, était profondément sceptique; ce qui faisait le désespoir de Néostère. Mais il comptait venir à bout de son incrédulité et la convertir.

Tout en dînant, on causa. La conversation roula un moment sur Pélagie. Paincuit fut charmé d'apprendre que le nouveau locataire de la maison était venu le demander dans la journée, avait fait une petite station chez lui et avait plaidé la cause de l'autruche. En sa qualité de plumassier, il était admirateur enthousiaste de la culotteuse de pipes dont le plumage était resplendissant. Gilda déclara à son mari qu'après les explications que lui avait données ce monsieur Laripette, elle consentait à ne plus s'épouvanter de Pélagie.

— Ma louloute, dit Paincuit en embrassant sa femme, tu es un ange. J'étais si heureux du voisinage de cette autruche!... Ta frayeur aurait jeté le trouble dans mon allégresse. Oh! que je suis donc joyeux que ce M. Laripette t'ait fait comprendre que son oiseau ne présentait aucun danger!...

Et, voyant que Gilda était dans de bonnes dispositions, le plumassier ajouta :

— C'est comme pour le spiritisme. Je suis certain que tu reviendras de tes idées là-dessus. Tu ne crois pas aux tables tournantes, ni aux esprits frappeurs. Va, tu finiras par changer d'avis.

Mme Paincuit répliqua :

— Je ne demande pas mieux que de croire, Néostère, mais jamais je n'ai vu la moindre de tes expériences réussir.

Bredouillard jugea utile d'émettre son opinion.

— Madame, dit-il, cela n'a rien d'étonnant. Le spiritisme veut une croyance aveugle. Il est rare que les esprits se manifestent quand dans une société se trouve une seule personne rebelle à notre foi. Lorsque nous sommes seuls, Paincuit et moi, nous faisons tourner tout ce que nous voulons. L'obélisque de la place de la Concorde ne résisterait pas à notre volonté. Mais quand nous avons essayé de vous convaincre, vous avez lutté en vous-même contre les esprits à qui nous faisions appel... Dame, dans ces conditions, un phénomène est presque impossible.

Il venait de prononcer ces derniers mots. Soudain, un coup sec retentit; on aurait dit que quelqu'un avait frappé sous leurs pieds. Le plumassier et l'avocat dressèrent l'oreille.

— Hein! que signifie? firent-ils d'une même voix.

Il y eut un moment de silence.

— Chut! commanda Néostère.

La plumassière rougit.

Un coup fut encore frappé; cela semblait sortir du parquet. Puis un troisième coup, puis un quatrième.

— Quatre coups! s'écria Paincuit, quatre coups consécutifs!... C'est un esprit... Silence! ..

On eût entendu voler une mouche. La belle Gilda paraissait très contrariée.

— Quatre coups, reprit Bredouillard. C'est la quatrième lettre de l'alphabet... D...

Le plancher était redevenu muet. Brusquement encore, cinq coups consécutifs retentirent.

Paincuit se leva et colla son oreille sur le sol.

— Cinq coups, cette fois! murmura-t-il. Cela signifie E...

Après un nouveau laps de temps, on frappa encore. Treize coups. Bredouillard comptait sur ses doigts les lettres de l'alphabet.

— M..., s'exclama-t-il triomphant.

Ensuite, il y eut encore un coup sec, un seul.

4.

—A..., dit Paincuit.

Neuf coups.

— Il...

Quatorze coups.

— N... Ça y est!... O joie! Ô bonheur!... Un esprit frappeur se manifeste... Il a parlé clairement : il a dit : DEMAIN... Gilda, cette fois, tu ne pourras plus nier le prodige.

Gilda était troublée.

— Ne peux-tu point t'être trompé, Néostère?

— Non, non, déclara le plumassier. Ces coups mystérieux ont été très nets... Je suis sûr d'avoir bien compté les lettres... L'esprit qui nous parle a dit clairement : Demain.

— Tu es fou, mon ami, tu t'imagines des choses impossibles!...

— Je ne m'imagine rien du tout, riposta Paincuit. Je constate que nous sommes dans la position du vénérable Fox, le père du spiritisme. Un esprit frappeur se révèle chez nous. Il n'est pas possible de nier cette intervention inopinée de quelque âme qui s'intéresse, sinon à toi, du moins à moi.

Le plumassier jubilait. Il écoutait encore quelque temps; mais aucun bruit ne se fit plus entendre.

— Demain, a dit l'esprit, conclut Bredouillard. Pour moi, il n'y a aucun doute... On nous annonce d'outre-tombe quelque chose pour demain...

— Qu'est-ce que cela pourra bien être? fit Paincuit. C'est sans doute quelque avertissement relatif au nouveau locataire et à son autruche...

— Ou bien, est-ce un grand bonheur qui va vous arriver demain, déclara Bredouillard.

— Oui, ce doit être ça.

Mᵐᵉ Paincuit riait sous cape.

— Quoi qu'il en soit, reprit Paincuit, le mot donné par l'esprit frappeur est indiscutable... C'est un prodige qui survient bien à point... Gilda, nieras-tu encore le spiritisme?

La plumassière ne répondit rien.

Peu après, Bredouillard descendait à l'entresol, accompagné de son ami Néostère; tous deux désiraient lier connaissance avec le jeune docteur qui, disaient-ils, portait bonheur à la maison... L'avocat offrit ses services pour le cas où le propriétaire lui intenterait un procès dans le but de résilier son bail. Laripette déclara qu'il était enchanté de cette démarche et qu'il n'hésiterait pas, le cas échéant, à utiliser le concours d'une éloquence si gracieusement offerte.

Là dessus, tous trois allèrent prendre un bock à la bras-

serie d'en face, et quand, Bredouillard étant parti, Laripette
et M. Paincuit retournèrent chez eux, ils rencontrèrent dans
la cour le père Orifice qui poussait des aboiements; sur le
seuil de la loge, sa légitime Agathe fessait consciencieusement le jeune Hyacinthe, en criant à tue-tête :

— Oh! qué cochon d'enfant!... Maginez-vous messieurs,
que ce scélérat vient encore de faire caca au lit.

CHAPITRE X

CAQUETAGE D'UNE PLUMASSIÈRE

Madame Paincuit avait bondi, avons-nous raconté, lorsque Laripette lui montra sa propre carte de visite, au dos de laquelle se trouvaient écrits ces mots significatifs :

« Venez demain à trois heures ; j'éloignerai mon mari. »

Elle protesta vivement.

— Monsieur, dit-elle, je ne comprends pas cette mauvaise plaisanterie... Vous vous êtes procuré, je ne sais comment, une de mes cartes de visite, vous y avez tracé ces lignes vous-même, et vous avez l'audace de vouloir me faire croire que je vous ai donné un rendez-vous !...

Laripette fut un moment embarrassé, et il y avait vraiment de quoi l'être.

Il donna sa parole d'honneur qu'il était lui-même la première victime de cette mystification.

La plumassière ne voulut rien en croire.

— Monsieur, insista-t-elle, dites-moi alors de qui vous tenez cet étrange billet doux.

Ah ! bien oui ! Nommer le colonel, c'était risquer de se faire un ennemi dangereux... Qui sait si Mme Paincuit n'irait pas casser les vitres chez Campistron ?... Ce serait une rupture avec le colonel, ce serait l'impossibilité pour Robert de s'introduire désormais chez le mari de Pauline.

Et puis, que penserait la colonelle de sa conduite ? Elle aurait le droit de lui rire au nez, quand il reviendrait lui offrir son cœur. Un cœur d'artichaut, ne manquerait-elle pas de dire ; un cœur dont les feuilles se distribuent à droite et à gauche, au petit bonheur.

— Madame, répondit Robert après une longue hésitation, je comprends qu'on s'est moqué de moi, mais je ne puis me venger en dénonçant le coupable...

— Pourquoi donc ?

— Il vaut mieux que je me taise...

— Vous préférez alors que je ne vous croie pas?... J'ai été en effet bien bonne de vous écouter. Votre tentative est d'une impertinence!...

— Madame, je vous jure...

La plumassière se leva et indiqua à Robert la porte.

Cette fois, Laripette n'hésita plus.

— Eh bien, madame, fit-il, la personne qui m'a remis ce billet de votre part, c'est... le colonel...

— Le colonel Campistron?

— Lui-même, hier soir... Et maintenant, advienne que pourra. Il ne sera pas dit que j'aie passé pour un simple blagueur aux yeux d'une jolie femme.

Mme Paincuit éclata de rire.

— Monsieur, dit-elle, je vous crois... Le colonel!... c'est le colonel... Il en est bien capable!... Je comprends tout... Vous êtes nouveau locataire... vous êtes jeune... élégant... Il est jaloux comme un tigre de sa Pauline... Dès qu'il voit surgir à l'horizon un jeune homme, il a une peur de devenir... comment dirai-je?... de devenir... enfin, vous me comprenez... Et alors... je vois ça d'ici... il aura eu l'idée de vous créer une intrigue avec moi... pour sauvegarder son front... Oh! ma foi, c'est bien drôle... Permettez-moi de rire...

Et elle riait comme une petite folle.

Robert reprit son aplomb.

— C'est cela, madame, dit-il, vous avez raison, tout à fait raison... Ce colonel est un vieux farceur...

— Ah! çà, et comment la trouvez-vous, sa colonelle?... Car, après tout, voilà une jalousie que rien n'autorise... Elle s'en croit beaucoup, cette madame Campistron... En définitive, son mari a grandement tort de la considérer comme une beauté...

En disant cela, la plumassière se mirait complaisamment dans une glace.

— Ma foi, répondit Robert, madame Campistron n'a rien que de très ordinaire... Je connais des beautés qui lui sont bien supérieures...

— Oh! l'on n'a pas grand mérite à être mieux que cette petite pimbêche... La présidente, qui n'est pas ce qui s'appelle jolie, est infiniment mieux que madame Campistron.

— Je ne saurais me prononcer; je n'ai jamais vu madame Mortier.

— Vous la verrez... Elle sort assez souvent... En voilà une qui est toujours en course... Où va-t-elle comme cela à tout bout de champ?... C'est un mystère...

En lui-même, Laripette se disait :

— Mâtin! cette plumassière aime joliment à casser du sucre sur la tête de ses voisines.

De fait, Mme Paincuit était intarissable.

Elle raconta à Robert l'histoire de chacune de ses amies. Une heure s'écoula promptement dans cette conversation de débinage.

Le jeune homme, qui prenait plaisir à entendre caqueter la belle, l'interrogea enfin avec adresse sur son mari le plumassier.

— Néostère? répondit Mme Paincuit... Oh! c'est un excellent homme... Il est ravi de vous, sans vous connaître... Il est enchanté d'avoir dans sa maison le compagnon d'une autruche... Celle qu'il possède à la vitrine de son magasin n'est qu'une autruche empaillée... Vous avez comblé ses vœux en venant demeurer ici avec votre Pélagie...

Robert donna tous les renseignements possibles sur son oiseau du Cap.

— Eh bien, conclut la belle Gilda, soyez certain que mon mari cultivera votre connaissance... Bientôt, vous serez des nôtres, j'en suis sûre... Justement, nous avons une réception jeudi... Il vous invitera...

— Madame, j'accepterai cette invitation avec plaisir, bien que cette entrée en connaissance me soit bien plus agréable que toutes les soirées imaginables... Le charme de ce tête-à-tête, joint à l'étrangeté de ma présentation...

Mme Paincuit l'interrompit.

— Vous savez, dit-elle, mon mari n'est pas jaloux... Je lui raconterai ce soir votre visite... Je ne lui parlerai pas de la farce du colonel, bien entendu; mais je lui dirai que j'ai eu l'honneur de vous voir... mettons : à propos de votre autruche...

— Ah! M. Paincuit n'est pas jaloux?... Cependant, autant le colonel n'a pas raison de l'être, autant monsieur votre mari a tort de ne l'être point...

La plumassière sourit à ce compliment et reprit :

— Néostère, monsieur, a un vilain défaut : il se croit l'Apollon du Belvédère; il est convaincu qu'il est un des plus beaux types de la race... Depuis qu'il est spirite, car il est spirite, il s'est mis dans la tête qu'il possède en lui l'âme de Gentil-Bernard, le séduisant poète du siècle dernier.

— C'est une manie bien innocente...

— Soit, mais elle le rend ridicule. Il m'a présenté lui-même tous ses amis. Oh! il n'a aucune inquiétude; non pas parce qu'il a confiance en moi, mais parce qu'il se met im-

médiatement en comparaison avec n'importe qui, et cela
pour conclure à son avantage...

Après avoir parlé de son mari, Mme Paincuit ouvrit un
chapitre sur son oncle.

Elle a un oncle, nommé Trophime Belzingue, qui est astronome. Ce qui a toujours étonné la plumassière, c'est que
son oncle Trophime n'ait jamais songé à se marier; c'est un
célibataire endurci; on ne lui connaît même pas une aventure galante.

— Étrange! murmure Robert. L'étude de la cosmographie
prédispose au contraire infiniment à l'amour.

— Tiens, comme vous dites cela!... Seriez-vous par hasard astronome, et la contemplation des astres vous aurait-
elle inspiré des pensées folichonnes?...

On le voit, Mme Paincuit s'était apprivoisée. Ce gredin de
Laripette avait le don de mettre de suite toutes les femmes
à leur aise avec lui

— Au collège, répondit-il, j'ai pioché ferme la cosmographie, à un moment donné. La nuit, au dortoir, je me levais
et j'allais, par la lucarne, m'inquiéter de la position de la
Grande Ourse; pendant l'étude du soir, de 5 à 7, tandis que
mes camarades fumaient des cigarettes en des coins ignorés,
je restais debout dans la cour froide pour suivre Orion et
Sirius dans leurs mouvements elliptiques. Adolescent, combien de fois suis-je demeuré en face de la mappemonde céleste, au lieu d'étudier les deux hémisphères terrestres! Je ne
mordais pas à la géographie... J'ai suivi quelques cours plus
tard à l'Observatoire... Oh! madame, que de grivoiseries
dans la science astronomique!

— Je ne m'en serais jamais doutée...

— Toujours des conjonctions d'astres... des étoiles qui se
lèvent le soir pour se coucher le matin... Trouvez-vous que
ce soit là un sujet d'étude à donner à des jeunes gens?... Et
puis Vénus qui passe sur le soleil, et le soleil qui a des
taches bizarres... Et la lune qui fait sa Sophie derrière les
nuages et qui se laisse tout de même échancrer en fin de
compte!... Et la Vierge, qui court après le Centaure, lequel
tient à la fois de l'homme et du cheval!... Et les Poissons,
qui vivent aux dépens de toutes les pléiades du zodiaque!...
Et ces coquines de nébuleuses qui vont se coucher ensemble!... Franchement, est-ce que tout cela n'est pas fait
pour vous mettre la cervelle à l'envers?

— Monsieur Laripette, dit la belle Gilda ravie, il me vient
une idée... Voulez-vous me donner des leçons de cosmographie?

— Je veux bien... mais pourquoi?

— Afin que je n'aie pas l'air d'une ignorante quand mon oncle Trophime dînera chez nous et causera des astres... Voulez-vous?... A quand ma première leçon?

— Dame, cette proposition si inattendue... Je demande à réfléchir.

Au fond, Laripette était enchanté; seulement, il se disait que, dans le cas présent, vu l'incident extrardinaire de son entrée chez Mme Paincuit, il était utile pour lui de se faire un peu désirer.

— Je vous ferai connaître ma réponse, chère dame, aujourd'hui même...

— Ne m'écrivez pas, au moins!... Une lettre, cela s'égare, cela se trouve... Or, mon mari, si peu jaloux qu'il soit, pourrait considérer comme suspecte une correspondance entre nous et s'imaginer des choses qui ne seraient pas.

— En effet...

— Encore une idée!... Décidément, aujourd'hui les idées se multiplient dans mon cerveau... Vous demeurez à l'entresol, et nous au premier; ce plancher seul nous sépare. Avec votre canne, tapez à votre plafond : un coup pour la lettre A, deux coups pour B, trois coups pour C... et ainsi de suite...

— Compris.

— Sur ce, monsieur Laripette, je ne vous retiens plus, allez vous enfermer dans votre cabinet des méditations et réfléchissez.

— Madame, j'ai bien l'honneur...

Il se retira en saluant cérémonieusement et ajouta à voix besse :

— Vous êtes charmante!

Le soir, pendant le dîner, eut lieu la première correspondance. On sait que Paincuit et Bredouillard l'attribuèrent aux esprits frappeurs.

CHAPITRE XI

DEUX CONFESSEURS POUR UNE PÉNITENTE

Une présidente qui ne se confesserait pas serait un phénomène. Marthe Mortier avait donc un confesseur : l'abbé Romuald Chaducul, vicaire à Saint-Germain-l'Empalé.

C'était un gros homme raplot, à la trogne rouge, entre
quarante et quarante-cinq ans. Il levait bien le coude et
administrait le sacrement d'extra-mariage à toutes ses pénitentes. La présidente ne faisait pas exception à la règle.

Justement, l'abbé l'attendait chez lui, tandis que notre
ami Laripette exposait à la plumassière sa façon de comprendre la cosmographie.

Il était environ quatre heures du soir.

— Ne viendra-t-elle pas ? se disait le galant tartufe... Ce
serait la première fois qu'elle me ferait poser..... Elle
viendra...

Pour passer le temps et aussi pour bien se pénétrer de
ses devoirs, l'abbé Chaducul relisait attentivement un chapitre de la *Mœchialogie*. Ce livre, dont le titre veut dire
« cours de luxure », a pour auteur un religieux trappiste, le
R. P. Debreyne : c'est le manuel que les évêques donnent
aux prêtres pour leur apprendre leur métier de confesseurs.
On l'enseigne et on l'explique dans les séminaires, notamment à Saint-Sulpice. L'ouvrage, par exemple, n'est délivré
qu'aux ecclésiastiques (1).

L'abbé Chaducul tenait l'ouvrage à la main, ouvert à la
page 338. Ce qu'il lisait, nonchalamment étendu sur un canapé, était intitulé :

(1) Malgré cela, nous possédons un exemplaire authentique de
cet ouvrage, que nous avons réussi à nous procurer. Il porte
comme nom d'imprimeur : Victor Goupy, 5, rue Garancière,
Paris; et comme nom d'éditeur : Poussielgue frères, 27, rue Cassette, Paris, 1874. Les lecteurs qui seront curieux de voir ce qu'est
ce Manuel de la Confession, devront se procurer notre ouvrage *La
Confession et les Confesseurs,* qui reproduit presque en entier
cet étrange livre des séminaires.

*De la conduite des confesseurs à l'égard des personnes ma-
riées et de celles qui se disposent à entrer dans l'état de
mariage.*

« Un confesseur, disait le livre, ne saurait trop se pénétrer
de la connaissance des nombreuses et difficiles obligations
des époux. Il faut surtout qu'il les leur représente et les leur
inculque suivant l'occasion et le besoin. »

— Parfaitement, conclut le vicaire.

Il lut un autre passage que nous ne reproduisons pas par
respect pour nos lectrices. Ce passage tient trois pages après
les lignes que nous venons de citer.

Il en vint à la page 342, qui indique comment un confesseur doit s'y prendre pour tirer les vers du nez à une pénitente.

« Chez certaines femmes, dit le livre, on peut s'y prendre
de la manière suivante, c'est-à-dire d'une manière plus cou-
verte et plus délicate. On feint d'entrer dans quelques détails relatifs aux enfants de la pénitente, car très souvent ce
sont les femmes elles-mêmes qui ne veulent pas la fin du
mariage; on l'interroge sur la façon dont elle les élève et
s'ils le sont bien chrétiennement, etc. On ajoute ensuite :
— Vous seriez sans doute bien heureuse si Dieu vous en
donnait encore quelques autres pour les élever de même,
afin qu'ils vous procurassent de nouvelles et abondantes
consolations? — Souvent, à ce dernier mot, il leur échappe
cet aveu involontaire : *Ah! mon Dieu, j'en ai bien assez!*
Cette réponse vous instruit suffisamment et vous dispense
d'en dire davantage. »

L'abbé en était là de sa lecture quand on sonna; la gouvernante alla ouvrir et fit entrer madame la présidente; car
c'était elle.

Ursule, servante discrète, se retira.

Le vicaire fit asseoir Marthe auprès de lui.

— Eh bien! ma chère enfant, vous voilà! dit-il tout
joyeux. Je croyais que vous ne viendriez plus.

— Cependant, mon père, je ne suis pas en retard.

— C'est vrai... c'est moi qui suis toujours impatient de
vous voir... chère Marthe!

Il lui prit les mains.

— Mon père!

— Plus près, placez-vous plus près!... Mettez-vous à genoux... là... sur ce coussin... et récitez votre *Confiteor*...

La présidente s'agenouilla et récita le *Confiteor*, en s'arrêtant à l'endroit marqué par le rituel.

— Ma chère enfant, reprit l'abbé Chaducul, ne me cachez

aucun de vos péchés .. Vous voyez que j'ai pour vous des trésors d'indulgence... Dites-moi bien tout...

— Oui, mon père.

— Combien de fois avez-vous trompé votre mari, depuis votre dernière confession?

— Dame! mon père, le compte est difficile... Il y a aujourd'hui quinze jours que je ne me suis plus approchée du tribunal de la pénitence...

— Avez-vous commis quinze fois le péché d'adultère?

— Attendez, mon père, je vais vous dire cela au juste.

— Comptez, mon enfant, je ne suis pas pressé.

— Trois... et quatre... et deux... et cinq. . Non, ce n'est pas tout... Là, j'y suis... cela fait vingt-sept!...

— Vingt-sept péchés mortels!... C'est trop, mon enfant, c'est trop!

Marthe se mit à rire.

— Vous croyez? fit-elle.

— Comment! si je le crois?... Mais c'est-à-dire que votre inconduite n'a pas de nom!... Et le neuvième commandement, qu'en faites-vous alors?... Non, vrai, ce n'est pas raisonnable...

— Puisque vous me donnez l'absolution!...

L'abbé réfléchit.

— Elle a raison, fit-il tout haut... puisque je lui donne l'absolution!...

— Et vous me la donnerez encore aujourd'hui, n'est-ce pas?

— A une condition, mon enfant.

— Laquelle?

— C'est que vous allez me promettre de ne plus retomber dans le péché...

— Je vous le promets; mais je pose une condition, à mon tour, mon père.

— Laquelle?

— C'est que vous ne m'y ferez plus retomber.

— Par exemple!

— Eh! eh! c'est que dans mon compte, mon père, vous figurez pour deux péchés mortels...

— Sapristi!

A ce mot, la porte d'un cabinet s'ouvrit brusquement, et une seconde soutane entra. L'homme qui la portait était sec, maigre, et se tordait littéralement, tant il était en proie à un accès de belle humeur.

— Monsieur le curé! s'écrièrent à la fois le confesseur et la pénitente.

Le nouveau-venu n'était autre que le premier officiant de la paroisse, l'abbé Jérôme Huluberlu, curé de Saint-Germain-l'Empalé.

Le vicaire et la présidente semblaient atterrés, le vicaire surtout. Son supérieur avait surpris un de ses secrets. Sans doute, il s'était introduit là en faisant usage de quelque fausse clef; mais un simple vicaire, pris en flagrant délit de confession trop joviale, pourrait-il oser élever la voix contre son curé, relativement au moyen employé par celui-ci pour découvrir les preuves de sa culpabilité? Il était fautif, voilà ce qu'il y avait de plus clair. Quant au truc employé par le rusé Huluberlu, pas mèche de s'en indigner. La loi de l'Eglise est là : la fin justifie les moyens.

Il courbait donc son front, monsieur le vicaire, pareil à l'accusé qui sait que le jury vient de le déclarer coupable, et qui n'attend plus que la condamnation dont la Cour va formuler l'arrêt.

— Pincé! murmurait-il, en faisant vers le sol un nez lamentable, honteux, confus.

Mais, au lieu de sortir sa bonne foudre de Tolède pour le pulvériser, le curé, très gai, se tapa sur la cuisse droite, leva la jambe gauche à une bonne hauteur et se mit à danser un cavalier seul en chantant :

> Ci-gît la mère Cresson!
> Qui f'sait de la boxe! et du chausson!

Les deux coupables levèrent la tête, se demandant ce que cela voulait dire.

Le curé partit d'un éclat de rire, fit à son vicaire un pied de nez, et reprit son cancan en chantant sur un autre air :

> Un, deux, trois!
> La culotte en bas.
> Quatr', cinq, six!
> Levez la chemise,
> Sept, huit, neuf!
> Je tap', comme un bœuf.
> Diz, onz', douze!
> La fesse est tout' rouge.

Marthe s'était levée du coussin sur lequel elle était agenouillée. Romuald avait quitté sa posture nonchalante sur le canapé.

— Debout! lui dit le curé. Avancez à l'ordre!

Puis, se rapprochant du vicaire, il frappa tour à tour sa poitrine et la sienne en psalmodiant la ronde des enfants de salle d'asile :

> Une poule sur un mur
> Qui picote du pain dur;
> Picoti,
> Picota,
> La poule s'envola,
> Et le pain resta... là.

En prononçant la dernière syllabe, il frappait sur sa poitrine pour indiquer que c'était lui que le sort avait désigné.

— Mais, monsieur le curé !... glapit le vicaire.

— Le sort vous est contraire, Romuald, répondit l'abbé Huluberlu; c'est moi qui donnerai l'absolution... Rentrez dans le cabinet...

Et, joignant le geste à la parole, il poussa son vicaire dans la petite pièce dont il venait de sortir et dont il referma la porte.

— Maintenant, ma chère enfant, dit-il avec gravité en s'adressant à la présidente, terminez votre confession.

CHAPITRE XII

MÉTAMORPHOSE RÉCIPROQUE D'UN POMPIER ET D'UN VICAIRE

Eglantine était une luronne. Elle n'avait aucune intrigue avec le chapelier Suprême; mais son péché mignon vivait sous les espèces et apparences d'un pompier, Philéas Gris-gris.

Elle le recevait principalement quand Mme Mortier était à confesse. Cela lui faisait deux bonnes heures dont elle pouvait user et abuser.

Ce jour-là, Philéas pétillait comme du champagne. Il était tout guilleret et avait des idées anacréontiques.

— Depuis combien de temps la bourgeoise est-elle sortie? demanda-t-il à la bobonne.

— Il y a juste une heure et quart que Madame...

— Nom d'un rat! ma mignonne, nous n'avons donc que trente-cinq minutes à nous!... Faudra voir à bien les employer...

Et il prit Eglantine par la taille et lui appliqua deux gros baisers sur les joues.

— Philéas, vous êtes toujours d'une pétulance!...

— Laisse-moi faire, mon Eglantine... Du moment que c'est pour le bon motif, tu n'as pas à regimber.

— Oui-dà! sous prétexte de bon motif, monsieur, vous avez joliment effeuillé déjà mon bouquet de fleurs d'oranger... A propos, veux-tu boire un petit verre de xérès... Madame en a reçu dernièrement six paniers... C'est du velours... En t'attendant j'ai bu quelques gouttes à ta santé!

Ce qu'Eglantine appelait quelques gouttes équivalait à une demi-bouteille. Elle avait entamé un flacon, et, le Xérès étant exquis, elle s'était laissé aller à fournir bon nombre de rasades. Rien n'est traître comme le vin d'Espagne; on s'imagine n'avoir affaire qu'à du sirop, tant il est moelleux; puis, v'lan! on est tout surpris de se trouver allumé comme si l'on avait lampé force cognac. Tel était le cas d'Eglantine; elle avait son léger plumet.

Tandis qu'elle allait prendre la bouteille commencée, Phi-

léas, ennemi déclaré de la chaleur, — il faisait chaud, —
avait déposé son casque, son habit, son gilet.

— Pour le coup, voilà une tenue! exclame la bonne, quand
elle revient avec un plateau, le flacon et deux verres.

— C'est la tenue dont auquel je suis susceptible, riposte
Philéas en se cambrant. Vu les chaleurs trop piquantes de
la canicule qui s'approche, m'est avis que le vêtement de
l'humanité devrait se réduire à un caneçon de bain.

— Fi! l'horreur!

— Mais, déesse adorable, pour satisfaire aux exigences de
la pudeur, le sexe dont auquel j'appartiens s'implique un
caneçon complet dans lequel je suis ci-inclus.

La scène avait lieu dans le fumoir du président. Donnant
sur ce fumoir, se trouvait un cabinet obscur qui servait aux
divers débarras et n'avait qu'une seule porte.

Tout à coup, la sonnette de l'entrée tinta.

— Déjà, madame! fit Eglantine vexée... Philéas, cachez-
vous!

Et, en moins de temps qu'il n'en faut pour l'écrire, elle le
bouscula, l'inséra dans un placard, et, ramassant l'uniforme
du pompier, y compris le pantalon, — car l'ennemi du feu
n'avait gardé que sa chemise, ses bas, ses souliers et son
caleçon, toujours à cause de la chaleur, — elle jeta toutes
ces frusques pêle-mêle au cabinet de débarras. Le casque
tomba sur un paquet de linge sale : ce qui fut fort heureux;
car, sans cela, il aurait fait grand bruit.

Puis, après avoir remis en place les verres et le flacon,
elle alla ouvrir.

Ce n'était pas madame. C'était l'abbé Romuald Chaducul,
vicaire et confesseur de la présidente. Il était solennel.

Eglantine eut un soubresaut.

Le vicaire!... mais madame avait dit qu'elle allait justement se confesser chez lui!...

— Madame Mortier est-elle rentrée? s'enquit l'oint du Seigneur.

La bonne était troublée.

— Non, monsieur l'abbé, pas encore... Je pense qu'elle
ne tardera pas à venir...

— C'est bien, je vais l'attendre au salon.

Le salon attenait au fumoir, dans un des placards duquel
était inséré le pompier Philéas. Eglantine était sur des char-
bons ardents. Le vicaire, qui connaissait les êtres de la maison et qui s'y trouvait comme chez lui, ne laissa pas la
bonne l'introduire. Il alla bravement au salon.

Il y avait à peine deux minutes qu'il s'y était assis, que

la sonnette tinta de nouveau. Cette fois, c'était la présidente.

Elle passa au salon en toute hâte.

— Eh bien! l'abbé, dit-elle, qu'étiez-vous devenu?... Ai-je été assez surprise, après ma confession, de ne plus vous retrouver chez vous!... Monsieur le curé aussi n'en revenait pas, le cher homme!... Vous avez pris la mouche!... Vous vous êtes sauvé comme si vous aviez eu le diable à vos trousses!

— Ma chère Marthe, la situation n'était pas tenable pour moi... C'est un tour de mon curé, je n'ai pas le droit de me plaindre... Il est mon supérieur, et puis, j'étais dans mon tort... Mais comment votre confession s'est-elle passée?

— Eh! eh! il confesse très bien, l'abbé Huluberlu.

— Le sacripant!

— Je serai encore sa pénitente.

— Vous ne vous confesserez plus à moi?

— Je ne dis pas cela... Au lieu d'un confesseur attitré, j'en aurai deux...

— Vous êtes cruelle!

— Non, mon cher abbé, je ne suis pas si cruelle que vous vous voulez bien le dire... Et la preuve, c'est que j'ai complètement oublié s'il m'a donné ou non l'absolution...

— Diable!... c'est que c'est là un cas imprévu par la théologie... Une pénitente peut-elle recevoir deux absolutions consécutives?... Les pères de l'Eglise ne se sont jamais prononcés sur ce point.

— Une absolution de plus... il me semble que cela ne peut pas faire de mal.

L'abbé Romuald était surexcité.

— Soit, je vous donnerai cette absolution complémentaire.

— C'est entendu. Je passe à ma chambre, je change de toilette, et je suis à vous.

L'abbé Romuald était de plus en plus surexcité.

Quand la présidente revint au salon, après avoir passé une robe de chambre princesse en soie bleue, il n'y était plus. Il était au fumoir... et dans quelle tenue!... Bien certainement, l'immixtion du curé dans ses affaires lui avait fait perdre la raison... Un vicaire, un oint du Seigneur, cela est un homme sérieux, cela ne doit pas se conduire comme un pompier... Et cependant, si à ce moment on avait tiré Philéas de son placard et si on l'avait mis en présence de Romuald, on n'aurait pas su dire lequel des deux était le pompier et lequel était le vicaire.

Si, pourtant; le ministre de Dieu se distinguait par sa tonsure.

Marthe en était toute honteuse.

Patatra! voilà la sonnette de la porte d'entrée qui se met à tinter pour la troisième fois. Eglantine ouvre. C'est M. le président, accompagné de M. Tardieu, le propriétaire de l'habitacle.

En un clin d'œil, l'abbé est poussé dans le cabinet aux débarras, et madame lui jette tout ce qu'il a laissé traîner sur les meubles.

Après quoi, avenante, elle va au-devant de son mari.

— Ce bon Isidore!... D'où viens-tu?... Il me semblait que l'audience ne devait pas finir tard aujourd'hui...

— J'ai été libre d'assez bonne heure, mais j'ai rendu visite à M. Tardieu, et j'ai tenu à l'emmener ici, pour qu'il pût juger par lui-même de ce qu'est son nouveau locataire de l'entresol.

— Oui, je sais... Tu tiens à ce que M. Tardieu lui résilie son bail...

— Fichtre! je ne veux pas d'autruche dans la maison!...

Le propriétaire s'inclinait, saluait la dame et disait :

— En effet, nous avons été trompés, le concierge et moi... Ce M. Laripette a fait stipuler qu'il aurait le droit d'avoir des oiseaux chez lui... Qui aurait pu penser que par oiseau il entendait autruche?...

— N'importe! ajoutait le président. Il faut résilier.

Mme Mortier avait tressailli à ce nom de Laripette.

— Vous dites, demanda-t-elle, que ce nouveau locataire s'appelle Laripette?

— Oui, mon amie... c'est du moins ce que m'a dit hier soir Placide, le valet de chambre du colonel... Ne l'avais-tu pas entendu?

— Ma fois, non!... Je causais avec M. Belvalli quand Placide vous parlait de cette culotteuse de pipes... Je n'ai vraiment pas pris garde au nom qu'il a cité.

— Saurais-tu, par hasard, quel est ce personnage?

— Non, non, je ne dis pas cela... C'est la première fois que j'entends prononcer ce nom... Il me paraît étrange... Laripette... cela doit être un pseudonyme... Il n'est pas permis de s'appeler Laripette...

Elle débitait cela avec une volubilité extrême. Quand elle eut fini, elle se mordit les lèvres comme si elle eût été ennuyée d'avoir demandé ces renseignements.

Pendant ce colloque, commencé dans le vestibule et fini dans le bureau de M. Mortier, Eglantine s'était précipitée à l'obscur cabinet de débarras. Elle s'y heurtait avec un homme ne caleçon.

5.

— Scélérat de Philéas! dit-elle. Pourquoi as-tu quitté le placard?

— Je ne suis pas Philéas, répondit une voix sourde.

Eglantine le tâtait.

— Mais si... Ne fais pas l'imbécile... Je vois bien que tu n'as pas ton uniforme...

— Je ne suis pas Philéas, répéta la voix... N'insistez pas pour savoir mon nom... Il y a vingt francs pour vous si vous ne soufflez jamais mot de cette aventure... Celui que vous cherchez n'est pas venu dans ce cabinet.

Eglantine comprit tant bien que mal à qui elle avait affaire. Doublement troublée par le xérès et par cette complication inattendue, elle saisit à la hâte un paquet de vêtements dans le coin où elle avait jeté les frusques du pompier et passa lestement vers le placard. Philéas Grisgris y était toujours, à moitié étouffé.

— Tiens, Philéas, dit la bonne, voilà ton uniforme... La porte de l'escalier de service est ouverte... File vite... Pour assurer ta retraite, je m'en vais donner de l'occupation à monsieur et à madame.

Le pompier remercia Eglantine, qui s'enfuit. Mais quel fut son ennui quand il constata que son amoureuse lui avait remis, dans sa précipitation, une soutane et un chapeau de curé! Il n'y avait pas, néanmoins, à tergiverser. Les secondes valaient des heures. Il enfila prestement l'uniforme ecclésiastique, se félicitant d'avoir une figure imberbe, se glissa sans bruit à l'escalier de service et se sauva à toutes jambes.

Eglantine avait réussi à occuper ses bourgeois. Elle alla raconter à M. Mortier une histoire de l'autre monde : comme quoi le locataire de l'entresol n'avait pas seulement qu'une autruche, mais encore qu'il avait apporté des serpents et qu'on en avait vu un dans l'escalier, etc., etc.

La présidente profita de ce que la bonne fournissait un témoignage fort verbeux, — au sujet duquel le propriétaire prenait des notes, — pour s'éclipser une minute et revenir à son tour vers le cabinet obscur.

— Vous êtes encore là, l'abbé? demanda-t-elle à voix basse.

— Mais oui, et je ne sais pas comment je vais m'en tirer.

— Rhabillez-vous de suite, et déménagez sans bruit par l'escalier de service.

— C'est que je ne trouve plus ma soutane...

— Eh bien! qu'est-ce donc que cela?

La présidente avait tiré d'un coin un paquet de vêtements. Le vicaire s'avança sur le seuil du cabinet qui recevait du fumoir son peu de jour.

— Un costume de pompier, fit-il avec stupeur.

— Un pompier! répéta Mme Mortier.

— Oui-dà... voilà le casque...

— Ma foi! ce n'est pas le moment de chercher à comprendre... Je vous jure, Romuald, que je ne suis pour rien dans ce nouvel incident... Déguisez-vous en pompier, et partez... De grâce, partez!

L'abbé Chaducul en prit son parti. En moins de deux minutes, il eut revêtu l'uniforme de Philéas; puis, pour se rendre méconnaissable, il avisa une caisse à charbon qui était là et se noircit le visage.

Coiffé du casque à Grisgris, il se dirigeait vers l'escalier de service, lorsque, au moment où il traversait le vestibule, le président arriva, reconduisant M. Tardieu.

— Un pompier! s'exclama le magistrat.

Heureusement, Eglantine était là, toujours prête à donner la réplique :

— Oui, monsieur, c'est un feu de cheminée... Un feu de cheminée qu'il y a eu dans la maison.. Mais c'est éteint à présent... C'est éteint, n'est-ce pas pompier?

— En effet, messieurs, dames, c'est z'éteint... vous n'avez plus rien à craindre... C'était pas ici du reste qu'il y avait le feu... c'était au quatrième... Mais enfin, par mesure de précaution, j'ai venu voir... Soyez sans crainte à présent... c'est z'éteint!

Et, sans réclamer son reste, il tira sa révérence à la compagnie et dégringola l'escalier.

Eglantine se demanda, intriguée, pourquoi son Philéas s'était barbouillé la figure, et pourquoi il contrefaisait sa voix; précaution inutile, puisqu'il n'était pas connu des patrons

CHAPITRE XIII

UN AUMONIER POUR DEUX DÉVOTES

Romuald Chaducul n'était pas au bout de ses embêtements.

On était en plein été, et, à sept heures, il faisait encore grand jour. Il ne fallait pas songer à réintégrer de sitôt son domicile ecclésiastique : il était indispensable d'attendre la nuit.

Il erra donc quelque peu dans les rues, marchant au hasard, choisissant de préférence les voies les plus fréquentées pour passer inaperçu.

Il remonta ainsi le boulevard Saint-Michel et prit ensuite le boulevard Montparnasse. Avec ça, il avait une fringale atroce qui lui tiraillait l'estomac.

Il fouilla dans sa poche.

Le porte-monnaie du pompier dont il portait le costume était peu garni; il contenait juste deux francs huit sous. Il n'y avait pas à espérer s'offrir bombance.

Il se rendait parfaitement compte, à présent, de ce qui était arrivé. C'était la bonne qui avait le pompier. Elle l'avait réclamé sous le nom de Philéas. Sans aucun doute, elle lui avait remis sa soutane; sa belle soutane neuve, qui renfermait, dans une poche, un tas de papiers précieux, sans parler de l'argent. Et c'était ce Philéas qui allait nocer à sa place!... A cette heure, il devait se prélasser, majestueux, en costume d'oint du Seigneur... Et il irait, dans un pieux restaurant du quartier Saint-Sulpice, se payer, avec les écus de Romuald, un plantureux balthazar arrosé de vins exquis!... Et il lirait les secrets de son portefeuille, les adresses de ses pénitentes, les lettres de recommandation que lui écrivaient divers évêques *in partibus* en faveur de jeunes prêtres qu'on le priait de caser à Paris!... Il y avait, notamment, un néophyte polonais dont il s'était chargé... Tous les papiers de l'apprenti-curé se trouvaient précisément dans le portefeuille de l'abbé Chaducul... L'abbé voyait s'amonceler à l'horizon une multitude de nuages qui finiraient par éclater d'une manière désagréable pour lui.

Et puis, ça ne lui allait pas du tout, le costume de pompier.

Il se sentait mal à l'aise à l'intérieur de cet uniforme. Ça le grattait dans le cou, ça le gênait dans les entournures, ça lui faisait des plis dans le dos.

Cependant la fringale le secouait.

Il entra chez le premier marchand de vins.

— Pompier, dit le patron, il n'y a pas de porte-manteaux; mais cela ne fait rien. Débarrassez-vous tout de même de votre casque. Il fait si chaud. Je vas vous le mettre sous mon comptoir.

— Merci, il ne me gêne pas. Je ne le quitte jamais. Une affaire d'habitude, quoi !

Le fait est que Chaducul ne tenait pas à montrer sa tonsure.

Il se commanda une omelette et des pommes de terre. Le fricoteur lui fabriqua quelque chose d'épouvantable. Quelle différence avec la cuisine d'Ursule !

Pour dessert, il choisit du gruyère. Pensez donc! il s'agissait de ne pas dépenser plus de quarante-huit sous; sans quoi, le patron réclamerait au premier poste de pompiers. Personne ne le reconnaîtrait. Il serait obligé de se nommer. Cela ferait un beau scandale.

Quand il demanda l'addition, le patron lui annonça un total de trente-sept sous. Il donna deux francs et laissa la monnaie pour le garçon. Quelle chance ! pour le coup, les quarante centimes qui lui restaient lui parurent une fortune. Bien sûr, il ne les dépenserait pas dans la soirée.

Il remettait gravement son porte-monnaie en poche, quand sur le boulevard retentirent les cris : « Au feu ! au feu ! »

— Un incendie, dit le marchand de vins... Pompier, voilà votre affaire !

— Au diable l'incendie, murmurait l'abbé Chaducul, dans son for intérieur.

Et tous les clients de faire chorus.

Toutefois, il s'agissait d'avoir une fière contenance, de faire contre mauvaise fortune bon cœur.

— Où ça, le feu? demanda-t-il. Où ça, que j'y vole !

— A la rue de la Gaîté, répondirent plusieurs voix.

Romuald s'élança dans la direction de la rue de la Gaîté.

Mais si le vicaire travesti en pompier trouvait désagréable l'aventure, par contre le pompier travesti en vicaire bénissait la Providence qui lui avait octroyé si inopinément une soutane.

Tout d'abord, pour être juste, il convient de dire que Philéas Grisgris avait été fort embarrassé de sa personne. Quand il eut franchi le seuil de la maison dont le père Orifice était concierge, il se sentit incommodé sous ce vêtement d'occasion.

Lui! curé!... voilà qui était superlativement absurde. Lorsqu'il était moutard, il avait souvent, à Aubagne, sa ville natale, servi la messe; mais il n'avait jamais eu la pensée qu'un jour il lui arriverait de porter la soutane. Cette tunique, comme si c'eût été celle de Nessus, lui brûlait les os. Il comprenait que sa démarche, fort peu glissante, n'était pas en harmonie avec le caractère onctueux que faisait présumer son costume.

Il s'étudia pourtant de son mieux, soigna son allure. Instinctivement, il quitta à la hâte le quartier des Écoles, où les étudiants le regardaient d'un air goguenard et où les étudiantes esquissaient à son adresse divers gestes du répertoire des gamins de Paris; il ne respira que lorsqu'il fut parvenu dans la rue Saint-Sulpice, dont huit magasins sur dix sont tenus par des marchands de bons-dieux.

En fourrant la main dans une des poches de la robe noire, il constata avec joie qu'elle contenait une bourse à maillons d'acier qui semblait bien garnie. Dans l'autre poche, très profonde, se trouvait un portefeuille en cuir fort épais et bourré de papiers.

Cette découverte suffit pour lui remonter le moral.

Bravement, il entra dans le premier restaurant qui s'offrit à lui, un restaurant dont le comptoir était occupé par une vieille dame à lunettes et à tire-bouchons. Il alla s'asseoir dans un des coins les plus reculés de la grande salle. Le service était fait par des filles à l'air niais. L'une d'elles lui demanda :

— Monsieur l'abbé désire-t-il dîner à la carte ou à prix fixe ?

Il répondit :

— A prix fixe.

— Deux francs? deux francs cinquante? trois francs? quatre francs?

Ce dernier chiffre lui parut celui d'une débauche fantastique.

— Quatre francs ! fit-il.

Il n'eut pas tort, somme toute; car dans les hôtels pour ecclésiastiques, on mange divinement bien à des prix convenables. Messieurs les calotins constituent une race exigeante que les restaurateurs ont l'habitude de soigner. Ils forment

d'ailleurs une clientèle excellente ; l'argent ne leur coûtant
qu'un travail d'imagination et des trucs de carottage, les
soutaniers ont toujours la bourse bien garnie et paient
recta.

Philéas fit honneur au dîner qu'on lui servit. Jamais il ne
s'était imaginé qu'on pût donner à un homme tant de plats,
même pour le prix de quatre francs, qui lui paraissait déjà
bien élevé. L'appétit vient en mangeant et la soif en buvant.
Il ne laissa rien dans les assiettes et vida sa bouteille jusqu'à la dernière goutte, même il demanda des flacons de
vin supérieur à titre de supplément.

Tout en engloutissant boisson et victuaille, il examina *sa*
bourse et *son* portefeuille. La bourse contenait neuf louis et
de la monnaie. Le portefeuille, divers papiers qui lui parurent fort intéressants, car il poussa plusieurs : « Oh ! oh ! »
« eh ! eh ! » « ah ! ah ! », témoignant une admiration mêlée
de gaîté.

Une série de papiers, réunis sous une seule enveloppe, et
au nom de « l'abbé Vasilii Groussofski, de Varsovie », eut
le don de le faire réfléchir longtemps. On eût dit qu'une
idée bizarre germait dans son cerveau.

Il demanda encore un flacon de vin supérieur. Puis, il prit
le café, et, en guise de pousse-café, de nombreux petits
verres de fine-champagne. Grâce aux divers suppléments,
son addition dépassa dix francs.

Il paya et sortit. Il marcha un bon quart d'heure. Quand
il fut hors du quartier de la calotte, il entra chez un coiffeur et demanda à être rasé dans un cabinet du fond. Le
Figaro ne fit aucune difficulté.

Resté seul avec le patron, il lui dit :

— Je ne suis pas plus curé que vous ; mais je suis en train
de manigancer une farce. C'est pour ça qu'il ne faut pas
que vos clients me voient. Vous allez me raser gentiment,
et puis, vous me ferez une belle tonsure, parce que sans tonsure il n'y a pas de curé.

Le coiffeur s'exécuta de bonne grâce. C'était un bon zig.
Il pensa que la farce était bonne.

— Tenez, dit-il, à Philéas, une fois la tonsure terminée,
vous voilà réussi comme un évêque ; votre tête ressemble à
un parfait cul de singe !... Seulement, je vous conseille de
ne pas vous amuser à donner trop d'accolades aux bouteilles ; vous avez déjà un léger coup de soleil. En exagérant
la chose, vous risqueriez de vous faire pincer.

Philéas remercia le Figaro de son fraternel avis, le rému-
néra généreusement et se remit en route. Le conseil de

l'artiste barbificateur était bon ; le malheur est que notre frais tonsuré ne le suivit point.

Il était si heureux d'être complet cette fois comme curé !

Son « cul de singe » lui paraissait le meilleur passe-port qu'il pût exhiber.

Comme il faisait une chaleur d'enfer, il eut le tort d'abuser des désaltérants qu'il varia à l'infini, à toutes les brasseries et buvettes qu'il rencontra.

A dix heures, maître Grisgris était complètement pochard, et, sa démarche, mal assurée, étant spécialement remarquée à cause de son costume, il traînait après lui une horde de gamins qui lui chantaient : « Esprit-Saint, descendez en nous », sur des tons extraordinairement aigus.

Il avait fait un fameux chemin depuis sa sortie de chez le président Mortier. Au moment où il avait une escorte beuglante de gavroches mal peignés, il était dans une des rues du quartier de Passy.

Agacé par cette musique, il se retournait et essayait de claquer les polissons ; ceux-ci, lestes comme des écureuils, se mettaient hors la portée de sa main et braillaient de plus belle.

La situation était critique.

Des silhouettes de gardiens de la paix se montraient à l'horizon.

Le bon ami d'Églantine avait mille et une chances d'aller finir sa nuit au poste ; mais il est une Providence pour les pochards.

Tandis que Philéas se démenait au milieu de la bande de gamins, une vieille dame intervint en sa faveur.

— Avez-vous fini, vauriens, dit-elle, de tarabuster ce pauvre prêtre ?

— Oh ! là, là ! cette chouette qui vient chanter pour le corbeau !

Et la bande d'englober la vieille dame dans le charivari.

Les gardiens de la paix étaient arrivés.

— Qu'est-ce que c'est ? qu'est-ce que c'est ? demandèrent-ils.

— C'est un curé qu'est dans les brindezingues ! clama la bande.

— Taisez-vous, impies ! riposta la vieille. Vous mentez, sacrilèges !... Messieurs les gardiens de la paix, ce vénérable prêtre est ému, c'est vrai ; mais ce sont les injures de ces mécréants qui lui font perdre la tête... Graine de communards, va !

Philéas voulut parler à son tour ; mais la vieille dame,

qui se rendait parfaitement compte de son état et qui voulait éviter un scandale, lui pinça fortement le bras en lui
disant à voix basse :

— Chut!... laissez-moi faire.

Les agents, peu soucieux d'arrêter un prêtre dont une
dévote prenait la défense, dispersèrent les gamins et enga-
gèrent la vieille dame à prendre une voiture pour ramener
le curé pochard.

La vieille héla un fiacre.

— Où demeurez-vous? demanda-t-elle à Philéas.

— Moi, je ne sais pas... Arrivé aujourd'hui à Paris... à
pied... abruti de fatigue... ai bu un peu pour me remettre...

— Oui, c'est compris, monsieur l'abbé; mais où est votre
hôtel?

— Pas d'hôtel... moi, prêtre polonais... arrivé ce matin...
abruti de fatigue... ai bu un peu pour me remettre... arrivé
à pied de Varsovie...

Voyant qu'elle n'en pouvait rien tirer autre, la vieille
dame, qui était charitable, prit un parti héroïque.

— Cocher, 13, rue Copernic! cria-t-elle.

C'était son propre domicile.

— Bénissons Dieu, Irlande! fit-elle en s'adressant à une
seconde ruine qui vint leur ouvrir quand ils arrivèrent, et
qui était la photographie vivante de sa caricature.

— Qu'y a-t-il? répondit Irlande.

— Bénissons Dieu, ma sœur!

— Pourquoi?

— Je n'ai pas perdu ma journée... Figure-toi... En revenant de mon adoration à la chapelle des Dames assomp-
tionnistes, j'ai rencontré ce vénérable prêtre... Asseyez-vous
donc, monsieur l'abbé... qui était en butte aux mauvais
traitements d'une foule scélérate...

— Moi, prêtre polonais, grogna Philéas... arrivé aujour-
d'hui de Varsovie...

— Reposez-vous, monsieur l'abbé, fit Irlande.

— Oui, ma chère, continua la protectrice du pompier à
tonsure, c'est un prêtre polonais; il a fait des milliers de
lieues à pied... il est arrivé ce matin exténué de fatigue...
Il a cédé à la légitime tentation de reprendre des forces...
pauvre homme!... il n'a pas dû lui en falloir beaucoup pour
le mettre à mal...

— Je sais, c'est comme les affamés; un bouillon leur
donne une indigestion...

— Enfin, voilà... Une bande d'impies s'en faisait un jeu...
J'ai pris sa défense... et, ma foi, comme il n'avait pas

d'hôtel, je l'ai amené ici... Nous lui donnerons l'hospitalité sous notre toit, n'est-ce pas, Irlande?

— Nous le soignerons, Scholastique.

On fit du thé à Philéas, et on lui prépara une chambre.

Irlande et Scholastique étaient deux sœurs jumelles, aussi demoiselles l'une que l'autre, malgré leur grand âge. Leur mère, Mme Duverpin, avait perdu son mari, le père des deux dévotes, s'était remariée avec un notaire, M. Mortier, qui fut le père du président que nous connaissons. Mlles Duverpin étaient donc, par leur mère, les sœurs aînées de l'époux de Marthe. Le frère et les deux sœurs ne se voyaient que très rarement. — Irlande et Scholastique vivaient seules, sans domestique, vaquant ensemble aux soins de leur ménage.

Scholastique céda sa chambre au prêtre polonais et coucha pour cette nuit avec sa sœur Irlande.

Le lendemain matin, Philéas était tout à fait dégrisé. Il se remémora tant bien que mal les événements, relut avec soin les papiers du précieux portefeuille, et se traça un plan.

Il n'était pas bête du tout, le pompier.

A neuf heures, on frappa timidement à la porte de sa chambre, et une voix dit :

— Monsieur l'abbé est-il levé?

— Oui, chère dame... je vous prie de m'excuser... Dans un moment je suis t'à vous...

Irlande fit remarquer à sa sœur que l'abbé lâchait des cuirs en parlant.

— C'est vrai, répondit Scholastique, mais c'est beau, pour un Polonais, de s'exprimer en français, même avec des cuirs.

— Nous sommes joliment arriérés en France, nous autres... Nous ne savons pas deux mots de polonais.

L'abbé daigna se montrer.

De quelle fête il fut l'objet, point n'est besoin de le dire.

On lui avait préparé un premier déjeuner étonnant : du chocolat au lait, archi-sucré, avec des croissants au beurre.

Philéas n'en revenait pas.

Puis, ce fut le tour des interrogations. Rien n'est curieux comme une dévote, si ce n'est deux dévotes. Heureusement, Philéas avait la langue assez bien pendue et l'imagination assez vive.

A vrai dire, il ne savait guère ce que c'était que la Pologne. Il avait entendu raconter que ce pays était vis-à-vis de la Russie ce que l'Alsace-Lorraine est vis-à-vis de l'Allemagne, c'est-à-dire un pays annexé de vive force.

Il fut magnifique d'aplomb. Il déclara se nommer Vasilii Groussofski.

Les deux vieilles filles étaient suspendues à ses lèvres.

— Nous sont persécutés à Varsovie, leur narrait-il, et si tant persécutés que ça dépasse les *émaginations* les plus romanesques... Pour lors, que je me suis dit : « J'en ai t'assez comme ça ; je m'en vas faire mon tour de France. » Seulement, pensez, nous ne sont pas riches, nous, pauvres prêtres de Pologne... Je suis venu t'à pied... Alors, comprenez l'explique, quand est-ce que j'ai foulé le sol de la patrie étrangère française, ça m'a remué le cœur... J'étais abruti de fatigue... J'ai bu un coup pour me remettre... Ç'a été z'un tort...

— Ne revenons pas là-dessus, dit Scholastique indulgente... Il est reconnu que les Polonais cèdent facilement à cette variété de la gourmandise... Et, quant à votre cas particulier, cher abbé, non seulement vous êtes excusable, mais encore nous rendons grâces à la divine Providence, dont nous voyons la main dans cette aventure ; car, sans ce besoin que vous avez éprouvé, sans surtout ce qui s'en est suivi, nous n'aurions pas aujourd'hui le bonheur de vous posséder.

— N'empêche pas que je vous prie derechef d'accepter mes excuses... La question étant terminée nous n'en parlerons plus, *sufficit !*... Pour tant qu'aux persécutions, c'est z'un délire... A Paris, ousque je suis t'arrivé z'hier, j'ai des recommandations pour l'archevêché et pour des curés, de ceux qui sont grosses légumes...

— Vous dites?

— Je dis : les curés grosses légumes... Pardon, excuse, vous comprenez, moi, pauvre prêtre polonais, je ne parle pas le français avec le truc élégant des gens du grand monde... Grosses légumes, c'est pour dire des curés huppés, des curés qui ont le bras long, quoi !

— Des curés influents.

— Merci, c'est ce que je voulais dire ; seulement, le mot, il ne me venait pas...

Scholastique prit à son tour la parole :

— Monsieur l'abbé, Irlande, qui est ma sœur, et moi, nous nous sommes concertées ce matin à votre sujet, et voici ce que nous avons décidé, sauf votre approbation... Il y a longtemps que nous cherchons un directeur de conscience qui fût chez nous à demeure fixe ; ce que les châtelaines appellent un aumônier... Nous nous étions promis de ne faire bénéficier de cette situation qu'un pauvre ecclésiastique, dans le genre des malheureux prêtres habitués qui sont attachés aux paroisses... Puisque la divine Providence vous a conduit à nous, c'est vous qui serez notre aumônier... Acceptez-vous?

— L'honneur, mesdames...

Irlande rectifia :

— Mesdemoiselles, monsieur l'abbé. Nous sommes demoiselles...

Philéas reprit :

— L'honneur, mesdemoiselles, dont auquel vous me comblez, il est au-dessus de mes forces... Cependant, ce n'est pas dans ce but que je suis venu z'en France... Toutefois, vu la bonne grâce avec laquelle vous m'offrez une hospitalité successive, à moi pauvre prêtre polonais, je croirais manquer à tous mes devoirs en refusant, du moins pour mon arrivée à Paris, d'accepter la générosité de vos sentiments respectifs de charité chrétienne... Nonobstant, je vous prie de remarquer...

— C'est dit, vous acceptez, interrompit Scholastique; dès demain, nous porterons vos papiers à l'archevêché pour faire régulariser votre situation et obtenir de Son Éminence l'autorisation de vous avoir à demeure chez nous.

— Bigre! pensa Philéas, ceci change les choses; ne laissons pas ces deux vieilles commettre dans leur zèle une imprudence.

Et il dit tout haut :

— Pardon, chères demoiselles, mes papiers, il est indispensable que ce soit moi que je les porte en personne à l'archevêché, vu que j'ai z'à parler directement à mes grosses légumes...

Il ajouta avec importance :

— Une mission diplomatique de l'archevêque de Varsovie!

Les deux dévotes s'inclinèrent.

— Soit, reprit Irlande; mais alors, avant d'aller chez monseigneur, avant de faire la moindre course, vous voudrez bien prendre quelques jours de repos... car, après un pareil voyage...

— Ce sera comme vous voudrez...

Irlande et Scholastique étaient ravies au septième ciel.

L'abbé demanda en quoi consisteraient ses fonctions; il se méfiait quelque peu, craignant d'avoir affaire à deux vieilles filles enflammées qui, sous prétexte d'aumônier, voulaient s'offrir un galant.

— Vous nous ferez de pieuses lectures, dit Scholastique; vous nous direz la messe quand nous irons en voyage...

— Ah! on ira en voyage...

— Mais oui, cher abbé; grâce à Dieu, nous avons une petite fortune qui nous permet de nous déplacer pendant la belle saison... Vous nous accompagnerez dans nos pèlerinages...

— A Lourdes, hein?

— Parfaitement.

— Tant mieux! j'ai toujours eu envie d'aller voir cette histoire-là...

— Vous nous confesserez.

— Plaît-il?

— Je dis que vous nous confesserez... puisque vous serez notre directeur de conscience...

— C'est que..... faut vous dire..... je ne saurai peut-être pas... En Pologne, on ne confesse pas comme en France.....

— Nous vous mettrons au courant...

— Pour lors, je ne dis plus rien...

— Nous terminerons votre instruction française; car, ceci soit dit sans vous formaliser, cher abbé Vasilii, vous ne parlez pas encore bien correctement notre langue nationale...

— Vous croyez?

Les deux dévotes eurent un sourire bénin.

— Par contre, dit vivement Irlande, vous nous apprendrez le polonais.

Philéas sursauta.

— Vous voulez que je vous apprenne le polonais?

— Oui, cher abbé.

— Bigre de bigre! se dit en lui-même le pompier, voilà qui me sera aussi commode qu'à un esturgeon de jouer de la clarinette.

Il se grattait la tête d'un air très embarrassé.

— Vous verrez, fit Scholastique, que nous serons de bonnes élèves.

— Diable! diable! pensait Philéas, qu'est-ce que je vais bien pouvoir leur apprendre en guise de polonais?

Soudain, son front rayonna.

— J'ai une idée, continua-t-il à part lui.

Les deux dévotes avaient remarqué qu'il se parlait à lui-même.

— Vous cherchez, dit Irlande, quelque cantique varsovien que vous nous ferez chanter pour commencer notre éducation?

— C'est cela, j'ai votre affaire... Ecoutez-moi ça... C'est le grand cantique que les Polonais chantent pour la Noël...

Et il se mit à beugler ces paroles étranges :

                    Vaqui l'houro
        Que nous faou goba deis mouscos,
        Counpagnouns, vaqui leis tavans,
                    Rantanplan!
        Counparen ouno ballo d'estoupo,
        Ouno barriquo de guintran,
                    Rantanplan!
             Adieou, paouro Natou,
        As lou nas coumo ouno banasto!
             Adieou, paoure Vincen,
        As mangea la coustantello!
                    As mangea,
                    As mangea,
             La coustantello!
             Un! dous! trés!
                    Zébédé! (1)

Irlande et Scholastique étaient dans l'admiration.

— Et que veut dire ce cantique? demandèrent-elles d'une
seule voix.

Il fallut s'exécuter et traduire.

Philéas s'épongea le front avec son mouchoir; l'idée seule
de traduire sa chanson en cantique lui avait fait venir une
sueur froide.

Enfin, il se rendit aux désirs des deux vieilles folles.

— *Vaqui l'houro*, voici l'heure...

— Tiens, mais c'est très facile à apprendre, le polonais,
dit Scolastique.

_____

(1) Ceci est une chanson provençale qui n'a ni queue ni tête,
et que chantent les Marseillais en allant à la pêche :

                    Voici l'heure
        Où il nous faut gober des mouches,
        Compagnons, voici les taons,
                    Rantanplan!
        Préparez une balle d'étoupe.
        Une barrique de goudron,
                    Rantanplan!
             Adieu, pauvre Naton,
        Tu as le nez comme une corbeille d'osier!
             Adieu, pauvre Vincent,
        Tu as mangé la coustantelle!
             Un, deux, trois,
                    Zébédé!

La coustantelle est le nom que les ménagères marseillaises donnent à un morceau de bœuf, un morceau de la culotte.

On voit que ce chant est parfaitement inepte; c'est sa bêtise
qui en fait le charme.

— Oui, il y a quelques mots par ci par là qui ressemblent au français... mais tous ne sont pas comme ça...

— Voici l'heure, dis-je, *que nous faou,* où l'enfant, *goba deis mouscos,* est né sur la mousse... Vous comprenez, sur la mousse, c'est sur la paille de l'étable... puisque c'est un cantique pour Noël...

— En effet, la poésie polonaise a du pittoresque...

— *Counpagnouns,* compagnons, encore un mot facile... Ceci s'adresse aux bergers... *Vaqui leis tavans,* voici l'Eternel...

— C'est très beau...

— *Rantanplan...* Ça, c'est de tous les pays... Rantanplan!... *Coumparen...* ceci s'adresse aux rois mages... *Coumparen,* cela veut dire : monarques... *ouno ballo,* une étoile... *d'estoupo,* s'est levée... *Ouno barriquo,* elle brille... *de guintran,* au firmament ..

Scholastique et Irlande avaient les larmes aux yeux, tant elles étaient émerveillées. Philéas s'épongeait de plus en plus le front.

Il reprit :

— *Adieou,* ô mon Dieu... *paouro,* protège... *Natou,* le monde... *as lou nas,* donne-nous... *coumo ouno,* une commune... *banasto,* bénédiction... *Adieou,* ô mon Dieu... *paouro Vincen,* protège les humains... *as mangea,* ils ont mangé... *la coustantello,* la pomme d'Eve... *Un! dous! trés !* une, deux, trois fois... *Zébédé !...*

— *Zébédé?*

— Ce mot-là est difficile à traduire... Le polonais a, comme cela, des mots de trois syllabes qui disent beaucoup de choses... *Zébédé,* Seigneur, viens nous racheter !...

Irlande et Scholastique tombèrent à genoux, et chantèrent en levant les mains au ciel :

Un! dous! trés !
Zebédé !

. CHAPITRE XIV

AMIS ET CONNAISSANCES DE LARIPETTE

Hyacinthe Orifice, progéniture de concierge, recevait régulièrement le matin sa fessée quotidienne; ce qui ne l'empêchait pas d'en recevoir une supplémentaire dans la nuit, quand Mme Agathe, obligée de se lever pour faire de la tisane à son mari, constatait que l'héritier présomptif s'était oublié dans son lit.

C'est ce qui était arrivé le soir où Néostère Paincuit, accompagné de Bredouillard, offrit un bock à Laripette à la brasserie d'en face.

Cette journée fut remplie d'événements, comme nous l'avons vu. Il n'y eut pas jusqu'à la colonelle qui n'éprouvât son incident. Ainsi que chacun a dû le penser, la veille au soir, Campistron s'était empressé de raconter à Pauline son exploit.

— Tu sais, lui avait-il dit après avoir congédié Laripette, ce nouveau locataire a un amour dans la maison...

— Ah! ah! dit Pauline intriguée.

— Oui, tantôt, en tirant son mouchoir, il a laissé tomber de sa poche une carte de visite...

— Que me dis-tu là, Bonaventure? Une carte de visite?

— De madame Paincuit...

— Ah bah!

Et, au dos, il y a un rendez-vous pour demain trois heures...

— Et tu as lu ce billet doux?

— Parfaitement...et j'ai bien vu que c'était de la plumassière... Il n'y aurait pas eu son nom au dos du poulet que j'aurais compris quand même d'où cela venait...

— Tu connais donc l'écriture de Mme Paincuit?

— Non... Mais la logique, que diable!... On n'est pas une bête... Ce n'est pas pour le roi de Prusse que ce garçon est venu s'installer ici... sans marchander... Il le paye beaucoup plus cher qu'il ne vaut, son appartement... Je fais le parque ce coquin de Laripette a une intrigue avec la plumassière...

— Qu'as-tu fait de cette carte ?

— Je l'ai remise à son destinataire.

— Toi ?

— Oui, moi... Cela t'étonne ?...

— Non, cela m'amuse...

— Parce que d'ordinaire, je crie toujours après les jeunes gens qui vont piétiner dans les plates-bandes conjugales d'autrui ?... Apprends donc qu'il n'est pas de règle sans exception... Ce M. Laripette, je te l'ai dit, a conquis du premier coup mes sympathies... Je le mets en dehors de la règle... Puis, tu sais, si le Paincuit est cornard, c'est bien fait... Il m'agace, cet animal-là, lui et son spiritisme... Nous a-t-il assez embêtés, à sa dernière soirée, avec sa manie de vouloir nous faire tourner sa table qui n'a pas bougé !... Si quelqu'un mérite d'être cocu, c'est lui, nom de Dieu !

Sur cette belle réflexion, Campistron donna le bonsoir à sa femme et s'en fut se coucher.

Vous jugez, cher lecteur, si Pauline fut donc perplexe toute la journée. Elle était fort aise que son mari n'eût pas reconnu son écriture ; mais elle craignait aussi que la manière dont Campistron avait remis le billet doux à Robert induisît celui-ci en erreur et lui fît croire à une déclaration de la part de Mᵐᵉ Paincuit. En effet, elle n'avait jamais écrit au jeune homme ; elle s'en voulait d'avoir agi si précipitamment, d'avoir pris, pour donner son rendez-vous, le premier bout de carton qui lui était tombé sous la main. Elle fut dans des transes mortelles. Impossible d'éloigner le colonel ce jour-là ; c'est pour le coup qu'il aurait compris alors que le mari dont il s'agissait, c'était lui. L'infortunée Pauline ne savait à quel saint se vouer : elle souhaitait que Robert eût pensé que c'était elle qui l'appelait, et, tout en souhaitant cela, elle craignait, vu la présence de Campistron, de voir son souhait réalisé ; d'autre part, elle ne pouvait songer, sans être prise d'un accès de colère jalouse, à la possibilité d'une visite rendue par Robert à Mᵐᵉ Paincuit.

Tel est l'état d'agitation dans lequel la colonelle passa son après-midi. Le soir, elle était littéralement furieuse de voir que Laripette n'avait pas paru. Laripette, par contre, était loin de se douter des agacements qu'il avait procurés à sa chère Pauline.

Il pensa, ce soir-là, à sa future élève en cosmographie, et il se félicitait de ce que M. Paincuit s'offrait lui-même en holocauste, tout paré pour le sacrifice.

6

Le lendemain, sur les huit heures du matin, il descendait l'escalier pour aller acheter ses journaux et prendre un peu le bon air, quand il vit Mme Agathe répéter sur les fesses du jeune Hyacinthe l'exercice de la veille au soir. Il s'arrêta, et, silencieusement, montra de loin au rejeton du portier une belle pièce blanche. Le gosse, qui piaillait, arrêta ses cris et ses pleurs. Les vingt sous qui surgissaient à l'horizon représentaient à ses yeux une compensation plus large que la raclée qu'il endurait.

Naturellement, Mme Agathe ne vit rien de cette pantomime; car, dans la position qu'elle occupait pour fesser Hyacinthe, elle tournait le dos à M. Robert.

Laripette passa. Une minute après, le gosse venait le rejoindre sur le trottoir en disant :

— Bébé bien sage, bébé a fait caca au lit.

— Très gentil, bébé, répondit Laripette, donnant au mioche les vingt sous promis. Bébé achètera beaucoup de bonbons avec la pièce blanche du monsieur.

Sur quoi, il descendit le boulevard Saint-Michel.

Ce matin-là, il n'avait pas à rentrer chez lui. Il aurait même déjeuné en ville, s'il n'eût eu à revenir pour donner à Pélagie sa pâtée.

Tandis qu'il était absent, un monsieur long, interminable, se présenta à la loge du père Orifice.

Le portier était en train de hurler de la belle façon.

— Pardon, monsieur, demanda le maigre et immense personnage, n'est-ce point ici que demeure un jeune homme avec une autruche?

— Hou! hou! répondit le concierge, hurlant.

L'interminable monsieur répéta sa question. Cette fois, le père Orifice y prit garde; car il dit, en roulant des yeux en boules de loto :

— Le compagnon de Pélagie?... Un scélérat qui a commis tous les crimes?.... Oui, c'est ici... Qu'est-ce que vous lui voulez?... hou! hou!... Il ne restera pas longtemps, allez!... on va lui résilier son bail... hou! hou! hou!

— Merci bien pour le renseignement, riposta le long particulier, qui n'était autre que sir Ship Chandler. C'est tout ce que je voulais savoir. Je reviendrai.

Et il s'en alla, heurtant un cul-de-jatte qui se glissait jusqu'à la loge et demandait à son tour :

— M. Robert Laripette est-il chez lui?

En heurtant le cul-de-jatte, l'Anglais s'était excusé poliment :

— Pardon, madame, avait-il dit à l'infirme.

Sir Ship Chandler était très myope. Il n'avait vu que quelque chose de confus qui s'agitait, et, ne se rendant pas compte du sexe auquel pouvait appartenir ce quelque chose, il l'avait à tout hasard appelé madame.

Quant au père Orifice, ce fut une bien autre affaire.

Il regardait mélancoliquement le ciel lorsque le cul-de-jatte l'interpella.

Tiré brusquement de sa rêverie, il crut à une apparition féérique. L'impotent lui fit l'effet d'un sorcier jaillissant du sol, mais un sorcier qui n'aurait paru qu'à mi-corps.

Il poussa un cri et répondit au cul-de-jatte, tout en se mettant vivement la main devant les yeux :

— Lari... Laripette?... N'y est pas!... N'y... N'y est pas!... Par... parti sans di... dire où!...

Quand le portier rouvrit les yeux à la lumière, le cul-de-jatte avait disparu.

Le père Orifice titubait sur ses jambes.

— Agathe! criait-il, Agathe!

Sa femme d'accourir.

— Tu vois cet endroit... là? — et son doigt était tendu vers la place où se trouvait tantôt le cul-de-jatte, — tu vois, n'est-ce pas?

— Oui... Eh bien?

— Eh bien, il n'y a qu'une minute, la terre vient de s'ouvrir là... et un sorcier en est sorti pour me demander le locataire de l'entresol!...

— Tu perds la boule...

— Non, je sais bien ce que je dis.. même qu'un instant auparavant, c'est un autre personnage... à moins que ce n'en soit pas un autre..... qui m'a posé la même question..... Et celui-là était long comme une immense baguette magique...

Agathe haussa le épaules et rentra dans sa loge.

Le père Orifice continua, en monologuant :

— Bien sûr, ce Laripette de malheur a ensorcelé la maison... Voilà des gens qui sortent de terre pour le réclamer... Est-ce bien deux individus qui m'ont parlé? Ou bien est-ce le même individu, un sorcier en caoutchouc qui s'était allongé d'abord, et puis qui s'est aplati?...

Il en était là de ses réflexions. Tout à coup, il aperçut devant lui six beaux nègres, six zoulous qui venaient d'arriver, n'ayant pour tout costume que leur court caleçon national, et qui d'une seule voix demandaient M. Robert Laripette.

Le père Orifice crut voir une légion de diables. Perdant tout à fait la tête, il se précipita dans l'escalier, criant sans savoir ce qu'il disait :

— N'y est plus !... il est mort... Il est retourné en enfer !...
Allez le chercher !...

Et, en quelques enjambées, il parvint au grenier, ouvrit la
porte, la referma sur lui au verrou et s'alla jeter derrière un
tas de vieilles malles abandonnées, frissonnant de tous ses
membres.

Les Zoulous, — des amis que Robert avait connus au Cap,
— furent déconcertés par une pareille réception ; toutefois,
ils crurent comprendre qu'on leur disait que M. Robert était
mort.

Ils se retirèrent, vivement affectés de cette fâcheuse nouvelle.

Tandis qu'ils franchissaient le seuil de la porte cochère,
Pélagie, qui prenait l'air à la fenêtre, les vit, se mit à pousser
des cris joyeux, à battre des ailes. La tendre bête reconnaissait des compatriotes. Les Zoulous se retournent.

— Tiens ! une autruche ! dit l'un dans le langage de leur
pays.

— Celle de M. Laripette, sans doute...

— Hélas !... pauvre M. Laripette !...

— Elle est abandonnée, cette malheureuse autruche...

Pélagie se démenait à la fenêtre, ce qui faisait arrêter les
passants ; enfin, elle prend son élan, enjambe l'appui et
saute, assez lourdement il est vrai, dans la rue.

Les Zoulous, pensant que Robert leur en savait gré du
haut du ciel, emmenèrent Pélagie.

CHAPITRE XV

BATAILLE AU PAPIER TIMBRÉ

— Sacré mille millions! s'écria Robert Laripette, lorsqu'en rentrant chez lui sur le midi il constata l'absence de son autruche.

D'un saut, il fut chez le concierge.

Agathe n'avait pas vu les Zoulous. Elle se trouvait dans la pièce la plus reculée du logement, occupée à couler une lessive, au moment où les nègres du Cap avaient causé à son mari la belle frayeur que nous savons. Elle ignorait donc ce qui s'était passé. Ne voyant pas son légitime Orifice, elle avait pensé qu'il était allé se faire cautériser. Cependant, elle finit par trouver qu'il y mettait longtemps.

Quant Robert fit irruption dans sa loge, réclamant son autruche, Agathe lui répondit sur un ton aigre-doux :

— Je ne suis pas chargée de la garder, votre autruche... Est-ce que je sais où elle est?...

— Madame! hurla Laripette qui était furieux, quelqu'un s'est introduit chez moi avec une fausse clef et a emmené Pélagie... Il me faut Pélagie, tout de suite, ou je dépose une plainte au commissaire de police!

— M'en fiche bien, de vot'Pélagie! riposta la portière... Si c'est Orifice qui vous l'a fait disparaître, il a z'évu là une joliment belle idée...

— Où est votre mari?

— Ça ne vous regarde pas!

— Oh! mille tonnerres! concierge maudite, tu me paieras cher tout cela!

— Dites-donc, vous, je vous défends de me *tutéyer!*...

Robert sortit de la maison, prit ses jambes à son cou et courut chez Bredouillard.

L'avocat prit son air le plus solennel, et, après s'être fait narrer l'aventure, conclut :

— Évidemment, c'est le concierge qui a fait disparaître votre autruche; mais en cela, il n'est à coup sûr que l'instrument du propriétaire... C'est au propriétaire qu'il faut intenter un procès... Auparavant, toutefois, afin de ne pas lancer une assignation à la légère, il conviendrait de faire appeler le portier devant le commissaire de police, pour avoir des renseignements... Nous saurons ce qu'est devenue la pauvre bête; car le père Orifice a dû la tuer et peut-être même la couper en morceaux.

— Les brigands! disait Laripette.

Le jeune homme suivit le conseil de l'avocat. Le portier, qui avait reparu chez lui vers une heure de l'après-midi, fut appelé à trois heures devant le commissaire du quartier.

Ce magistrat, à qui Bredouillard avait affirmé que le père Orifice avait fait disparaître Pélagie, n'eut pas la présence d'esprit de demander tout d'abord des informations chez ses collègues des quartiers voisins. S'il eût agi ainsi, il eût appris que six nègres et une autruche avaient été vus le matin, entre huit et neuf heures, remontant vers Montrouge et passant notamment par l'avenue d'Orléans.

Il se borna à interroger le portier et son épouse.

— Qu'avez-vous fait de l'autruche de M. Robert Laripette? demanda-t-il au couple hargneux que l'intervention de l'autorité avait considérablement radouci.

— Monsieur le commissaire, dit le père Orifice, je vous jure sur les cendres de mon fils Hyacinthe, qui est ce que j'ai de plus cher au monde, que je ne sais pas tant seulement le premier mot de ce dont auquel vous voulez me parler.

— Crépin, fit Mᵐᵉ Agathe s'adressant à son mari, tu en sais plus long que tu ne veux en dire; ne nous fiche pas dans l'embarras pour un sale oiseau qu'après tout la justice s'en moque... Tu lui as tordu le cou, je le comprends, je t'approuve... Ce n'est pas une affaire, quand tu l'avouerais... La seule chose qui risque de te mettre dans de vilains draps, c'est de t'*ostiner* à tromper monsieur le commissaire.

— Mais je te dis que je suis étranger, comme l'enfant qui vient de naître, à la disparition de cette autruche de la malédiction!...

— Tu t'*ostines*, Crépin... Tu as tort, ça te cuira... Moi, monsieur le commissaire, je m'en vas vous dire tout... Ce locataire, il nous a indignement trompés; il s'est fait autoriser sur son bail d'avoir des oiseaux chez lui... Mais pensez donc que personne, au ciel ou sur la terre, aurait pu s'*émaginer* qu'il voulait nous colloquer une culotteuse de pipes... Alors, ce matin, Orifice s'est *absenté* depuis huit heures et demie jusqu'à une heure après midi...

— Vous buvez donc de l'absinthe? fit le commissaire, se tournant vers le portier.

— Excusez, monsieur le commissaire, dit vivement Agathe avant que son mari ait pu ouvrir la bouche, je veux dire qu'il s'est *absenté*, qu'il est sorti dehors tout le temps que je vous explique... quoi !

— Ah! votre mari s'est absenté?

— Enchanté, si vous voulez, monsieur le commissaire... Et quand il a reparu, je lui ai dit comme ça : « Mazette! tu es resté longtemps en course, Crépin, mais t'as pas perdu ton temps... — J'étais au grenier, qu'il me répond. — T'as estourbi l'autruche de l'entre-sol; le locataire est furieux; t'as rudement bien fait. » Il me dit que non et il me raconte qu'il ne toucherait pas cet animal pour tout l'or du monde, même qu'il a vu un régiment de diables...

— Certainement, monsieur le commissaire, fait à son tour le portier, j'ai dit la vérité à Agathe, comme je vous la dis à présent... Le cœur sur la main, moi!... J'ai pas touché à l'autruche... Seulement, ce matin, j'ai eu des apparitions dans ma cour...

— Des apparitions?... qu'est-ce que vous me chantez là?

— Vrai comme il n'y a qu'un seul bon Dieu! monsieur le commissaire... Je balayais la cour... V'lan! la terre s'ouvre, là, à un endroit ousqu'il n'y a que du pavé et pas de trappe, par conséquent... et je me vois devant moi un sorcier long, long comme tout... puis, patatra, il s'aplatit... je lui ai causé tandis qu'il était encore dans le trou jusqu'à la moitié du corps... et il me demandait M. Laripette... Après quoi la terre s'est refermée et je me suis trouvé nez à nez avec six grands diables tout noirs qui tombaient bien sûr de l'enfer... Alors, je me suis *ensauvé* par les escaliers et je me suis caché au *guernier* derrière les malles... Dame! j'avais peur qu'il m'arrivât quelque malheur... Je n'ai pas bougé de plusieurs heures...

Agathe s'impatientait.

— Crépin, t'as tort de vouloir faire prendre le Messie pour une lanterne à monsieur... Avoue que t'as étranglé l'autruche et que t'as passé ton temps à la faire disparaître... On ne te guillotinera pas pour une sale bête, saperlotte !

Le commissaire ne put rien tirer de plus du père Orifice.

Quand le portier et son épouse furent partis, il fit part de ses impressions à Bredouillard et à Laripette.

— Mon avis est, dit-il, que le concierge a tué d'une manière quelconque cette autruche que vous appelez Pélagie; il ne peut pas justifier l'emploi de son temps entre huit

heures et demie du matin et une heure de l'après-midi... Sa
femme, qui évidemment doit connaître le bonhomme, est
aussi convaincue, de son côté, qu'il est coupable... Seulement, que voulez-vous y faire ?... Si vous déposez une plainte
pour provoquer une action correctionnelle, ce portier a de
grandes chances d'être acquitté; il ne paraît pas jouir de la
plénitude de sa raison... Il vaut mieux que vous intentiez,
à lui et au propriétaire responsable, une action purement
civile qui pourra vous valoir des dommages-intérêts.

Bredouillard opina dans le même sens. Une assignation,
par laquelle M. Tardieu, le propriétaire, était sommé de restituer Pélagie ou sinon d'avoir à payer trente mille francs
de dommages-intérêts, fut rédigée dans la soirée. Bredouillard se chargea d'activer la procédure. Laripette jura qu'il
ne se contenterait pas des dommages-intérêts, mais qu'il
tirerait une vengeance éclatante de ce coup d'audace. Bredouillard lui conseilla le calme, et l'engagea à faire une
visite au président Mortier pour tâcher de se le rendre favo-
rable.

Laripette revint à son domicile.

Une surprise l'y attendait. Accrochée à son cordon de
sonnette, était une majestueuse feuille de papier timbré.

M. Tardieu l'invitait à « comparoir » par devant le tribunal
civil pour entendre prononcer la résiliation de son bail.

— Par exemple! voilà qui est le comble du toupet! s'écria
Robert. Il invoque Pélagie pour me donner congé et il me
la supprime!... Celle-là est trop raide... Voilà qui me décide
à parler au président... Je verrai bien si cet homme, si prévenu qu'il soit, refusera de me rendre justice.

Et il grimpa tout d'une traite jusqu'au second.

Le président n'était pas encore de retour du tribunal,
et sa femme venait d'avoir une explication avec l'abbé Chaducul.

Le vicaire de Saint-Germain-l'Empalé, que nous avons
laissé au moment où la veille au soir il se dirigeait en courant, déguisé en pompier, vers la rue de la Gaîté, n'avait
pas le moins du monde l'envie de concourir à éteindre l'incendie signalé. Il allait du côté du sinistre, mais avec l'intention formelle d'obliquer par la première rue propice, et
de s'en revenir tranquillement ensuite chez lui.

Voyez la guigne! il fit rencontre d'un camarade. Celui-ci
l'emmena à l'incendie. Personne des pompiers qui manœu-
vraient contre le feu ne le connaissait; mais, à Paris, le
corps des pompiers est si nombreux qu'un simple soldat
peut y passer inaperçu.

Durant deux heures on le fit pomper, grimper sur des échelles, on le mit à la chaîne, on lui commanda de saper une poutre; bref, on lui imposa mille corvées qu'il trouvait absolument désagréables.

Enfin, quand on fut maître du feu, il réussit à se glisser dans la foule, sous prétexte d'aller porter un ordre, et il s'esquiva.

Il était minuit lorsqu'il rentra à son logis.

Ursule, sa bonne, qui était accoutumée aux escapades de son maître, s'était couchée sans l'attendre.

Comme il n'avait pas ses clefs, qui étaient au pouvoir de Philéas, il sonna discrètement à la porte de son appartement.

— Qui est-là? demanda Ursule.

— C'est moi, j'ai perdu mes clefs.

— Voulez-vous attendre un moment, Monsieur l'abbé?... Je vais m'habiller et vous faire de la lumière...

— Mais non, ouvre tout de suite.

— C'est que je suis en chemise.

— Cela m'est bien égal... Ouvre et n'allume pas ta chandelle... Je connais le chemin, sapristi!

Ursule ouvrit donc, l'abbé entra, et, grâce à l'obscurité, sa bonne ne vit point dans quel étrange costume il rentrait.

L'abbé se déshabilla sans bruit et serra précieusement l'uniforme de Philéas dans une armoire.

— Cela pourra me servir, pensa-t-il, pour faire des farces pendant le carnaval prochain... Quant à mon costume, à moi, j'en serai quitte pour reprendre demain ma dernière soutane et pour m'en commander de suite une seconde neuve que je mettrai au plus tôt... Ursule elle-même ne se doutera de rien.

Ce qui l'ennuyait, c'était la perte de son portefeuille qui, indépendamment du petit dossier du prêtre polonais, contenait des papiers très importants. L'abbé Vasilii Groussofski ne tarderait pas à venir lui réclamer ses lettres de recommandation, ses certificats et son passe-port. Que répondrait-il?

Donc, tandis que Laripette rédigeait, de concert avec Bredouillard, son assignation contre M. Tardieu, l'abbé Romuald Chaducul était reçu par sa pénitente, madame Mortier.

— Ma chère Marthe, lui disait-il, j'ai beaucoup souffert hier à cause de vous... D'abord, la fumisterie de mon curé... ensuite, ce déguisement forcé que j'ai dû prendre... Ah! si vous saviez quel calvaire! quel calvaire!... Je vous raconterai toutes les péripéties de ma soirée, un jour où nous aurons plus de temps... Venons au plus pressé... Je veux absolument savoir quel est ce pompier, dont j'ai pris le costume et qui, par contre, est parti avec ma soutane...

— Romuald, je vous jure...

— Que ce n'est pas un de vos amants?... D'accord... Il faut donc que vous découvriez en l'honneur de qui il se trouvait hier ici en caleçon et que vous me fassiez connaître son nom et son adresse,..

— Il ne pouvait être là que pour Eglantine...

— Votre domestique?

— Oui... Mais Eglantine est une fine pièce... Personne n'a vu filer son pompier... On n'a aucune preuve contre elle... Elle n'avouera pas...

— Diable!... Il faut cependant.

— Vous êtes bon, vous!... Vous vous imaginez qu'il n'y a qu'à dire : il faut...

— Enfin, Marthe, vous comprenez que je ne puis pas aller à l'état-major demander l'adresse particulière du pompier Philéas... Car j'ai entendu prononcer son prénom...

— Et pourquoi n'iriez-vous pas à l'état-major?

— Avec ça!... Quel motif donnerais-je?...

— Vous avez l'esprit assez fertile pour imaginer un prétexte...

— Soit; mais avec le guignon qui me poursuit, je risque de me trouver nez à nez avec le Philéas en question, et, pour peu que ce pompier soit un impie, l'explication fera esclandre dans l'état-major... Non, la situation est trop délicate... Si vous ne vous chargez pas, Marthe, de la dénouer, il faut que vous obligiez votre domestique à venir se confesser à moi; je saurai bien lui tirer les vers du nez.

— Pour cela, je vous l'accorde.

Eglantine fut mandée sur-le-champ.

— Ma fille, dit madame Mortier, à partir d'aujourd'hui, je tiens à ce que vous preniez monsieur l'abbé Chaducul pour confesseur...

— C'est bien de l'honneur que me fait madame, de me donner un confesseur de sa propre main, et le sien même encore... mais je me confesse déjà à un révérend père qui pourrait se formaliser si je le quittais sans motifs, et vous comprenez, madame, que...

La vérité est qu'Eglantine ne se confessait pas du tout et n'y tenait aucunement. Ses bourgeois étant dévots, elle avait raconté, dès le début, qu'elle avait pour directeur de conscience un religieux du couvent voisin.

Mme Mortier interrompit sa domestique :

— Eglantine, vous me ferez le plaisir, je vous le répète, de vous confesser à monsieur l'abbé Chaducul.

— Bien, madame, répondit la bonne, voyant qu'il n'y avait pas à regimber.

L'abbé esquissa un sourire :

— Mon enfant, je vous attendrai demain matin chez moi pour votre première confession.

Il salua alors la présidente et sortit gravement.

Dans le vestibule, il se croisa avec Laripette, à qui Eglantine venait d'ouvrir et qui se faisait annoncer.

Au nom de Robert, la présidente parut vivement contrariée.

— Dites à ce monsieur que M. Mortier n'y est pas, que je n'y suis pas, que personne n'y est...

— Mais, madame, il dit qu'il attendra, et que ce qu'il a à apprendre à M. le président est d'une extrême importance...

— Il veut parler quand même à mon mari?

— Oui, madame.

— Faites-le entrer, alors, et dites-lui que madame Mortier consent à le recevoir en attendant que M. le président soit de retour.

— Bien, madame.

— Quelle tuile! murmura la présidente, se parlant à elle-même.

Quand Robert se trouva seul en présence de Marthe, et que, voulant exposer sa requête, il leva les yeux sur elle, il fit un saut en arrière et ne put retenir ce cri :

— Madame Chandler!...

— Chut, monsieur Robert!... De grâce! supplia la présidente.

CHAPITRE XVI

UN COLLECTIVISTE RÉCALCITRANT

Or çà, le soir de la métamorphose réciproque du pompier et du vicaire, le commissaire de police du quartier du Louvre avait eu sur les bras une affaire bien autrement curieuse que celle qui allait échoir le lendemain à son collègue de la Sorbonne.

Notre marseillais Pharamond Le Crêpu, le cordonnier poète, s'était établi, avons-nous dit, à Clichy-la-Garenne. Là, il professait hautement ses opinions collectivistes; car, à ce moment-là, il n'était pas encore anarchiste. Cela devait venir, mais plus tard.

Pour le quart d'heure, il se contentait de proclamer la collectivité du sol, du sous-sol, etc.

C'est simple comme bonjour, le collectivisme.

« Tout appartient à chacun. »

Ainsi, je suppose que je suis collectiviste. Je vais m'inviter chez mon voisin de palier, je m'assieds à sa table et je lui mange un morceau de son omelette. Mon voisin n'a pas à protester; car il a le droit d'en venir faire autant chez moi.

Seulement, si je suis un malin, je m'arrange pour ne jamais prendre mes repas chez moi et pour déjeuner et dîner sans cesse chez les autres.

Un fabricant de verres fumés pour voir les éclipses de soleil va chez un tailleur. Il se commande un complet, l'essaie et se le fait livrer. Un mois après, le tailleur apporte sa note.

— Qu'est-ce que ça? dit le fabricant de verres fumés pour éclipses... Une facture... cela n'a aucune utilité!... Un total d'addition!... cela n'a pas le sens commun... Apprenez, monsieur, que dans le collectivisme il n'y a plus de monnaie, et par conséquent, plus de facture ni de chiffres... Nous avons supprimé le capital...

— Mais alors, demande le tailleur interloqué, comment serai-je rémunéré de ma marchandise et de ma peine?

— Quand il y aura une éclipse de soleil, si vous êtes curieux de la voir, vous viendrez tout tranquillement chez moi, vous me demanderez des verres fumés, je me ferai un devoir de vous en donner un ou deux, suivant que vous êtes borgne ou non... et, à mon tour, je n'aurai aucune rémunération à vous réclamer.

Il est facile de comprendre par là à quel point le collectivisme est une solution peu compliquée de la question sociale.

Jusqu'à présent, les républicains disaient : « A chacun selon ce qu'il produit. »

Les collectivistes ont changé cela. « A chacun selon ses besoins », voilà leur nouvelle formule.

Pharamond Le Crépu exposait à qui voulait l'entendre, soit en prose, soit en vers, les beautés du système ; ce qui ne l'empêchait pas de présenter des notes de ressemelage à ses clients.

Mais il souffrait, disait-il, dans son for intérieur, d'être obligé de sacrifier à la routine.

La belle Paméla, sa légitime, l'avait prié ce jour-là de l'accompagner en ville pour quelques emplettes.

Nous l'avons vue chez M. Suprême.

Les deux époux s'étaient donné rendez-vous chez un compatriote qui avait son magasin à la place de la Bourse.

En quittant sa sœur la chapelière, Paméla se rendit en grande hâte à l'endroit convenu. Pharamon arriva quelques minutes après.

Mme Le Crépu remarqua que son mari exhalait une odeur particulière, une odeur à laquelle son nez ne se trompait pas.

— D'où viens-tu, Pharamond? dit-elle en le reniflant.

— Moi?... Ah! oui ; j'ai été pris d'un besoin pressé, et je suis allé au *Général Cambronne*.

Le *Général Cambronne* était un établissement situé près de la Bourse et du même genre que les *Méditations de Lamartine* de Marseille.

— Diable! fit Paméla, tu as dû y faire une longue station.

Après quoi, le ménage Le Crépu s'en fut dîner modestement dans un restaurant à trente-deux sous. Puis, on se rendit aux Magasins du Louvre, but de cette excursion à Paris.

Madame avait pas mal de brimborions à acheter.

Les Magasins du Louvre sont toujours, on le sait, remplis d'une foule d'acheteurs et de curieux ; l'entrée y est gratuite, comme dans toutes les grandes maisons de nouveautés de la capitale. On peut s'y promener pendant des heures entières sans avoir l'obligation d'acheter seulement pour cinq centimes de ruban.

Les dames oisives ne se font pas faute d'aller et de venir dans ces interminables galeries. Elles peuvent choisir ce qu'elles désirent et ne se décider qu'en parfaite connaissance de cause.

Paméla allait donc et venait, accompagnée par son mari le poète et cordonnier collectiviste.

Tout à coup, madame dit à l'oreille de Pharamond :

— Vois-tu ce prêtre qui nous suit depuis dix minutes?

— Oui.

— Toutes les fois que la foule se resserre un peu, il se rapproche de moi, et...

— Et quoi?

— Il palpe mes rotondités.

— L'insolent!

Pharamond était jaloux. Il guetta le soutanier, et, au moment où celui-ci se permettait pour la vingtième fois les privautés dénoncées par Paméla, il bondit sur le curé paillard.

Notre homme se rebiffe; mais Pharamond n'entendait pas que cela se passât ainsi. Il crie, il fait tapage. Les curieux se bousculent. On se demande ce que c'est. Le cordonnier-poète l'explique. Intervention des commissaires de service (1).

Parmi les gens qui se promenaient là était justement le général Sesquivan. Il reconnaît les époux dont il a, par bêtise, fait le mariage et à qui il en a toujours voulu. Il crie à son tour, il se démène; des paroles incohérentes s'échappent de sa bouche. Tout ce que les agents peuvent comprendre, c'est que ce vieux monsieur décoré est sénateur et qu'il prend parti pour le prêtre.

— C'est bon, disent-ils, tout le monde s'expliquera au poste.

Et voilà Pharamond, Paméla, le curé paillard et la vieille brisque devant le commissaire du quartier.

Le fonctionnaire rajuste ses lunettes et s'enquiert de l'événement.

— Monsieur le commissaire, clame Pharamond, ce prêtre que voici a profité de la foule pour tâter les rotondités de ma femme...

---

(1) Le fait est authentique. Seulement, le frocard qui fut arrêté à cette époque aux Magasins du Louvre, pour avoir palpé des rotondités féminines, était un dominicain.

— Moi, accusé à tort... rien tâté du tout... répond le soutanier s'exprimant avec embarras.

— Si! dit énergiquement Paméla. Monsieur l'abbé a égaré
à plusieurs reprises une main coupable par dessous mon
bras pour atteindre mes seins...

— Nom de Dieu! beugle à son tour le général... Bon
prêtre... mauvais communard... Ai rien vu du tout... mais
sûr que bon prêtre est calomnié...

— Je suis un honnête cordonnier, dit Pharamond...

— Pas vrai, interrompt Sesquivan... Marchand de complaintes... A épousé lieu d'aisance... Le sais bien, moi, nom
de Dieu!... C'est moi qui ai fermé *Lamartine!*

— Veuillez ne pas parler tous à la fois, fait le commissaire.

Et, s'adressant au vieux monsieur décoré :

— Vous dites, monsieur?

— Moi, sénateur... extrême droite... Ai commandé état de
siège... Bombardé Marseille... Boum! boum!... Marchand
de complaintes accuse faussement pauvre prêtre... parce que
le *Lamartine* est un foyer collectiviste...

— Et qu'avez-vous vu, monsieur le sénateur?

— Rien vu du tout... Sais pas de quoi il retourne... Mais,
ça ne fait rien..... Moi, général..... retraité..... trente cam-
pagnes... pas de blessures... Défends les curés contre communards, nom de Dieu!

Pharamond déclina à son tour ses noms et qualités. Sa
femme et lui formulèrent de nouveau l'accusation. Ils étaient
clairs et précis. L'abbé était rouge comme un coq. Il devint
vert quand le commissaire lui demanda son nom, son lieu
d'origine.

— Je suis de passage ici... Des raisons très graves, dit-il,
m'obligent à taire qui je suis...

Cette déclaration n'était pas faite pour arranger son affaire.

Le commissaire, par exception, n'était pas de ceux à qui
une soutane en impose. D'autre part, il n'éprouvait aucune
inclination pour les théories collectivistes.

En quelques mots, pleins de tact et de finesse, il dit à
Pharamond qu'il consentait à verbaliser contre le curé paillard, mais que la plainte venant d'un collectiviste, partisan
de la communauté en tout, avait un côté pittoresque.

Le général qui, par un hasard extraordinaire, était dans
un de ses jours de lucidité, appuya sur la chanterelle.

— Bravo! criait-il. Femme collectiviste, bonne pour le partage... Curé a eu raison... Tetons collectivistes à tout le
monde, nom de Dieu!

Et il réclamait l'élargissement du prêtre polisson et l'incarcération du cordonnier, ajoutant que, si le commissaire n'obéissait pas à ses injonctions, lui, Sesquivan, il allait, le lendemain au Sénat, demander la mise en état de siège du quartier du Louvre.

Le commissaire sourit, et assura le général qu'il serait fait selon ses désirs. Sur cette déclaration, la vieille brisque s'en alla en frisant sa moustache et en répétant :

— Très drôle!... Lieu d'aisance coffré... Curé a tâté les tetons du *Lamartine*... Vive la religion!... Collectivistes fusillés... A bas les marchands de complaintes!...

Malgré cela, le commissaire se garda bien de tenir sa parole ; il somma une dernière fois le prêtre de se faire connaître, et, en présence de ses refus inexplicables, il déclara qu'il le retenait prisonnier.

Pharamond et Paméla quittèrent les bureaux du fonctionnaire de police, en réfléchissant que la pratique du collectivisme pouvait avoir, en certains cas, des désagréments.

CHAPITRE XVII

LE PASSÉ DU NUMÉRO 3

Vous savez que Marthe était Hollandaise.

Précisons.

Elle était née à Amsterdam, mais elle avait quitté son pays de fort bonne heure. Son éducation avait été faite partie en France, partie en Angleterre.

Marthe était d'une nature essentiellement folichonneuse, et, pour satisfaire ses caprices aussi multiples qu'inconstants, elle se moquait du Code de la belle façon.

Son père l'avait mariée à un négociant lyonnais.

Après trois ans de ménage, elle avait disparu de la ville avec un commis-voyageur en parfumerie.

Le commis-voyageur en parfumerie l'avait lâchée à son tour, un beau matin, à Londres.

Là, elle épousa un fabricant de dentelles, sans s'inquiéter de savoir si son premier mari était mort ou vivait encore.

Ce second ménage avait duré quatre ans.

Il se termina par un enlèvement dont un capitaine marin fut le coopérateur.

Au cap de Bonne-Espérance, troisièmes noces : l'époux, cette fois, fut sir Ship Chandler, un veuf qui avait une grande fillette du nom de Briséis et qui possédait une mine de diamants.

Là, la liaison fut courte : onze mois tout juste.

Retour en Europe, et quatrième mariage, pendant la traversée, avec un passager qui était tombé amoureux fou de la volage Marthe. C'était un Portugais, celui-là. Il possédait quinze millions de fortune, gagnés à la traite des nègres. Il invita tout l'équipage et tous les voyageurs à la noce. Il paya les frais d'escale à Lisbonne, où eurent lieu les épousailles, et l'on repartit.

Un an plus tard, le Portugais était posé à son tour.

Enfin, Marthe donna sa main au président Mortier, qui ne se doutait certes pas que sa charmante épouse avait déjà quatre maris, tous robustes et bien portants.

Au Cap, Marthe avait eu l'occasion de voir quelquefois
Robert Laripette; mais, à cette époque, le jeune homme
était docteur à bord des paquebots anglais et il ne restait à
terre que fort peu de temps.

Il avait cependant assisté au mariage de sir Ship Chandler
de la False-Bay, l'ami de son père, avec cette friponne
d'Hollandaise qui se faisait appeler mademoiselle Marthe
Van Glover.

Après le dîner des épousailles, l'Anglais avait dit à Laripette :

— Si vous étiez raisonnable, nous aurions fait double noce
aujourd'hui...

— Comment ça?

— Vous auriez épousé ma fille Briséis, parbleu!

— Ah! fichez-moi la paix! avait répondu Robert.

Quand il revint, après un voyage, Marthe commençait
déjà à avoir assez de son troisième mari.

Elle le trouvait trop long, et sa myopie lui était insuppor-
table. A chaque instant, il embrassait des négresses, croyant
avoir affaire à sa femme.

Un jour, Marthe était allée à la chasse; car elle était très
hardie. Elle revêtait un costume masculin pour être plus à
son aise, et elle partait en course à travers bois. Souvent
elle pénétrait fort avant dans les terres et avait ainsi couru
des dangers.

Elle ne se faisait accompagner par personne.

Adroite au tir, elle ne manquait jamais de rapporter
quelque belle pièce de gibier.

Ce jour-là donc, elle suivit les bords de la Keiskamma,
qui est la grande rivière qui sert de limite à la colonie
anglaise. Elle avait couru longtemps, tué force cailles, et elle
se reposait non loin de la rive, à l'ombre d'un gigantesque
eucalyptus.

Tandis qu'elle s'adonnait à la rêverie, elle entend tout à
coup des branches craquer dans le voisinage; c'était le pas
d'un autre chasseur.

Etonnée, elle se redresse; car elle croyait inexplorée cette
partie du territoire, où elle avait plaisir à s'aventurer.

— Qui va là?

C'était Laripette.

— Tiens, monsieur Robert!

— Moi-même.

— Que venez-vous faire par ici?

— Je me suis mis dans la tête de rapporter un pélican...
Mais, jusqu'à présent, je n'ai pas aperçu la moindre plume

d'un seul de ces vilains oiseaux-là... Et vous, madame Chandler, avez-vous fait bonne chasse?

— Oui.

— Vous vous reposez?

— Oui... Arrêtez-vous donc une seconde, et renoncez à votre pélican... Nous causerons... Voulez-vous?

— Je veux bien.

Et voilà nos deux chasseurs qui se racontent l'un à l'autre leurs petites histoires. Robert fait part à Marthe de toutes ses excursions sur la côte. Marthe narre à Laripette tous les embêtements de son ménage.

De fil en aiguille, on se dit un ou deux mots galants à double entente. Robert n'avait aucun point de ressemblance avec le Joseph de la Bible, et madame Chandler, par contre, sortait du même moule que la femme de Putiphar. Et puis, ils éprouvaient du charme à lier connaissance intime dans la solitude de la forêt.

Soudain, un clapotement sinistre se fait entendre à proximité, dans la rivière, et un affreux crocodile paraît, le nez au-dessus des eaux.

Marthe et Robert, comme bien l'on pense, ne songent plus du coup à la galanterie. Lestes ils sont; en un clin d'œil ils grimpent dans l'eucalyptus.

Monsieur le crocodile, qui s'était promis de dîner de nos deux chasseurs, se dresse comme il peut pour les atteindre, en faisant claquer ses immenses mâchoires

— Est-il laid! dit Marthe, qui a toujours le mot pour rire. C'est tout le portrait de mon mari quand il montre ses longues dents!

Ce crocodile était rusé. Voyant qu'il n'y a pas moyen pour lui d'arriver à la hauteur où se trouvent nos jeunes imprudents, il se dit qu'il aura meilleur compte à dégringoler l'arbre.

Là-dessus, il cogne de toutes ses forces contre l'eucalyptus, mordant l'écorce, déchiquetant tout ce qui est à sa portée, et faisant avec ça un tapage des cinq cents diables.

— Malepeste! observe Robert, s'il y va de ce train-là, il aura vite détraqué notre forteresse... Avez-vous de la poudre et des balles, madame Chandler?

— Oui, mais cela n'entrera jamais dans la cuirasse de ce gaillard.

— Cela dépend. Il s'agit de viser juste.

— Où?

— Visez au cou, au défaut des os de la tête et des écailles... ou bien visez à l'œil...

— Compris.

Nos deux chasseurs chargèrent leurs fusils comme il fallait pour un gibier de cette importance, et tirèrent. Le caïman poussa un cri de douleur, mais il n'abandonna pas le siège de l'eucalyptus. C'était un crocodile têtu.

— Eh! eh! mon gros père, dit Robert, il paraît que nous t'avons touché, mais pas assez bien; ça est entré, seulement il y a meilleur tir à faire.

Pif! paf! A la seconde décharge, messer Crocodilus fit entendre un hurlement lamentable, et ce fut tout. L'affreuse bête était morte.

— Voilà un drôle de pélican! conclut Mme Chandler.

Les deux chasseurs descendirent de leur arbre. Tout danger était passé; mais ils n'étaient plus d'humeur à reprendre la conversation interrompue par l'arrivée du caïman. Un confrère aurait fort bien pu sortir à son tour de la traîtresse rivière.

Ils retournèrent donc à la ville.

Le lendemain, une petite troupe de nègres vint enlever le crocodile mort que Robert rapporta à Londres.

Le lecteur s'explique maintenant pourquoi, à la vue de la présidente, Laripette s'était écrié : « Madame Chandler! » et pourquoi la présidente l'avait supplié de ne pas ajouter un mot. Quoique n'ayant jamais croqué ensemble la pomme — et l'on a vu qu'il s'en était fallu de peu — Mme Mortier et le locataire de l'entresol se connaissaient.

Robert, quand il fut remis de sa surprise, se dit en lui-même :

— Veinard que je suis!... Elle est la crème des bonnes filles, cette chère Marthe... Elle n'est ni bête, ni laide, tant s'en faut... Voilà mon numéro 3.

La présidente lui prit les mains :

— Monsieur Robert, jurez-moi que vous ne venez pas ici en ennemi!

— Moi! en ennemi!... Pourquoi cela?

— Je ne sais pas... j'ai cru... Vous avez dit que vous vouliez quand même parler à M. Mortier, et ce pour une affaire d'extrême importance... J'ai pensé que vous m'aviez vue ces jours-ci et que vous vouliez révéler au président qu'il n'est pas actuellement mon seul mari...

— Rassurez-vous, madame; je suis venu ici pour plaider contre le propriétaire de cet immeuble et convaincre M. le président que je ne suis pas un voisin plus désagréable qu'un autre. Mais, puisque j'ai le plaisir de vous rencontrer, je vous jure que vous pouvez compter sur ma discrétion...

— Merci, Robert...

— En revanche, je vous prierai de m'autoriser à vous appeler ma chère Marthe, comme cela m'échappa un soir au Cap, au bord de la Keiskamma, et je vous demanderai la faveur de reprendre un de ces jours certain entretien commencé à l'ombre de l'eucalyptus...

— Et qui fut interrompu par un crocodile, ajouta Marthe en riant.

CHAPITRE XVIII

L'ALBUM DE LARIPETTE

Aimables lecteurs et charmantes lectrices, il est bon que vous sachiez que messire Laripette résolut, dès le jour où il eut son compte rêvé (beautés n° 1, n° 2 et n° 3), de mettre par écrit ses impressions sur le cocuage.

En descendant de chez Mme Mortier, il acheta un bel album, inscrivit à la première page cette devise lunatique :

> Toute lune finit par un croissant,
> Tout croissant finit par des cornes ;

puis, il se mit à l'œuvre. Il voulait traiter théoriquement sous toutes ses faces la question qu'il allait d'autre part mettre en pratique contre ses trois co-locataires, le plumassier, le président et le colonel.

Nous donnerons par-ci par-là quelques pages de cet album.

En voici le premier passage :

CLASSIFICATION DES COCUS

I

Le Cocu choyé

Signalement : Le ventre est proéminent. Le visage grassouillet. Le teint coloré. L'air avenant. Le front haut. L'œil jovial. La béatitude est répandue sur toute sa personne.

Dès qu'il apparaît dans une société, on sourit ; il se contemple avec complaisance, et sourit lui-même à tout le monde avec une grâce réjouissante.

C'est l'homme le plus heureux de la terre. Jamais aucun doute ne s'est élevé dans son esprit sur la vertu de sa femme, qui d'ailleurs n'a que des bontés et des prévenances pour lui. Cependant, il l'est, et fortement encore; mais il n'en sait rien. Tout ce qu'il sait, c'est que le peu de temps qu'il passe à la maison, il est dorloté comme un gros angora.

Comment se douterait-il de son malheur, puisque son malheur est pour tous, lui compris, un véritable bonheur?

II

Le Cocu bousculé.

Ne lui parlez pas du mariage, à celui-ci.

— Quelle stupide invention! vous répondrait-il.

Et, en effet, pour cet époux dupé, le malheur n'a commencé à fondre sur sa tête que du jour où il a eu la sotte idée de prendre femme.

Cependant, elle était charmante, sa femme, dans les premiers jours de leur union; mais, malheureusement aussi, madame est très capricieuse. Un beau matin, son caractère a changé du tout au tout. A la suite de l'établissement d'un jeune peintre dans la maison, elle est devenue maussade pour son mari. Celui-ci a voulu se rebiffer à la première gronderie, mais madame est de taille à porter la culotte : et, depuis lors, du matin au soir, monsieur est rudoyé à un tel point, qu'il se sauve bien vite au cercle dès qu'il croit apercevoir un nuage à l'horizon.

Il ne se rappelle pas sans amertume les beaux jours de sa lune de miel; mais comme il a perdu tout espoir de voir cesser la lune rousse, il regrette terriblement l'heureuse époque de son célibat.

III

Le Cocu imaginaire.

Il ne l'est pas; mais il finira par l'être.

Jour et nuit, il surveille sa femme, que ces soupçons commencent déjà à mettre de fort mauvaise humeur.

Il a beau faire des factions de plusieurs heures à la porte de sa moitié, il ne voit entrer chez elle, ni en sortir, per-

sonne dont la visite peut être suspectée ; mais cela ne le ras-
sure point.

Pour éprouver la fidélité de son épouse, il lui écrit lui-
même une déclaration qu'il signe du prénom d'un cousin
dont il se méfie. Il va même jusqu'à indiquer un rendez-
vous. Madame brûle la lettre et défend sa porte au cousin
qui ne comprend pas le motif de cette conduite. Le cocu
imaginaire a tout épié ; mais il n'est pas pour cela le moins
du monde satisfait. Rien ne peut lui ôter du cerveau l'idée
que tout l'univers est d'accord pour le tromper.

Il annonce un grand voyage de deux ou trois mois ; il part
le matin et revient à l'improviste à onze heures du soir. Son
épouse, qu'il trouve seule, se montre fort étonnée de ce brusque retour. Il ne l'explique qu'en bouleversant tous les placards et en mettant la maison sens dessus-dessous. Il ne
trouve rien, et, loin d'être convaincu, est furieux justement
de n'avoir rien trouvé.

Celui-là !... on ne lui fera jamais perdre l'idée qu'il est
cocu. — Il ne l'est pas encore, mais il le sera.

IV

Le Cocu doré sur tranches.

Il le sait, il en est certain ; il est comme Thomas, il a mis
le doigt dans la plaie. Mais ça lui est bien égal ; il y trouve
son compte.

Sa femme est jolie, il met à profit sa beauté. Les attraits
de son épouse se transforment pour lui en fleuve Pactole.

Son commerce prospère, les clients affluent autour de son
comptoir. Il est complaisant, il ferme l'œil. Il offre même
des bocks aux amis de sa chère et tendre.

Son air est réjoui. Ses vêtements sont toujours à la dernière mode. Sa chaîne de montre est enjolivée de breloques
éclatantes. Il s'est tellement bien fait l'âme de son cocuage
que personne n'ose plus le blaguer.

Il parle lui-même de ses cornes, qu'il appelle orgueilleu-
sement « des cornes d'abondance. »

V

Le Cocu philosophe.

C'est un homme navré. Il l'a appris un beau matin par
hasard ; ça lui a fait de la peine.

Pendant quinze jours, un mois, il a espéré faire revenir sa femme à de meilleurs sentiments ; il l'a exhortée et lui a débité de long discours pathétiques sur la fidélité conjugale. Mais, s'étant bientôt convaincu que ses efforts étaient inutiles et qu'il en était pour ses frais d'éloquence, il a renoncé à toute nouvelle tentative et a pris bravement son parti.

Le soir, il promène son front rêveur dans les couloirs des théâtres, jetant parfois un regard mélancolique du côté des loges grillées.

Il souffre de son infortune, mais il la supporte avec courage. — Un bon point pour le cocu résigné.

VI

Le Cocu récalcitrant.

Plus que navré, celui-ci. Furieux ! furieux !! furieux !!!
Il trouve la plaisanterie supérieurement mauvaise.

Ses amis ont beau le sermonner, lui dire qu'un homme doit être fier et heureux de contribuer — même indirectement — au bonheur de ses semblables ; il ne veut pas entendre raison, il regimbe, il crie, il tempête, il ne peut pas s'y faire.

Si on lui fait observer que les adorateurs de sa femme sont tous des gens très comme il faut, du meilleur monde, haut placés, et qu'il est peut-être sur le chemin de la fortune et des honneurs, il fait une scène, dit qu'on se moque de lui, et déclare magistralement que le mot « honneur » n'a plus au singulier la même signification qu'au pluriel.

S'il n'étrangle pas sa peu chaste épouse, c'est parce qu'il a peur de la Cour d'assises ; aussi, pour se venger, il va quelquefois, par dépit, lorgner les flûtes d'une danseuse en renom.

Les jours d'élections, le cocu récalcitrant vote toujours pour le candidat légitimiste, histoire de protester énergiquement contre le partage et la communauté des biens.

VII

Le Cocu qui en est sûr.

Ce n'est pas un type, c'est une espèce, un genre, une généralité. Néanmoins, le cocu qui est sûr de son affaire doit entrer dans cette galerie, ne serait-ce que pour amener le cocu qui en doute et le cocu qui n'y croit pas.

Cette généralité de cocus n'est pas très nombreuse; car les maris trompés sont les derniers à le savoir. Toutefois, le genre se subdivise à l'infini en d'innombrables sous-genres : il y a les cocus qui pleurent et les cocus qui rient, les cocus qui chantent et les cocus qui font chanter, les cocus qui protestent et les cocus qui tiennent l'échelle.

Honneur à tous! Bien qu'à différents titres, ils participent sans distinction au bonheur de l'humanité.

VIII

Le Cocu qui en doute.

L'est-il? ou ne l'est-il pas? — tel est le problème qu'il pose continuellement à son cerveau obtus, et que, du matin au soir, il s'escrime à résoudre.

Lundi, il se dit :

— Quand je l'ai épousée, elle était innocente comme une Agnès.

Mardi :

— Oui! mais les Agnès font le mal sans le savoir.

Mercredi :

— Cependant, non! Une fois la faute commise, impossible de la dissimuler.

Jeudi :

— Oui! mais les femmes sont d'instinct si trompeuses!

Vendredi :

— Cependant, non! La mienne est un dragon de vertu.

Samedi :

— Oui! mais que faut-il pour leur faire faire le faux pas? Un rien, la lecture d'un roman, la vue d'un capitaine de hussards.

Dimanche :

— Heureusement, je suis sûr de tous mes amis!... Et qui sait? notre sexe est aussi perfide que l'autre.

Et ainsi de suite.

Cela recommence à chaque semaine.

Conclusion : — Qu'il le soit ou qu'il ne le soit pas, le cocu qui en doute finit toujours par tourner en bourrique.

IX

Le Cocu qui n'y croit pas.

Voilà le véritable roi des cocus.

Il mettrait sa main au feu pour prouver qu'il constitue le

seul empêchement au couronnement de sa femme comme rosière.

Ses amis — d'un genre qui n'est pas encore tout à fait perdu — le lui ont d'abord dit à l'oreille.

Il a tourné les talons.

On le lui a crié, on le lui a corné.

Il a répondu avec majesté qu'il s'appelait César, et que la vertu de sa femme était au-dessus de tout soupçon.

Alors, à bout de ressources, on a organisé un petit guet-apens à cet homme à la foi robuste : on l'a fait tomber en plein rendez-vous galant de sa volage moitié; on s'est arrangé pour qu'il arrivât juste au moment où un amant était à genoux devant sa femme...

Il l'a pris pour le bottier, en train de prendre ses mesures.

Vive le roi des cocus !

CHAPITRE XIX

A L'ARCHEVÊCHÉ

Deux dévotes archi-heureuses, c'étaient Irlande et Scho-lastique. Philéas, lui aussi, était heureux, à un certain point de vue : la vie lui apparaissait désormais sous l'aspect riant des bombances éternelles. Quant à filer le parfait amour, il trouverait bien, hors de son nouveau domicile, quelque agréable aventure.

La pensée de retourner à l'état-major des pompiers de la ville lui était bien venue une ou deux fois.

— Philéas, mon garçon. s'était-il dit, tu es en train de te mettre dans un mauvais cas... Tu vas tout bêtement être porté comme déserteur... c'est une fichue idée que tu as eue d'accepter d'être l'aumônier de ces deux vieilles folles...

Mais l'instinct de la gourmandise et la perspective d'une existence oisive remplie de chatteries reprenaient le dessus, l'emportant dans la balance.

Et puis, ce n'est pas tout que de songer à rentrer au corps; comment y rentrerait-il?

Se présenterait-il en soutane? il lui faudrait expliquer le motif de ce costume, répondre à d'interminables pourquoi.

D'abord le ridicule pour lui, un ridicule qui lui resterait toujours dans sa compagnie; ses camarades ne se feraient pas faute de l'appeler l'abbé, de lui colloquer des sobriquets aussi nombreux que désobligeants; la vie lui serait impossible.

Ensuite, la soutane qu'il avait été obligé d'endosser chez le président Mortier ne se trouvait pas là à la suite d'un miracle; Philéas ne croyait guère aux miracles : il y avait donc quelque curé compromis dans cette maison-là.

Ne pouvant s'imaginer qu'un prêtre était l'amant de la présidente, il attribuait à Eglantine la présence de cette soutane. La petite scélérate! Elle lui avait en effet paru bien émue quand il était arrivé. Il avait mis ce trouble sur le compte du xérès de la bourgeoise. Il s'agissait, parbleu! du dérangement que sa venue occasionnait.

En somme, pour expliquer à ses chefs son travestissement, au cas où il se présenterait au corps, il lui faudrait raconter tout; il y aurait une enquête; on découvrirait l'abbé; ce serait pour lui un ennemi terrible. Philéas se moquait de la religion comme d'une guigne; toutefois il se disait, non sans quelque raison, qu'il en cuit toujours de mettre contre soi les robes noires.

En outre, il y avait là cette fameuse tonsure dont il s'était gratifié. Là-dessus, il ne pourrait donner aucune explication plausible. Il était évident qu'il s'était fourré dans le pétrin; mais il était plus dangereux d'en sortir que d'y rester.

N'avait-il pas des papiers en règle?...

Oui; mais si le véritable Groussofski se présentait à l'archevêché et se trouvait nez à nez avec lui?...

Impossible de se retourner d'un côté ou d'un autre. Philéas nageait dans un océan de perplexités. Enfin, il prit une résolution. Il resterait curé. Arriverait ce qui pourrait. Le portefeuille dont il se trouvait détenteur lui indiquait le propriétaire de sa soutane. Il contenait nombre de petits papiers qu'il jugeait fort compromettants. Tant pis! il irait de l'avant. Son travestissement durerait peu ou beaucoup, cela lui était égal; si un jour sa vraie personnalité était découverte par les curés, il les menacerait alors d'un esclandre, et, bien sûr, ce seraient eux qui s'empresseraient de régulariser sa situation.

Il avait pris cette résolution le surlendemain de sa métamorphose.

Grande fut sa surprise quand, à midi, le facteur lui apporta une lettre; il y avait sur l'enveloppe : « M. l'abbé Vasilii Groussofski, 13, rue Copernic. » La lettre portait le timbre de l'archevêché.

— Vous avez donc z'été à l'archevêché dire que vous m'aviez chez vous? demanda-t-il aux deux dévotes.

— Mais non, monsieur l'abbé, répondirent les vieilles filles d'une seule voix.

La vérité est qu'elles avaient raconté à qui avait voulu les entendre qu'elles donnaient l'hospitalité à un prêtre polonais. Les autres demoiselles de leur archiconfrérie, jalouses, avaient répété l'anecdote au curé de la paroisse, qui s'était empressé d'informer l'archevêché. Il était vexé, le curé. Scholastique et Irlande lui donnaient souvent des petits cadeaux pour telle ou telle bonne œuvre, et il comprenait très bien que les dons à faire seraient désormais au profit du prêtre polonais.

— Je vois ce que c'est, dit Irlande.

— Moi aussi, fit Scholastique.

— C'est mademoiselle Varoquet, la porteuse de bannière...

— Précisément.

— Qui a raconté à sa manière que nous avons recueilli chez nous ce bon abbé Vasilii et qui voudrait nous faire avoir du désagrément.

— Eh bien, mesdemoiselles, s'empressa de dire Philéas, je ne resterai pas chez vous; je ne veux point z'être cause que je vous compromette...

— Mais pas du tout! crièrent les deux sœurs.

Grisgris avait ouvert la lettre. On l'invitait à passer dans l'après-midi même à l'archevêché.

— Nous vous accompagnerons, firent Scholastique et Irlande avec enthousiasme.

On déjeuna à la hâte.

— Ah! c'est comme cela! clamait Irlande.

— Vraiment! on veut nous enlever l'abbé! hurlait Scholastique.

— Nous verrons l'archevêque lui-même!

— Nous lui parlerons!

— Et la conclusion sera...

— Que l'abbé recevra ce soir même...

— L'autorisation d'être notre aumônier...

— N'est-ce pas, Irlande?

— Oui, Scholastique!

En grande vitesse, on s'habille et l'on va à l'archevêché.

— Qui sait comment tout cela va finir? se disait le pompier tonsuré.

On arrive. L'abbé exhibe sa lettre. Un jeune diacre l'introduit auprès d'un des vicaires généraux.

— Soyez ferme! disent à Philéas les deux vieilles filles, que le diacre invite à attendre dans une sorte de parloir.

Le grand-vicaire était derrière un bureau chargé de paperasses.

Il prie le faux abbé de s'asseoir et entame la conversation :

— Monsieur l'abbé, dit-il, voilà plusieurs jours que vous êtes arrivé à Paris, et vous n'êtes pas encore venu vous présenter à l'archevêché...

— A merveille, pense Philéas, je vas attraper un savon; mais je sais un renseignement précieux : c'est que l'individu dont auquel je me substitue, il n'est pas connu à l'état-major de la calotte.

Et, cette réflexion faite, il répond à haute voix :

— Faut vous expliquer, monsieur le grand-vicaire... J'ai z'été indisposé dès les premiers jours de mon arrivée...

— Oui, repart l'autre sévèrement, il paraît que vous vous adonnez à la boisson...

— Allons, bon ! pense Philéas, voilà que ces deux vieilles toupies ont tout raconté aux commères de leur paroisse !...

Le grand-vicaire continue :

— Sans mesdemoiselles Duverpin, vous eussiez été un objet de scandale...

— Monsieur le grand-vicaire, on a esqua... on a esquagéré, je vous jure...

— Exagéré, corrige l'autre... N'importe, il suffit... Mes renseignements sont bons .. Il est vrai que vous êtes recommandé à M. l'abbé Romuald Chaducul, de Saint-Germain-l'Empalé; mais si vous ne corrigez pas votre conduite, M. l'abbé, bien certainement, se refusera à faire valoir son influence en votre faveur.

Philéas tournait son chapeau entre ses mains.

— Vous ne parlez que difficilement le français, à ce que je vois; mais le comprenez-vous bien? interroge le grand-vicaire.

— Parfaitement, monsieur le grand-vicaire.

— Alors, vous avez bien saisi le sens de mes observations?

— Oui, monsieur le grand-vicaire.

— Maintenant, autre chose..... Que comptez-vous faire à Paris?

Philéas restait coi, bouche béante.

— Votre intention est-elle de demeurer chez les demoiselles Duverpin qui, paraît-il, ont manifesté l'intention de vous garder comme leur aumônier?

— Monsieur le grand-vicaire, je suis t'à vos ordres... à ceux de monseigneur l'archevêque... à ceux de ces demoiselles...

En disant cela, il avait l'air si ahuri que le grand-vicaire ne put s'empêcher de se faire cette réflexion :

— Ma foi, le gaillard n'est pas le moins du monde dangereux.

Après quoi, il donna l'ordre d'introduire les demoiselles Duverpin. Scholastique et Irlande entrèrent en faisant de grandes révérences, et se mirent de suite à parler toutes les deux à la fois, sans attendre que le grand-vicaire leur eût accordé la parole.

— Monsieur le grand-vicaire!...

— C'est un complot!...

— Nous voulons un aumônier!...

— Et, comme nous l'avons heureusement trouvé...

— On nous le jalouse!...

— L'abbé Vasilii nous apprend le polonais...

— Nous savons déjà le noël : *Vaqui l'houro*...

— Et, de notre côté, nous lui apprenons le français...

— Il nous confessera...

— Il nous accompagnera dans nos pèlerinages...

— C'est le curé de notre paroisse qui vous a fait un rapport contre lui...

— C'est Mlle Varoquet qui a calomnié l'abbé auprès du curé...

— On vous aura dit que l'abbé Vasilii a été rencontré ivre par nous...

— C'est un mensonge!

— C'est une infamie!

— Si l'on ne nous accorde pas justice, nous parlerons à Monseigneur lui-même...

— Nous ferons intervenir notre frère le président...

— Car nous voulons notre aumônier...

— Il nous le faut!...

— Voilà!...

Tout cela avait été débité d'une seule haleine par les deux vieilles, sans prendre souffle. Le grand-vicaire était déconcerté par ce flux de paroles.

Il avait, en effet, reçu un rapport contre l'abbé polonais. Son intention était de lui intimer l'ordre de prendre domicile dans un modeste hôtel quelconque et de l'attacher comme prêtre habitué à la première paroisse venue. La démarche des demoiselles Duverpin l'ébranla considérablement.

— Eh! eh! se dit-il en lui-même, ces deux vieilles folles sont enragées... Si on leur refuse leur aumônier, elles sont capables de ne plus rien donner à l'église... Elles monteront la tête au président Mortier... Après tout, elles sont laides à faire peur... Pas de scandale à craindre au point de vue du batifolage... Et puis, si réellement ce polonais s'adonne à la boisson, mieux vaut qu'il se saoûle à domicile chez des dévotes qui cacheront ses excès...

Il se fit toutes ces réflexions en moins d'une seconde. Aussi, releva-t-il la tête pour dire :

— Mesdemoiselles, nous n'avons à l'archevêché aucun parti pris contre votre protégé, comme vous paraissez le croire, et, pour vous prouver que vous étiez dans l'erreur, je donne à M. l'abbé Groussofski, dès aujourd'hui, l'autorisation de vous servir d'aumônier... Il dira seulement ses messes à

la paroisse... jusqu'à ce que Monseigneur vous ait permis
d'avoir chez vous un oratoire privé...

Philéas n'en revenait pas. Ce succès inespéré le com-
blait.

Irlande et Scholastique se jetèrent aux genoux du grand-
vicaire et lui baisèrent les mains avec transport.

Celui-ci congédia bien vite les demoiselles Duverpin et leur
aumônier.

— Nous avons remporté la victoire! dit triomphalement
Scholastique, en descendant l'escalier d'honneur de l'archevêché.

— Et nous aurons notre oratoire privé! ajouta Irlande.

— Tout de même, conclut Philéas, que c'est un beau
succès!

Les deux vieilles toquées étaient si heureuses qu'elles
décidèrent de conduire sur-le-champ l'abbé Groussofski chez
un tailleur, pour lui faire prendre mesure d'une autre soutane, vu que celle qu'il avait ne lui allait pas du tout. Le
pompier leur avait déclaré en confidence que c'était un vieux
curé de province qui, le voyant en haillons, la lui avait
donnée lors de son fameux voyage effectué à pied de Varsovie à Paris.

Au moment où le trio franchissait le seuil de l'archevêché, une voiture s'arrêtait devant la porte cochère. Une
dame d'âge mûr, courte, ronde, à la trogne rouge, en descendait. Sitôt qu'elle vit le jeune abbé flanqué d'Irlande et
de Scholastique, elle se précipita à sa rencontre, le dévi-
sagea et lui sauta au cou en s'écriant :

— Oh! cette figure!... Permettez que je vous embrasse,
monsieur l'abbé... Vous êtes tout le portrait de mon neveu!

Avant que Philéas ait eu le temps de se défendre, la dame
lui avait appliqué sur chaque joue un baiser retentissant.

— Que signifie? demandèrent Scholastique et Irlande in-
terloquées.

— Mais je n'y comprends rien, fit le faux Groussofski, également surpris... Madame, je n'ai pas l'honneur de vous connaître, ajouta-t-il en s'adressant à l'expansive matrone.

— Je le sais bien, répondit celle-ci ; mais peu importe.....
Venez me voir quand même un de ces jours... C'est étonnant
comme vous ressemblez à mon neveu!

Et, vive comme un écureuil, elle grimpa prestement l'escalier que le trio venait de descendre.

Irlande, Scholastique et leur aumônier étaient fort intrigués.

— Quelle est donc cette dame? demandèrent-ils à un suisse qui se pavanait sur le seuil de la grande porte d'entrée.

Le suisse se pencha et leur dit à voix basse d'un air mystérieux :

– C'est madame la marquise de Rastaquouère.

———

CHAPITRE XX

LA CONFESSION D'ÉGLANTINE

— Fichtre! cette fois, nous verrons bien s'il entrera!

Celui qui parlait ainsi n'était autre que l'abbé Romuald Chaducul. Il était profondément mortifié toujours du tour que lui avait joué son curé.

Comment l'abbé Huluberlu s'était-il introduit chez lui?

Ursule lui avait juré, par toutes sortes de cendres, qu'elle n'avait ouvert à personne qu'à Mme la présidente, que jamais, au grand jamais, elle n'avait prêté les clés de l'appartement au curé de Saint-Germain-l'Empalé. Ursule était incapable de mentir.

Néanmoins, l'abbé Chaducul se trouvait en présence d'un fait indéniable. Au moment où il se croyait seul avec la belle Marthe, son supérieur avait surgi d'un cabinet. Donc, l'abbe Huluberlu avait de fausses clefs.

Le lendemain même de sa promenade à Montparnasse en pompier, le vicaire avait fait changer toutes les serrures de son appartement. Et, le surlendemain, jour où il attendait Eglantine, il se répétait, joyeux, cette phrase :

— Fichtre! cette fois, nous verrons bien s'il entrera!

A neuf heures du matin, Eglantine arriva. Elle était toute décontenancée. Ça l'ennuyait, d'avoir à se confesser.

Fille de la campagne, elle avait fait sa première communion et fréquenté excessivement peu l'église. A quinze ans, on l'avait envoyée à Paris, où elle s'était promptement dégrossie, et, depuis qu'elle avait foulé le sol de la capitale, elle n'avait pas mis une seule fois les pieds dans un confessionnal.

Ce coup-ci, il n'y avait pas moyen d'éviter la corvée.

L'abbé venait à peine de se lever; il terminait sa toilette. Devant une petite glace, il achevait de se raser.

Ursule fit entrer la jolie bobonne.

— C'est cette demoiselle que vous attendez, dit-elle.

Chaducul s'empressa d'aller au-devant d'Eglantine.

— Entrez, ma chère enfant; asseyez-vous.

Il fit un signe. Ursule se retira.

— Çà, dit l'abbé tout en se rinçant avec de l'eau et du vinaigre parfumé, vous avez parlé hier d'un révérend père à qui vous vous confessiez...

— Oui, monsieur l'abbé.

— Quel est ce révérend père?

— Un capucin.

— Tiens!... Un capucin non expulsé, alors..., car, depuis ces abominables décrets, les capucins se font un peu rares...

— Comme vous dites, monsieur l'abbé.

— Et cela vous ennuie, de changer de confesseur, n'est-ce pas?

— Bédame, puisqu'il le faut...

— Vous verrez, mon enfant, que je ne suis pas un confesseur bien méchant... Je vous fais peut-être l'effet d'un ogre... C'est ce qui trompe... Je suis un confesseur tout à fait bon enfant...

Il se tamponnait les joues avec de la poudre de riz.

— Voulez-vous un peu de poudre de riz, mon enfant? lui demanda-t-il en lui offrant tout à coup son tampon.

Eglantine était interdite. Ce confesseur lui paraissait bizarre. Elle balbutia quelques mots. L'abbé prit sa houppe et vint lui tamponner les joues...

— Les jolies joues fraîches! disait-il; ce sont des roses... Comment vous appelez-vous, mon enfant?

— Eglantine, monsieur l'abbé.

— Un nom de fleur!... Donnez-moi vos mains...

Il les lui prit.

— Elles sont mignonnes comme tout.

Puis, brusquement :

— Combien, fit-il, combien y a-t-il de jours qu'on ne s'est plus confessé, mademoiselle Eglantine?

— Dame, monsieur l'abbé... je ne sais plus bien... Il doit y avoir un mois...

— Oh! oh! il faudra à présent se confesser plus souvent que ça... Une fillette gentille comme vous ne doit pas rester plus de huit jours sans venir auprès de son confesseur... Voulez-vous que nous commencions?

— Oui, monsieur l'abbé.

— Il faut dire : Oui, mon père.

— Oui, mon père.

— Très bien... Mettez-vous à genoux... sur ce coussin... Non, au fait, asseyez-vous près de moi sur le canapé... Nous allons faire une confession à la bonne franquette... Vous verrez que je ne suis pas un ogre...

Il se plaça sur le canapé et l'entraîna à côté de lui.

— Voyons, dites le *Confiteor*...

— Le *Confiteor*... Qu'est-ce que c'est?

— Comment! votre capucin ne vous faisait pas dire le *Confiteor*?

Eglantine était fort embarrassée. Elle avait complètement oublié, depuis le temps, les détails de cet exercice qui s'appelle la confession. A tout hasard, elle répondit :

— Non, mon précédent confesseur me faisait raconter tout de suite mes petits péchés...

— Soit, fit l'abbé Chaducul, très conciliant. Nous ferons comme lui. Supprimons le *Confiteor* et allons-y tout de suite... Êtes-vous menteuse?

— Un petit peu, monsieur l'abbé...

— Dites : mon père... Depuis votre dernière confession, combien de fois avez-vous menti?

— Diable! j'ai perdu le compte.

— Et la gourmandise?... Avez-vous commis le péché de gourmandise?

— Oh! oui... Madame a un vin de Xérès auquel je dis de temps en temps deux mots.

En disant cela, elle riait, montrant une superbe rangée de dents blanches.

— Vous avez de bien jolies dents, fillette... Montrez-les un peu encore... Riez... Tirez la langue... Elle est bien gentille, cette petite langue...

Eglantine pensait qu'elle avait là un drôle de confesseur. L'abbé Chaducul lui passa son bras autour de la taille.

— Parlez-moi sans réticence, sans feinte, reprit-il, et causons du péché mignon... Le commettez-vous quelquefois, le joli péché?

Eglantine rougit.

— Il ne faut rien cacher à son confesseur.

— Mais, monsieur l'abbé!...

— Il n'y a pas de mais qui tienne... Vous devez tout me dire... La main sur la conscience, vous n'avez pas d'amoureux?

— Mais, monsieur l'abbé!...

— Appelez-moi : mon père, saperlotte!

— Mon père Saperlotte, le péché dont vous parlez...

— Dites : mon père, tout court...

— Mon père, tout court...

— Cristi!... Mon père... et rien de plus... Mon père!...

— Mon père, le péché dont vous parlez...

— Eh bien?

— C'est que...

— Vous ne le commettez pas de temps en temps?

Eglantine pensa que le vicaire était bien indiscret. Après avoir hésité, elle dit :

— Eh bien, non.

— Tralala... Fillette, il ne faut pas mentir en confession.

— Mon père, je vous assure...

— N'assurez rien... Vous n'avez pas d'amoureux?

— Non, mon père.

— Pas le moindre pompier? pas le moindre Philéas?

Eglantine bondit.

— Pompier... Philéas... murmura-t-elle... Comment le savez-vous?

— Ma petite Eglantine, votre confesseur est le représentant de Dieu... Dieu sait tout... ses représentants savent tout... Vous voyez qu'il est inutile de me cacher quoi que ce soit...

— Vrai! vous m'épatez!

— Alors, vous avouez l'amoureux?

— Oui, mon père.

— Friponne!... Et cet amoureux, que faisait-il?... Vous a-t-il des fois dégrafé votre corsage?

En posant cette question, le confesseur dégrafait le corsage de sa pénitente. Celle-ci opposa quelque résistance.

— Laissez-moi faire, dit le vicaire, il faut que je vous explique ce qui est péché et ce qui ne l'est pas.

— Cependant, mon père...

— Fichez-moi la paix avec vos cependant... Et écoutez votre confesseur, qui est le représentant de Dieu... Il ne faut pas confondre le péché mortel avec le péché véniel... Le péché véniel n'a pas grande importance... Ainsi, supposons que je sois votre amoureux... En ce moment, je vous embrasse entre vos deux seins, ce n'est qu'un péché véniel... Maintenant, je vous embrasse sur le nez, sur les yeux, sur le menton, sur la bouche... ce sont encore des péchés de peu d'importance...

Il embrassait comme il disait. Brusquement, il devint sérieux. Il venait de songer que ce n'était pas seulement pour s'amuser qu'il confessait Eglantine.

— Et ce pompier, fit-il, vous l'avez reçu chez vous avant-hier au soir, n'est-ce pas?

— Oui, mon père, répondit Eglantine, ne comprenant rien à cette perspicacité de son confesseur.

L'abbé Chaducul se sentait bien à l'aise pour interroger. Il savait n'avoir pas été reconnu par la bonne lors de sa

fuite en pompier. Eglantine, d'autre part, ignorait complètement quel était l'homme en caleçon qu'elle avait palpé dans
le cabinet obscur attenant au fumoir. Il se fit dire les prénoms du pompier, la compagnie à laquelle il appartenait ;
il demanda à Eglantine, sous la foi du serment, de lui promettre de le prévenir quand Grisgris reparaîtrait auprès
d'elle. Il lui jura par contre qu'il lui fournirait les moyens
de combattre la tentation.

— Un péché véniel, disait-il, c'est la moindre des choses ;
mais un péché mortel, quelle horreur ! quand il est commis
avec un civil ou avec un militaire !... Cette tache sur l'âme
est très difficile à effacer... Avec un ecclésiastique, c'est infiniment plus simple, vu qu'on est toujours sûr de recevoir
une bonne absolution.

Il se disposait à expliquer à Eglantine les détails du péché
mortel. Tout à coup, la porte du cabinet s'ouvrit, la même
qui avait donné entrée deux jours auparavant au curé Huluberlu, et, comme alors, le curé Huluberlu parut, de plus en
plus goguenard.

Comment, sacrebleu ! s'y était-il pris pour pénétrer cette
fois encore chez lui ?

— Mon cher vicaire, dit le curé en faisant un pied de nez
à Chaducul, vous allez avoir la bonté de me céder cette nouvelle pénitente.

Chaducul était devenu pourpre.

N'écoutant que sa colère, il se précipita sur l'abbé Huluberlu et lui asséna un vigoureux coup de poing en pleine
figure.

Le curé, surpris par cette attaque imprévue, riposta aussitôt en boxant à son tour. C'était un curieux spectacle que
celui de ces deux prêtres qui cognaient l'un contre l'autre de
toutes leurs forces, au grand ébahissement d'Eglantine qui
ne savait pas former un enjeu.

Huluberlu était grand et sec ; Chaducul était court et gros.
Tous deux possédaient une belle force musculaire. La bataille fut donc assez longue. Tandis que le curé et son vicaire
s'allongeaient des coups de poing à qui mieux mieux,
Eglantine, profitant du tumulte, s'esquiva, non sans prévenir
la gouvernante de l'abbé Romuald de ce qui se passait.

Ursule arrive et se jette entre les combattants.

— Monsieur le curé ! monsieur l'abbé !... Y pensez-vous ?...
Que diront les voisins, s'ils vous entendent ?...

Les deux ecclésiastiques s'arrêtent. Ils s'aperçoivent que
la jolie fille, objet de leur convoitise, a disparu. Ils sont pe-
nauds.

Le curé a été le plus malmené.

Il se passe la main sur les côtes. Cristi! il est tout moulu.

Chaducul est aussi pas mal contusionné.

Ni l'un ni l'autre ne se plaignent des coups reçus; une seule chose les vexe : le départ d'Eglantine.

— Sacré nom! dit le vicaire au curé, vous êtes un drôle de pistolet!... Avec vos manières, vous êtes cause que ma pénitente est partie...

— Si vous aviez été raisonnable, riposte Huluberlu, elle serait encore ici, et vous auriez eu à votre tour la belle enfant.

— Pardon, je n'admets pas que, sous prétexte que vous êtes mon supérieur, vous preniez à tâche de me confisquer mes clientes...

— Oh! si l'on peut dire!... Voilà une belle affaire!... Vous ne comprenez pas la plaisanterie. .

— Je trouve la plaisanterie très mauvaise,.. et je suis décidé à ne pas la souffrir...

— Romuald, vous avez tort... Nous aurions pu parfaitement nous entendre... Au contraire, vous êtes d'une susceptibilité ridicule...

— Il n'y a pas de susceptibilité qui tienne... |Est-ce que je vais chasser dans vos plates-bandes, moi?

— Je ne vous en ai jamais empêché...

— Est-ce que je m'introduis furtivement chez vous pour vous troubler, lorsque vous êtes dans l'exercice de vos fonctions de confesseur?

— Je ne dis pas cela...

— Eh bien, votre conduite, monsieur le curé, n'a pas de nom...

— Voyons, voyons, Romuald, revenez au calme... Je vous pardonne votre boxe... Hein! suis-je assez bon diable?

— Dame! avouez que, si vous avez des bleus sur le corps, vous ne les avez pas volés... Et croyez-vous que je n'aie rien reçu, moi?... Vous avez le poing bigrement sec!

— Alors, ne m'en veuillez plus... J'ai voulu rire; je ne pensais pas que vous prendriez la chose si mal.

— Puisque c'est ainsi, je consens à faire la paix,... Vous me rendrez cette justice : au fond, je n'ai pas mauvais caractère, je ne suis pas rancunier.

— C'est vrai.

— Topez là.

— Voici.

Les deux vobiscum se serrèrent la main.

— A la bonne heure, dit Ursule, que cela me fait donc plaisir de voir monsieur le curé et monsieur l'abbé réconciliés!... Savez-vous que vous n'y allez pas de main morte, quand vous vous y mettez!.. Ah! si vous aviez pu vous voir!... N'était le scandale que je redoute par-dessus tout, j'aurais bien ri...

Là-dessus, la gouvernante partit d'un grand éclat de rire.

Rien n'est communicatif comme la gaieté. Le curé et son vicaire, oubliant leurs contusions, se regardèrent un moment et eurent à leur tour un bel accès d'hilarité. Pendant une minute, ce fut un rire général.

— Si nous prenions un verre de quelque chose pour nous remettre? observa Romuald. Qu'en dites-vous, monsieur le curé?

— Merci, ce n'est pas de refus.

Ils étaient devenus les meilleurs amis du monde.

Ursule alla prendre dans le buffet une bouteille de vieux madère premier choix, et l'on trinqua à l'amitié.

Comme le madère était succulent, on ne s'en tint pas à une rasade.

A la fin de la bouteille, les deux ecclésiastiques tombèrent dans les bras l'un de l'autre.

— Ursule, dit le curé, ne préparez pas à déjeuner pour mon vicaire; j'emmène Romuald...

— Je veux bien, repartit le vicaire.

— Je vais vous faire connaître, mon cher, un certain restaurant qui a une spécialité de canard saignant aux truffes... Vous m'en donnerez des nouvelles...

— Et après?

— Après, pour sceller notre amitié d'une manière indissoluble, je vous présenterai à une de mes amies, madame la marquise de Rastaquouère.

— La marquise de Rastaquouère? répondit Romuald..... C'est drôle! il me semble que je connais ce nom.

Les nouveaux amis rajustèrent leurs soutanes que la lutte avait notablement tirepillées et quittèrent le domicile du vicaire.

Ursule se félicitait de ce que tout s'était terminé pour le mieux.

Quelques instants avant la sortie des deux prêtres, au moment où Eglantine partait, un autre ecclésiastique passait devant la maison. C'était Philéas qui, accompagné d'Irlande et de Scholastique, venait de prendre, chez un tailleur voisin, mesure d'une tunique de rechange. Il aperçut sa bien-aimée et détourna vivement la tête pour ne pas être reconnu. Eglantine, en effet, ne prit point garde à lui. Quant à Philéas, il remarqua le logis d'où elle sortait et en acquit la certitude qu'il avait toujours été trompé par la bonne avec le vicaire dont il possédait le portefeuille précieux.

———

CHAPITRE XXI

L'ODYSSÉE D'UN FIACRE A L'HEURE

Gilda Paincuit avait reçu de Laripette sa première leçon de cosmographie, et elle désirait suivre un cours complet.

A trois heures de l'après-midi, tandis qu'elle avait tout lieu de croire le plumassier à son magasin de la rue Saint-Denis, elle envoya sa domestique lui chercher un fiacre et dit en sortant :

— Je ne serai pas rentrée avant six heures, je vais faire un tour au bois de Boulogne.

Et, en effet, en sautant dans la voiture, elle lança ces mots au cocher :

— A l'heure... Menez-moi du côté des Champs-Elysées, en passant par le boulevard Saint-Germain.

Le cheval prit sa course en trottinant.

Lorsque le sapin arriva à l'intersection du boulevard Saint-Germain et de la rue de l'Ecole-de-Médecine, la plumassière tapa vivement contre la vitre d'intérieur :

— Cocher! cocher! arrêtez une seconde!

L'automédon obéit. Un jeune homme, qui n'était autre que Robert, se précipita à la portière. Il ouvrit et prit place auprès de la jolie plumassière.

— Permettez-moi de changer votre itinéraire, chère dame, dit-il. J'ai à passer une seconde chez M° Bredouillard pour savoir où en est mon procès à propos de l'élagie. Cela ne nous écartera pas beaucoup, du reste, de la route que nous avons à faire pour nous rendre vers les Champs-Elysées.

— A votre guise, monsieur Robert. Peu importe la route que nous suivrons, du moment que nous sommes ensemble... J'avais si peur que vous ne fussiez pas exact au rendez-vous!...

— Oh! quelle peur injuste!

Et il dit au cocher :

— Avant d'aller aux Champs-Elysées, vous arrêterez un moment à la rue Bonaparte, n° 25.

La voiture roula.

C'était bien, en réalité, un rendez-vous. Robert n'avait pas perdu son temps. L'avant-veille, il avait vu M^mo Paincuit pour la première fois, et l'on sait que le soir les esprits frappeurs avaient dit : *Demain*. Ce demain-là avait été, paraît-il, bien employé, puisque le jour qui le suivait voyait une promenade en fiacre.

Que fit-on dans ce véhicule? — On baissa les stores, pour ne pas effaroucher les passants, et l'on s'embrassa de la jolie façon. La cosmographie autorise ces privautés.

Un instant, la voiture s'arrêta. On était arrivé au n° 25 de la rue Bonaparte.

Robert ouvrit la portière et sauta sur le trottoir.

— J'en ai à peine pour quelques minutes, dit-il à Gilda, le temps de monter, de dire deux mots à Me Bredouillard et de redescendre.

Gilda resta donc dans le fiacre.

Mais, à peine Laripette vient-il de s'engager dans la grande allée de la maison, que le plumassier Paincuit paraît à l'extrémité du trottoir.

Est-ce bien lui?... Oui, c'est lui, à n'en pas douter... Gilda reconnaît parfaitement Néostère qui s'avance, calme, majestueux, la bedaine tendue en avant... Mais où va-t-il?... Est-il besoin de le demander?... Il se rend, lui aussi, chez son ami Bredouillard... Gilda se tapit de son mieux au fond du sapin... Elle réussit à ne pas être vue; M. Paincuit s'est arrêté une seconde, n'a jeté qu'un coup d'œil distrait sur le fiacre, et, à son tour, est entré au n° 25.

Alors, elle se livre à une série de réflexions.

Tout danger est-il passé?... Non... Il est certain que Néostère et Robert vont se rencontrer chez Bredouillard... Elle est payée pour connaître le plumassier : elle sait à quel point il est crampon.

Il va s'attacher à Laripette, il descendra avec lui, Robert ne pourra s'en débarrasser, ils arriveront tous les deux à la voiture : si Robert veut passer outre, en entraînant le plumassier, le cocher s'imaginera qu'on veut le filouter et protestera; de quelque manière qu'il s'y prenne, Laripette sera obligé de venir avec le mari au fiacre qui recèle l'épouse coupable, et le pot-aux-roses sera découvert.

Comment s'en tirer?

Gilda constate que le cocher vient de quitter son siège pour aller siffler vis-à-vis une goutte chez le marchand de vin. Elle ne fait ni une ni deux, quitte prestement la voiture, et s'en va en rasant les boutiques. Sa partie de plaisir est sacrifiée, mais M. Paincuit ne se doutera de rien. Quant à Robert, lorsqu'il trouvera le fiacre vide, il comprendra.

Or, Mme Paincuit s'était trompée dans son calcul.

C'était bien son mari le plumassier qui venait d'entrer au n° 25 de la rue Bonaparte; mais il n'allait pas chez Bredouillard. Dans cette même maison demeure également le substitut Saint-Brieux. M. Paincuit va rendre visite à ce membre du parquet dans le but de le bien disposer en faveur d'un de ses commis qui est poursuivi pour avoir administré une raclée soignée à un restaurateur. Ce n'est qu'en sortant de chez le substitut qu'il ira serrer la main à son ami l'avocat spirite.

En outre, la Providence, qui a l'œil sur tout, comme chacun sait, fera que Laripette aura terminé sa visite et sera déjà parti lorsque le plumassier sonnera à la porte de Bredouillard.

Donc, notre ami Robert ne se doute pas le moins du monde de la présence de M. Paincuit dans la maison. Il se renseigne auprès de son défenseur, tout en songeant à la belle Gilda qui l'attend, pense-t-il, en bas dans le fiacre. Bredouillard lui donne tous les renseignements qu'il désire : l'assignation de Laripette contre M. Tardieu ayant été signifiée après celle du propriétaire, on prendra des mesures pour faire joindre les deux affaires, de manière à ce que tout se plaide ensemble. Robert se déclare satisfait; il salue l'avocat et prend congé de lui.

En descendant le grand escalier de la maison, il se frotte joyeusement les mains. Après les affaires sérieuses, voici les plaisirs qui se préparent.

Le fiacre est toujours là, immobile devant la porte cochère; le cocher est sur son siége, car il a terminé sa petite station chez le marchand de vin; la portière est fermée, les stores sont baissés comme tantôt. Il ouvre et..... pousse un cri de surprise.

Ici je m'adresse au lecteur, et je lui pose une question :

— Devinez quel cri poussa Laripette en ouvrant la portière du fiacre?

Le lecteur. — Parbleu! ce n'est pas malin de deviner. Mme Paincuit avait filé. Laripette cria donc : « Tiens! personne! » ou bien : « Où a-t-elle pu passer? » ou encore : « Ah çà! est-ce que Gilda m'aurait lâché? »

L'auteur. — Vous n'y êtes pas.

Le lecteur. — Robert aura dit alors : « Bon! mon amoureuse a éprouvé quelque besoin pressant. »

L'auteur. — Non, mon bel ami.

Le lecteur. — « Cristi! je me suis trompé de fiacre! »

L'auteur. — Tralala, ce n'est point cela encore.

Le lecteur. — Alors, je donne ma langue aux princes d'Orléans, a tout ce qu'il y a de plus « chien » au monde.

Vous avez raison, lecteur. Aussi bien, ne vous ferai-je pas poser plus longtemps. Le fiacre n'était pas vide ; une femme s'y trouvait blottie, et Laripette, en la voyant, s'était écrié :

— Marthe !

A quoi Mme Mortier — car c'était bien la présidente — avait répondu :

— Robert !

Là-dessus un dialogue s'engagea :

— Quoi, Marthe, vous ici ?

— Par exemple ! ce fiacre est donc à vous ?

Et ils se regardaient étonnés, ahuris, Laripette surtout ne comprenant absolument rien à cette substitution de personne.

A la fin, il se décide à demander une explication :

— Oui, ma chère amie, c'est à moi, ce fiacre... Mais comment y êtes-vous entrée ?

— Oh ! mon Dieu, c'est bien simple... seulement... Montez donc... voyez, le cocher est intrigué de ce que vous restez là, à causer à la portière...

En effet, le cocher se demandait pourquoi son client hésitait à monter. Il se retourna en se penchant et lui demanda :

— C'est-y toujours aux Champs-Elysées que nous allons, bourgeois ?

Après une seconde de réflexion, Robert répondit :

— Oui... allez...

Et il reprit sa place dans la voiture.

— Vous alliez donc aux Champs-Elysées ? interrogea la présidente.

— Mais... dame !... oui... fit Laripette quelque peu embarrassé.

En lui-même il se disait :

— Que diable est-il arrivé pendant que j'étais chez Bredouillard ?... Marthe et Gilda se sont-elles vues ?... Ont-elles eu une explication ensemble ?... Cette Marthe, qui a un toupet d'enfer, a-t-elle congédié la plumassière, et s'est-elle installée à sa place ?... C'est qu'elle en est bien capable !...

Un mot de la présidente vint jeter un peu de lumière sur ce chaos et rassurer Robert.

— Vous vous offrez ainsi des promenades... comme cela... tout seul... sans inviter votre chère Marthe ?... Eh bien, c'est gentil !...

Laripette poussa un soupir de satisfaction. La présidente n'avait pas vu la plumassière ; voilà ce qui ressortait du moins de ce qu'elle venait de dire. Elle lui reprochait de se promener tout seul ; donc, il n'y avait personne dans le fiacre quand elle y était entrée. Restait à éclaircir deux autres points du mystère : comment et pourquoi Gilda était partie ; comment et pourquoi Marthe s'était installée dans sa voiture. Le premier point serait tiré au net dès la première entrevue que Robert aurait avec Mme Paincuit ; relativement au second, il pouvait l'éclaircir sur-le-champ.

— Vous ne répondez pas, Robert, fit la présidente.

— Que voulez-vous que je vous dise ? Il fait un temps superbe... Tout me conviait à une promenade... C'est au bois que je comptais aller... Dame, si j'avais pu penser qu'il vous aurait été possible de vous échapper pour une après-midi, j'aurais pris l'agréable liberté de vous donner un rendez-vous.

— Très bien, j'accepte vos excuses.

La voiture roulait, traversant en ce moment le pont des Saints-Pères. Marthe tendit sa joue à Laripette.

— En signe du pardon que je vous accorde, je vous autorise à m'embrasser.

Robert, profitant de la permission, embrassa la présidente, mais non point sur la joue. Le baiser lui fut rendu avec usure.

— A vous, maintenant, ma chère Marthe, dit-il, après quelques secondes de becquetage, à vous, ma toute aimée, de m'expliquer comment et pour qui vous êtes montée dans mon fiacre.

— Je vous ai dit tantôt que rien n'était plus simple... Mon Dieu, oui, c'est tout ce qu'il y a de plus simple... Je passais dans la rue Bonaparte. Une voiture venait en sens inverse... Je vous aperçois à l'intérieur... Je vous adresse un salut... Vous ne me voyez pas... La voiture continue à filer... Mais, tandis que j'ai la curiosité de me retourner, la voilà qui s'arrête devant le numéro 25, et vous descendez... Je reviens sur mes pas... Vous êtes leste comme tout, mon cher Robert... Avant que je vous aie rejoint, vous aviez disparu dans la maison. Alors, une idée me traverse le cerveau...... Si je faisais une surprise à mon ami Laripette ?... J'attends une minute devant une boutique, en regardant la devanture... Je vois le cocher qui quitte son siège et qui va chez le marchand de vin. Je profite de son absence... et v'lan ! me voilà dans le fiacre... Je baisse les stores, afin que votre surprise soit plus brusque et plus complète quand vous reviendriez... Vous ne m'aviez pas invitée à votre promenade... Je me suis passée d'invitation... Et voilà... N'est-ce pas que vous avez été bien surpris, quand vous m'avez vue?

Elle avait débité tout cela d'un seul trait, et Robert l'avait écoutée sans l'interrompre.

— Oui, répondit-il, lorsqu'elle eut fini, j'ai été fort étonné de vous trouver là, et agréablement étonné, vous pouvez le croire... Que je vous remercie de votre bonne inspiration!

Il l'embrassa de plus belle. On longeait alors le Louvre.

— Elle vient de me fabriquer une histoire... Si ce qu'elle m'a dit était vrai, elle aurait vu Gilda tout d'abord, et son récit me l'aurait fait comprendre.

Et puis, il se ressouvenait tout à coup que, si lui, Robert, avait été surpris de trouver Marthe dans son fiacre, la présidente, de son côté, avait poussé une exclamation d'étonnement quand il avait ouvert la portière.

— Robert! avait-elle dit... Par exemple! ce fiacre est donc à vous?

La présidente oubliait qu'elle avait, durant quelques secondes, témoigné le plus parfait ahurissement.

Robert eut l'air d'ajouter foi au conte bleu débité par Marthe. Pourquoi la contredire? Dans sa pensée, il était à présent certain qu'un laps de temps s'était écoulé entre le départ de Gilda et l'arrivée de la présidente dans la voiture. Les deux femmes ne s'étaient sûrement pas vues. Tout ce qui risquait d'être vrai dans le récit de Marthe, c'était la station du cocher chez le marchand de vin; c'est pendant cette absence que la substitution, dont l'automédon ne paraissait pas se douter, avait dû s'opérer. Pour avoir inventé une histoire, Marthe devait s'être trouvée dans quelque situation qu'elle ne tenait pas à lui dire et qui l'avait obligée à se réfugier au premier endroit venu; elle avait mis à profit une voiture qui était là, sans cocher et sans voyageur, sauf à la quitter sitôt passé le danger qui l'y avait conduite; et lui, Robert, était sans doute arrivé trop tôt.

Tel est le raisonnement que se tint Laripette en son for intérieur. Après tout, que lui importait? Il s'était embarqué au début pour une petite promenade à Cythère. Eh bien, la promenade ne s'effectuait-elle pas?

Disons en quatre mots que le raisonnement du perspicace Robert était parfaitement juste.

Ce n'était pas un simple caprice qui avait conduit la galante Marthe dans le fiacre de Laripette. Quelques instants après le départ furtif de Gilda, Mᵐᵉ Mortier passait dans la rue Bonaparte, cheminant sur le trottoir opposé à celui auprès duquel stationnait la voiture vide. Arrivée en face du numéro 25, la présidente traversa la chaussée. Le substitut Saint-Brieux habitait, avons-nous dit, la même maison que l'avocat Bredouillard. Or, Marthe avait, ce jour-là, rendez-vous d'amour avec le substitut. Tandis qu'elle passait la rue, retroussant sa jupe et laissant voir un bout de mollet grassouillet, elle aperçoit soudain le président son époux qui arrivait sur le trottoir opposé. Une pensée subite frappe Marthe comme un éclair. Trois jours auparavant, elle avait constaté la suppression d'une correspondance adressée par elle à Saint-Brieux; elle avait soupçonné M. Mortier d'être l'auteur de cette soustraction. On n'a pas oublié le truc de la coiffe du chapeau, truc éventé par Mme Suprême. Et voilà que le président se trouvait à point nommé dans la rue Bonaparte, à quelques pas de la maison où demeurait le substitut cocuficateur! « Plus de doute, il nous épie! » pensa la présidente. Elle ne pouvait entrer devant son mari au logis de Saint-Brieux; M. Mortier l'eût arrêtée au passage; elle eût été bien embarrassée de justifier sa présence en ces parages et surtout de justifier son entrée dans l'habitacle soupçonné. Retournerait-elle brusquement sur ses pas?

Cette retraite trop prompte, alors qu'elle traversait le beau milieu de la rue, aurait attiré l'attention des passants. On ne prend pas garde à quelqu'un qui va son chemin, tandis qu'on remarque forcément celui qui change brusquement de front. Elle se fit donc bien petite, en continuant la traversée fatale; elle détournait la tête, elle se masquait de son mieux, obliquant de façon à ce que le fiacre stationnaire la dérobât aux regards d'Isidore Mortier, qui avançait toujours. Ce fut alors qu'elle eut cette inspiration : se réfugier un instant dans la voiture vide et sans cocher, pour donner à son mari le temps de passer. Mais, à peine venait-elle de s'y installer que l'automédon à deux francs l'heure reprit place sur son siège, et elle réfléchissait à ce qu'elle lui dirait pour expliquer son séjour, court, mais étrange, dans le fiacre, lorsque la portière au store baissé s'ouvrit et Robert Laripette parut. On sait le reste. C'était par un pur hasard que le président, libre plus tôt que de coutume, avait fait un tour du côté de la rue Bonaparte. Le vénérable magistrat était loin de se douter que sa femme, partie pour vendanger avec Saint-Brieux les grappes de Vénus, allait, par un concours bizarre de circonstances, les vendanger avec son co-locataire.

Robert et Marthe étaient donc dans une situation identique.

Laripette se disait :

— Je m'expliquerai avec Gilda.

Et la présidente :

— Je m'expliquerai avec Saint-Brieux.

En attendant, on était en vue de l'obélisque, qui se tenait droit comme un I vis-à-vis la Madeleine.

La présidente se pencha à l'oreille de Robert et chuchota quelques mots qui firent pousser à son amant un joyeux éclat de rire. Et ce fut encore une série de baisers ardents. On s'embrassait à la mode des colombes, bec sur bec ; je dirai même que ce becquetage avait quelque chose de biblique et qu'il rappelait les humains de la Genèse, lors de l'accident qui interrompit l'édification de la fameuse tour de Babel.

Trois quarts d'heure plus tard, la voiture, sur l'ordre de Laripette, arrêtait devant un des cafés-restaurants du bois de Boulogne ; c'est dire que le cocher n'avait pas fatigué Cocotte et qu'on avait été sans secousses, au petit pas.

Comme il était écrit que ce serait la journée aux surprises, le cocher eut la sienne, quand il vit les voyageurs mettre pied à terre.

— Tiens ! pensa-t-il, il m'avait semblé que j'avais une voyageuse blonde, la voilà qui est châtain !

Il faisait chaud.

La voiture se gare. On monte aux cabinets particuliers du premier étage, et l'on commande des bocks.

Presque tous les cabinets étaient occupés. Des fenêtres, grandes ouvertes, mais à travers lesquelles l'œil ne pouvait pénétrer, tant elles étaient garnies de feuillage, partaient les éclats confus de mille chansonnettes folichonnes, sans compter les bêtises ; notamment une voix aigre qui hurlait :

> Vive le mou, mou,
> Vive le mouton !
> Dont la laine,
> Dont la laine,
> Dont la laine est du coton !

Cela ne voulait rien dire, cela était bête comme la lune ; mais cela faisait rire les compagnes du chanteur, qui reprenaient en chœur ce refrain idiot. On entendait aussi leurs voix glapissantes.

Il y avait de la gaîté à ce coquin de premier étage.

— Bon ! fait Robert tout à coup, nous avons oublié le cocher ; c'est l'usage de lui faire servir une consommation.

Et il se met en devoir de sonner pour appeler le garçon. Ah! bien oui, la sonnette ne fonctionne pas.

Laripette sort, laissant pour un instant Marthe dans le cabinet, la porte entr'ouverte; personne dans le couloir.

— Garçon! crie-t-il.

Les garçons ne bougent pas. Il descend quelques marches d'un escalier en colimaçon.

Deux autres cabinets sont ouverts; de l'un sort le colonel Campistron, l'œil très allumé; de l'autre, un grand diable dégingandé qui bat les murs en fredonnant.

Le colonel s'informe de l'endroit où est situé le cabinet inodore; quant au grand diable dégingandé, il chante : « Vive le mou, mou, vive le mouton! » et, après avoir pirouetté sur lui-même, il entre dans le cabinet que vient de quitter Robert.

Marthe se demande quel est cet intrus; elle croit avoir déjà vu sa figure quelque part.

— Monsieur, vous vous trompez de porte, dit-elle.

— Juste ciel! ma pénitente! clame l'autre.

C'était le curé Huluberlu, déguisé en civil et en train de faire ses farces. Le saint homme est dans les vignes du Seigneur. Il ne songe plus à l'aimable compagnie qu'il vient de quitter et veut embrasser la présidente.

Fichue situation que celle de Marthe!

Allez donc faire entendre raison à un calotin pochard.

Si elle crie, le scandale n'en sera que plus grand; il racontera de belles choses, le curé de Saint-Germain-l'Empalé!

Et Robert qui va revenir!...

Mais Robert ne revenait pas. A l'instant où il a eu regrimpé l'escalier en colimaçon et où il se dirige vers son cabinet, il est happé au passage par Pauline Campistron, qui cherche son mari, lequel n'a pas dit où il allait.

— Vous ici, monsieur Robert? Que faites-vous par-là?

— Et vous?

— Moi, je suis avec mon mari...

— Oui, c'est vrai, je l'ai entre-aperçu il n'y a qu'un instant.

— Où est-il?

— Là-bas, dans le fond.

Et le doigt de Laripette montre une porte, au bout du couloir, une porte sur laquelle il y a trois chiffres, dont deux zéros.

— Dans tout ça, reprend Pauline, vous ne me dites pas quel bon vent vous amène ici.

Notre Robert est passablement embarrassé.

— Il fait un temps superbe... J'ai pris une voiture et je suis venu prendre un bock au bois...

— Avec quelque cocotte, monstre!

— Moi?... Pourquoi me dites-vous cela?...

— Parce que vous êtes un vilain coureur...

— Oh! si l'on peut calomnier ainsi un pauvre amoureux!...

— Vous êtes seul?

— Dame, oui.

— Ce n'est pas vous qui faisiez tantôt un si fameux tapage avec cette chanson inepte de la laine qui est en coton?

— Jamais de la vie!

— Vous me le jurez, Robert?

— Vous ne connaissez pas ma voix, alors?

— La voix ne signifie rien... Jurez-moi que vous n'avez commis envers votre Pauline aucune infidélité.

— Je vous le jure.

Ce dialogue s'était tenu à voix basse.

Pauline chiffonnait une dentelle; nous savons qu'elle était nerveuse, la colonelle.

Soudain, un désir canaille s'empare de l'ancienne pensionnaire du Saint-Nom de Jésus : planter là son mari et filer avec Robert.

— Monsieur Laripette, je pars avec vous dans votre voiture.

— Et votre mari?

— Qu'est-ce que cela peut vous faire?... Cela me regarde, ce détail-là.

— Mais encore...

— C'est moi qui commande, monsieur, obéissez!

Justement, deux têtes de jolies impures paraissaient dans l'entrebâillement d'une porte.

Robert va droit à elles.

— Mesdemoiselles?

— Monsieur?

— Êtes-vous seules?

— Pour le moment, oui.

— Aimez-vous à rire?

— Toujours.

— Voyez-vous cette porte là-bas, au fond du corridor?

— C'est le?...

— Précisément.

— Eh bien?

— Il y a là-dedans un vieux maréchal retraité...

— Mac-Mahon?

— Non... C'est un maréchal millionnaire...

— Bigre !

— Emparez-vous de lui.

— Pour quoi en faire ?

— Ce que vous voudrez... Je vous le livre... Il sera heureux comme un roi de vous offrir à chacune une parure...

Là-dessus, Robert et Pauline s'esquivent. Dans l'escalier, Laripette glisse un demi-louis dans la main d'un garçon qui montait. Une minute après, le fiacre les ramenait vers Paris.

— Pour le coup, se dit mentalement le cocher, cette fois ma voyageuse est devenue brune.

Robert avait donné comme adresse :

— Boulevard Saint-Michel, 47.

C'était donc toujours la même dame, puisque c'était de là que le fiacre était parti. Ce cocher regardait sans doute les chignons, et non les visages des dames.

Pour ce qui est de Laripette, il se demandait quelle bonne histoire il allait raconter le lendemain à Marthe pour expliquer sa disparition.

Un peu avant d'arriver à destination, Robert descendit de voiture, paya les heures qu'il avait à son compte, donna un fort pourboire, et le fiacre conduisit la colonelle toute seule à la maison prédestinée dont le père Orifice était concierge.

Point n'est besoin de dire que la route du bois de Boulogne au boulevard Saint-Michel avait été bien employée par la colonelle et son amant. Ils avaient, depuis le temps, tant de choses à se dire !

CHAPITRE XXII

LES MAÇONNES DE L'AMOUR

Nous avons laissé tout à l'heure le curé Huluberlu annonçant à Ursule qu'il emmenait son vicaire déjeuner avec lui; le curé de Saint-Germain-l'Empalé avait promis à Romuald de le présenter, après déjeuner, à une dame de ses amies, la très renommée marquise de Rastaquouère.

Il me faut donc raconter au lecteur ce qui s'était passé depuis cette promesse jusqu'au moment où nous avons retrouvé Huluberlu, déguisé en civil et chantant au bois de Boulogne : « Vive le mou, mou! vive le mouton! »

Les deux prêtres, réconciliés, avaient dévoré le fameux canard saignant aux truffes, dont il avait été question, et je n'étonnerai personne en affirmant que ledit canard fut arrosé de vins généreux et variés.

Curé et vicaire étaient notablement éméchés, quand ils se levèrent de table.

Mais, ils en avaient vu bien d'autres, et ils étaient solides sur leurs jambes, les gaillards, même lorsque leur tête était dans les brouillards de l'ivresse.

— Rastaquouère! Rastaquouère! répétait l'abbé Chaducul; il me semble que je connais ce nom!...

— Possible; la réputation de la marquise s'étend au loin.

— Ah! j'y suis. C'est un jour en allant à l'archevêché, que j'ai rencontré cette dame... Oui, c'est bien cela... Mes souvenirs sont exacts... J'allais... Non, c'est-à-dire, je sortais... Une dame, déjà mûre, me saute au cou, et m'embrasse en s'écriant : « Excusez-moi, monsieur l'abbé; mais ç'a été plus fort que moi! Vous êtes tout le portrait de mon neveu! »... Je pensai avoir affaire à quelque folle et ne songeai plus à cela. Le soir, en rentrant chez moi, lorsque j'ôtai la ceinture de ma soutane, je constatai que cette dame, dans son étreinte, avait adroitement glissé sous ma ceinture, à l'endroit le plus serré, une de ses cartes de visite... Cette carte, je l'ai gardée dans un portefeuille que malheureusement j'ai égaré, il y a deux jours.

Le curé ne put s'empêcher de rire à ce récit.

— Figurez-vous, mon cher Romuald, que j'ai fait la connaissance de la marquise dans des circonstances absolument analogues.

— C'est étrange.

— Non, cela prouve que la marquise a beaucoup de neveux ; car je ne suppose pas que nous nous ressemblions, vous et moi, le moins du monde.

— Et... est-on bien reçu chez madame de Rastaquouère ?

— A bras ouverts.

Les deux prêtres marchaient allègrement dans la rue de Rennes. Ils s'arrêtèrent devant une maison d'honnête apparence, saluèrent le concierge en passant et montèrent au second étage.

Le curé sonna d'une certaine façon.

Une bonne en tablier blanc vint ouvrir.

— Entrez, messieurs, dit-elle.

Elle les introduisit dans un petit salon capitonné en bleu. Cette pièce se distinguait par de nombreux canapés. Ils s'assirent.

Au bout de quelques instants, une draperie se souleva, et une matrone, la maîtresse de céans, parut.

— Marquise, dit le curé présentant son vicaire, l'abbé Romuald, mon meilleur ami, désire vivement être initié à nos charmants mystères.

— Présenté par vous, répond la Rastaquouère, monsieur l'abbé sera admis à l'unanimité.

— Madame la marquise, balbutiait Chaducul, c'est trop d'honneur.

La Rastaquouère sourit.

— Je vais vous faire servir du café. Pendant que vous le prendrez, on procédera aux préparatifs de la réception.

Et elle se retira.

Romuald était agréablement intrigué.

— Qu'est-ce que cette joyeuse comédie qui se prépare ? interrogea-t-il quand il fut seul avec son curé.

— Mon cher, je ne vous ai pas tout dit.

— Je m'en doutais.

— Mais je vous ai jugé, et je sais que vous ne trahirez pas nos secrets.

— Quels secrets ?

— Vous verrez... Patience ! patience !... Qu'il me suffise pour l'instant de vous dire que vous allez être reçu chez les *Maçonnes de l'Amour*.

— Qu'est-ce que cela ?

— C'est une franc-maçonnerie d'un genre spécial, une franc-maçonnerie féminine, créée exclusivement à l'usage du clergé...

Les yeux de Chaducul brillaient comme des escarboucles.

La bonne servit le café : six tasses dans un grand plateau.

— Pourquoi six tasses? demanda Romuald.

— Eh bien! ne faut-il pas que vous trinquiez d'abord avec vos quatre marraines?

— Mes quatre marraines?

— Vous n'êtes pas au bout de vos étonnements.

Le vicaire se leva et arpenta le petit salon bleu...

— Huluberlu, mon cher, vous êtes admirable... Je vous reconnais mon maître, disait-il avec enthousiasme.

Et il allait et il venait, heureux au possible.

Tout à coup on entendit dans le lointain une voix, celle de la marquise, qui criait :

— Ohé! ohé!... Gargoulette!... Moustache!... Sainte-Chipie!... Papillon!... ohé! ohé!...

Romuald interrogea du regard son supérieur.

— Ce sont, dit celui-ci, vos marraines qu'on vous annonce.

Quatre jeunes filles, élégamment vêtues d'un négligé aux couleurs brillantes, faisaient leur entrée en gambadant.

— Où est le profane? demandèrent-elles.

Huluberlu leva la jambe à une bonne hauteur, et sauta un instant sur un pied; après quoi, il montra son vicaire qui n'en revenait pas.

— *Ecce homo!* dit-il gravement.

Et les quatre filles de chanter en sautillant :

Eccè, eccè homo,
Eccè homo qu'il nous faut!

Le curé de Saint-Germain-l'Empalé arrêta ces sauteries d'un geste solennel :

— Chevalières de la Croix-Rose, buvons à la santé du néophyte.

Elles prirent, toutes quatre, leurs demi-tasses et les choquèrent contre celle de Romuald, de plus en plus émerveillé.

Puis, l'une des chevalières vint s'asseoir familièrement sur les genoux du vicaire, lui donna un baiser sur chaque joue, et lui dit :

— Romuald, mon petit chien, de ce jour, moi, Gargoulette, chevalière de la Croix-Rose, je te baptise mon filleul!

Ce fut ensuite le tour de la seconde de ces femmes étranges.

— Romuald, mon petit chien, de ce jour, moi, Moustache, chevalière de la Croix-Rose, je te baptise mon filleul !

Après, vinrent successivement la troisième et la quatrième, disant : « Moi, Sainte-Chipie », ou bien : « Moi, Papillon », le reste de la formule ne variait pas. Et chaque fois, même cérémonial; chacune s'asseyait sur les genoux du vicaire et l'embrassait sur les deux joues.

Cet excellent Chaducul était dans tous ses états.

— Epatant ! murmurait-il, épatant d'inouïsme ! Vivent les Maçonnes de l'Amour !

On prit un petit verre de cognac, que ces dames vidèrent d'un trait.

— Maintenant, chien-chien de filleul, fit Gargoulette, nous allons te bander les yeux, et tu vas passer par les épreuves obligatoires...

— Des épreuves ?

— Oui, mon loulou, des épreuves sans lesquelles on ne peut pas être reçu chevalier des Maçonnes de l'Amour... Allons, Romuald, ferme tes jolis yeux... nous allons t'appliquer le bandeau.

Chaducul se laissa faire.

Il ferma bénignement les yeux, tendit la tête en avant.

Moustache avait roulé en bandeau un mouchoir de fine batiste. Gargoulette l'attacha de façon à ce que le vicaire ne pût absolument rien voir.

— Ne serrez pas trop fort, disait-il.

— Avec ça ! riposta Papillon, avec ça, mon loulou, qu'on va se gêner !... Si nous ne serrions pas, tu te priverais peut-être de glisser un coup d'œil sous le bandeau, hein ?

Gargoulette fit un nœud solide.

— Maintenant, commanda Sainte-Chipie, déroutez le profane !

On lui fit faire prestement cinq ou six tours sur lui-même, ce qui eut pour résultat d'égarer tout à fait le vicaire sur la route qu'on allait lui faire suivre.

— Du courage ! lui glissa Huluberlu à l'oreille.

Une main mignonne prit la grosse patte du néophyte, et la promenade commença.

Il traversa une infinité de couloirs, tournant à droite, et puis à gauche, allant en avant, revenant en arrière, montant, descendant.

— Je ne sais plus du tout où je suis, observa-t-il en s'adressant à son guide.

— Ferme ton bec, mon filleul, dit la voix flûtée d'une des chevalières de la Croix-Rose ; tu jacasseras à ton aise quand on t'en donnera la permission.

Chaducul ne dit plus rien, mais il embrassa la main qui le guidait à travers les ténèbres.

— Mille remercîments pour la caresse, murmura une grosse voix d'homme.

C'était le curé qui suivait sans bruit le néophyte et qui venait de parler en contrefaisant admirablement son organe. Chaducul, ne se rendant pas compte de la supercherie, pensa que son guide appartenait au sexe masculin et ne put alors s'empêcher d'esquisser une horrible grimace.

Aussitôt, il entendit autour de lui quelques rires étouffés. On s'arrêta.

Ce fut alors un grand bruit de verrous et de grosses serrures, absolument comme dans la franc-maçonnerie sérieuse, — si l'on peut donner le qualificatif « sérieuse » à une institution où se pratiquent encore les épreuves ridicules dont chacun a plus ou moins entendu parler.

Du reste, ainsi qu'on le verra par ce qui va suivre, les Maçonues de l'Amour copiaient fidèlement tout le rituel cocasse de la vraie franc-maçonnerie.

Le guide frappa quelques coups irréguliers contre une porte, et Chaducul entendit une voix de femme, à lui inconnue, qui disait :

— Il me semble que l'on vient de frapper à cette porte d'une façon bien étrange. Sœur de la Surveillance, mettez donc un peu le nez à la lucarne pour voir ce que c'est.

Seconde voix. — Très respectable sœur Bruscambille, c'est un profane qui voudrait sans doute être initié aux mystères des Maçonnes de l'Amonr.

Première voix. — Assurez-vous-en.

Voix du guide (voix féminine). — Mes sœurs, vous plairait-il de donner audience à un profane, filleul de quatre marraines qui sont, toutes quatre, chevalières de la Croix-Rose?

Première voix. — Soit, introduisez le.

Nouveau bruit de verrous et de grosses serrures.

On entraîne Chaducul en avant.

— Baissez-vous, il y a une voûte, lui dit-on.

Il se baisse ; il n'y avait pas de voûte du tout. Mais, tandis qu'il a la nuque inclinée, il sent un air frais ; ce sont trois ou quatre maçonnes, qu'il ne voit pas, qui lui soufflent dans le cou.

— Bigre ! il va faire frais ici, pense le vicaire.

Il avance encore de quelques pas. On l'arrête. La voix de
la dame ou demoiselle que l'on a appelée Bruscambille se
fait de nouveau entendre.

— Profane, quel est votre nom?

— Romuald Chaducul.

— Votre profession!

— Confesseur... Spécialité pour les jolies pénitentes...
Tout à la disposition des Maçonnes de l'Amour qui, j'en suis
convaincu, doivent toutes être adorables.

Un murmure appprobateur accueille cette réponse.

— C'est bien, dit la respectable sœur Bruscambille; vous
êtes décidé, à ce que je vois, à vous faire admettre parmi
nous...

— Dans votre sein, mesdames, interrompit Chaducul avec
un sourire... dans le sein de votre charmante société.

— Mais, réfléchissez bien à la démarche que vous faites.
Vous allez subir des épreuves terribles. Vous sentez-vous le
courage de braver tous les dangers auxquels vous allez être
exposé?

— Comment donc? ce sera avec le plus grand plaisir que
je les affronterai!

— Alors je ne réponds plus de vous, conclut gravement
Bruscambille.

Puis, s'adressant au guide, la présidente ajoute :

— Sœur Redoutable, entraînez le profane hors de notre
temple, et avant de nous le reconduire, faites-le aller partout où doit passer le mortel qui aspire à connaître nos
secrets.

On fait pirouetter Chaducul, et le voilà marchant encore à
la suite de son guide mystérieux.

— Allongez la jambe, lui dit-on, il y a un trou.

Et Chaducul allonge la jambe.

Il trébuche sur une série d'aspérités inattendues. C'est un
parquet mobile, sur lequel sont cloués des morceaux de
bois, qu'on a glissé devant lui.

Puis, il monte une pente douce. Au bout de quatre ou
cinq pas, il trébuche; il était sur une planche à bascule.
Heureusement, sa culbute est sans danger; car il tombe
dans les bras de quelques demoiselles dont il a le vif regret
de ne pouvoir admirer les visages.

Il embrasse au hasard l'une d'elles; on rit.

Décidément les Maçonnes de l'Amour sont gaies.

Après deux minutes de cette promenade accidentée, Chaducul est prié de s'asseoir. Il ne se doute pas qu'il n'a point
quitté la salle et qu'on l'a tout bonnement balladé dans tous

les sens. Durant cette marche, il a les oreilles assourdies par un tapage infernal; ce sont les Maçonnes qui tapent contre le parquet avec tout ce qu'elles ont sous la main.

Le profane se repose.

Voix de Bruscambille. — Profane, dites-nous pourquoi vous avez conçu le désir d'être admis parmi les Maçonnes de l'Amour.

Chaducul. — C'est mon curé, l'abbé Huluberlu, qui est aussi mon ami, qui m'a conduit ici, mesdames. Puisqu'il figure au nombre de vos chevaliers, c'est qu'on doit passer du bon temps en votre compagnie... Passer du bon temps. je ne demande pas autre chose.

Bruscambille. — Parfait.... Voudriez-vous avoir la bonté de nous expliquer ce que vous pensez des étoiles filantes?

Chaducul. — Je n'en pense rien du tout. Les étoiles filantes me laissent absolument froid. En fait d'étoiles, je n'aime que les mines folichonnes, et je mets toute ma gloire à les empêcher de filer quand elles sont auprès de moi.

Bruscambille. — Croyez-vous que la terre tourne? .

Chaducul. — Oui, quand j'ai bu un coup de trop.

Bruscambille. — Quelle est votre opinion sur les femmes?

Chaducul. — Du moment qu'une femme est jolie, elle a toutes les qualités... Les laides?... il n'en faut pas!

Bruscambille. — Que feriez-vous si vous deveniez, du jour au lendemain, roi d'un grand royaume?

Chaducul. — Je décréterais le bannissement immédiat de tous les laiderons.

Bruscambille. — Pensez-vous que la lune soit habitée?

Chaducul. — Ma foi, mon opinion n'est pas encore formée sur ce sujet. J'incline cependant à croire que la lune ne doit pas être habitée.

Bruscambille. — Si vous étiez laïque, comment vous vengeriez-vous de votre ennemi le plus détesté?

Chaducul. — Je le marierais tout de suite à la fille d'une concierge hystérique, afin qu'il soit en proie à la plus terrible des belles-mères.

Bruscambille. — Croyez-vous au diable?

Chaducul. — Je crois aux diables roses.

De nombreux applaudissements accueillirent cette saillie. Le vicaire était en verve.

— Profane, reprit Bruscambille, on va vous conduire contre un mur sur lequel est plantée une épingle; si vous parvenez à trouver l'épingle en ne la cherchant qu'avec les dents, vous serez délivré dix minutes de votre bandeau et admis à contempler un coin du paradis de Mahomet.

— Je suis à vos ordres.

Voilà notre Chaducul contre le mur. On lui attache les mains derrière le dos, et il cherche l'épingle dont on lui a parlé.

Il n'y avait pas d'épingle. Par contre, le mur contre lequel il frotte son museau est tout barbouillé de bouchon brûlé, et, en peu d'instants, le vicaire a un visage noir comme un charbonnier.

Rires dans l'assistance. Quelle gaieté que celle des Maçonnes de l'Amour!

Enfin, on place une épingle sur le paravent qui joue le rôle de mur et, Chaducul la trouvant, s'écrie :

— Allons! ôtez-moi le bandeau! ça y est!

Pour toute réponse on l'entraîne hors de la salle. On le conduit dans une autre pièce; on enlève le mouchoir qui le prive de lumière et on le place devant une glace.

A la vue de sa figure barbouillée, Chaducul est le premier à rire.

Une vingtaine de jolies maçonnes qui sont là rient avec lui.

Chaducul veut les embrasser.

— Non, non! pas à présent! quand vous n'aurez plus de charbon!

On lui apporte un pot à l'eau, une savonnette, une cuvette, une éponge parfumée. Sa toilette terminée, il est autorisé à embrasser ces dames.

— Comment trouvez-vous ce petit cérémonial des premières épreuves? lui demande Huluberlu qui lutine une chevalière de la Croix-Rose.

— Délicieux! exquis! extraordinairement adorable!

— Et ce n'est pas fini! dit encore le curé. Avouez, mon cher, que notre franc-maçonnerie est plus gaie que celle dont le siège est à la rue Cadet...

— Elle est surtout plus émoustillante...

— Chez les francs-maçons, le profane est enfermé dans un cabinet tendu de noir, avec des squelettes et des têtes de mort; sur les murs, des inscriptions lugubres et pleines de menaces. Ici, au contraire, on voit la vie du côté folâtre : admirez ces jolies filles, souriantes et avides de baisers...

Chaducul partageait amplement l'avis de son curé. Il ne connaissait rien des initiations en usage chez les disciples du Grand Architecte de l'Univers; mais il trouvait que tout devait être absurde auprès d'une réception chez les Maçonnes de l'Amour

Il s'étendait avec volupté sur les divans du salon. Les

chevalières de la Croix-Rose, ses marraines, et leurs amies, venaient l'asticoter, lui disaient des mots aimables, lui faisaient mille et mille agaceries.

Une surtout, petite brune à l'œil vif, qu'on appelait Blanc-Partout, avait le privilège de le surexciter au plus haut point.

Elle vint à lui, et, après l'avoir tapoté amicalement sur la tonsure, lui dit :

— Mon gros lézard vert, si tu étais gentil tout à fait, tu m'emmènerais au bois quand la cérémonie sera complètement terminée.

— Je ne demande pas mieux, répondit Chaducul ; seulement, il faudra auparavant que je change de costume.

— Rien de plus facile : la marquise a un vestiaire laïque pour les curés chéris qui veulent bien nous accompagner en ville.

Jamais une pénitente n'avait appelé Chaducul « son gros lézard vert. » Le vicaire était dans la plus parfaite jubilation. Tout un horizon de plaisirs inconnus s'ouvrait devant lui.

La marquise lui donna l'assurance qu'il pourrait troquer sa soutane contre une redingote et un pantalon à la dernière mode, qu'elle avait un vestiaire on ne pouvait mieux garni.

On rigola pendant une bonne demi-heure, en attendant de reprendre la suite des épreuves. La Rastaquouère fit péter le champagne pour célébrer l'affiliation de l'abbé comme apprenti-chevalier des Maçonnes de l'Amour ; car apprenti-chevalier est le grade qui allait être décerné au vicaire de Saint-Germain-l'Empalé. On trinqua à la santé du nouveau-venu.

Après quoi, la respectable sœur Bruscambille, sans se montrer, cria, à travers une cloison :

— Hardi ! hardi ! nous allons reprendre la suite des épreuves !

En un clin d'œil, Chaducul eut les yeux bandés pour la seconde fois, et, sans trop de promenades, fut reconduit à la salle d'initiation.

Là, il fut prié de s'asseoir ; mais, ce coup-ci, on lui retira brusquement la chaise et il s'étala tout de son long par terre, à la grande joie de l'assistance.

Romuald pensa que l'épreuve manquait d'agrément ; mais, comme il était en belle humeur, il se releva, le sourire aux lèvres.

La respectable sœur Bruscambille reprit la parole :

— Profane, vous avez été singulièrement favorisé ; nous vous avons autorisé à voir uu coin du paradis mahométan. C'est là une faveur que vous devez reconnaître...... Etes-vous prêt à nous donner des gages, mais des gages sérieux, de votre reconnaissance?

— Tant que vous en voudrez. Faut-il que j'embrasse l'honorable présidente?

Ce coquin de Chaducul était toujours disposé à embrasser.

— Non! répliqua Bruscambille. Le temps n'est plus aux épreuves agréables. Nous vous demandons une grave promesse, une seule. Jurez-nous de ne jamais plus violer votre vœu de chasteté.

— Ah! bien, non, par exemple! clama Romuald qui ne s'attendait pas à cette botte. Tout ce que vous voudrez, mais pas ça!

L'assistance éclata en bravos frénétiques.

Le néophyte avait bien répondu.

— Alors, continua l'imperturbable Bruscambille, puisque vous ne voulez pas renouveler votre serment de chasteté, vous êtes donc disposé à renier votre foi catholique?

— Je m'en moque bien, du catholicisme!... C'est bon pour les naïfs, cette balançoire-là... Quant à nous, nous prêchons tout ce qu'on veut, mais nous n'en faisons qu'à notre tête.

— Embrasseriez-vous le mahométisme?

— Oui, surtout si c'est vous, chère présidente inconnue, qui êtes le mahométisme.

— Vous acceptez de devenir musulman?

— Parbleu! musulman de cœur et d'âme, je réclame tout de suite un petit sérail de houris.

— Vous l'aurez; mais, on ne devient pas musulman sans subir une sorte de baptême... Vous me comprenez.

— Parfaitement. C'est aussi le baptême des juifs, et le calendrier catholique célèbre cette machine-là à la date du premier janvier.

— Eh bien, acceptez-vous?

L'abbé eut une seconde d'hésitation; puis, il reprit bravement :

— C'est entendu, j'accepte... J'accepte tout, pourvu que j'aie au plus tôt ma place au paradis du prophète.

Deux maçonnes apportèrent une gigantesque paire de ciseaux et les agitèrent en les faisant grincer avec fracas. Papillon chatouilla un instant le nez du vicaire au moyen d'une plume d'oie. Puis, tout à coup, le bandeau tomba, et

Chaducul constata avec satisfaction que les terribles ciseaux avaient été remis au fourrreau.

Il était debout entre ses quatre marraines, au milieu d'un cercle formé par une cinquantaine de maçonnes, jolies à croquer, dans des négligés affriolants, ayant des poses voluptueuses. En face de lui, nonchalamment accoudée sur les genoux du curé Huluberlu, se tenait Bruscambille, qu'il ne lui avait pas été donné de voir lors de l'entr'acte au champagne.

Bruscambille avait le minois le plus fripon que l'on pût rêver. Elle était châtain, comme Marthe Mortier; mais elle possédait une beauté bien autrement attrayante. Son petit nez retroussé à la diable disait tout un poème de gamineries.

Elle avait l'air d'être dans les meilleurs termes avec le curé de Saint-Germain; elle jouait avec son rabbat et lui donnait des chiquenaudes sous le menton.

Ce tableau rendit Chaducul rêveur.

Il aurait bien voulu, en ce moment, avoir, lui aussi, sa Bruscambille.

Avisant Blanc-Partout, il allait lui sauter au cou, quand Papillon, Sainte-Chipie, Gargoulette et Moustache le retinrent.

— Halte-là, fiston! fit une des marraines. Les épreuves sont finies; mais il te reste à nous prêter le serment...

— Quel serment?

— Le serment d'infidélité, dit avec gravité Bruscambille en se remettant sur son séant.

Elle était à la place d'honneur.

— Approchez, Romuald, fit-elle; et mettez-vous à genoux devant moi.

Chaducul obéit sans se faire prier.

— A présent, baisez ma pantoufle; Bruscambille, mon neveu, vaut mieux que le Saint-Père.

Le vicaire saisit le pied de la respectable sœur et le baisa, à travers les mailles ajourées du bas rose.

— Levez-vous! commanda encore Bruscambille.

D'un saut Romuald fut debout.

Alors eut lieu la scène du serment.

— Gracieux néophyte, dit la présidente de la séance, les Maçonnes de l'Amour consentent à vous recevoir dans leur Société à titre d'apprenti-chevalier. Aucune d'elles ne vous demande la fidélité, au contraire; vous prêterez à toutes un serment qui nous est spécial; vous vous engagerez à être infidèle à chacune en particulier au profit de toutes en général. Voyons, consentez-vous à nous en donner votre parole de déshonneur?

— Je vous la donne.

— C'est bien. Jurez-vous d'emmener souper en cabinet particulier les Maçonnes de l'Amour chaque fois qu'il vous arrivera de les rencontrer en ville, soit seules, soit au nombre de deux?

— Je le jure.

— C'est bien. Quand vous rencontrerez trois maçonnes, vous ne serez pas tenu de leur offrir à souper; mais vous devrez prendre rendez-vous avec chacune d'elles pour chacun des trois jours suivants. A partir du chiffre de quatre, vous n'aurez aucune obligation envers elles.

— Oh! quatre maçonnes ne m'épouvantent pas.

— Cela fait votre éloge... Je continue... Jurez-vous de propager les principes de la Société et de lui amener de bonnes recrues, tant de votre sexe que du nôtre?

— Je le jure.

— Jurez-vous de ne révéler nos mystères à qui que ce soit?

— Je le jure.

— Parfait. Jurez-vous de venir au moins une fois par quinzaine en ce temple, qui se nomme le Temple de Cupidon?

— Je jure d'y venir tous les huit jours au minimum.

— Admirable. Jurez-vous de payer chaque année, à l'une d'entre nous, que le sort désignera, un voyage d'agrément et d'étude des beautés de la nature?

— Je le jure et suis prêt à payer mon premier voyage.

Bruscambille se dressa et étendit la main sur le vicaire :

— Romuald Chaducul, je te sacre apprenti-chevalier des Maçonnes de l'Amour. Dès à présent, nous te tutoierons et tu nous tutoieras. Nous sommes tes nièces et tu es notre neveu. Surtout, retiens bien le mot sacré qui t'ouvrira dans toutes les villes les temples des Maçonnes de l'Amour.

— Ce mot, quel est-il?

— Il se prononce en levant la jambe droite en équerre... Ecoute le mot sacré, et retiens-le... CRAC-MICMAC...

Toutes les maçonnes furent debout à la seconde et, levant la jambe à une bonne hauteur, répétèrent :

— Crac-Micmac!

Puis elles se prirent par la main et dansèrent une ronde échevelée autour du « gracieux néophyte », ainsi que l'avait appelé Bruscambille. Dans cette sarabande folâtre, on ren-

versa les chaises et les guéridons, on poussa des cris ba-
roques; le curé Huluberlu battait la mesure et chantait :
« Vive le mou, mou! vive le mouton! »

Soudain, la Rastaquouère parut :

— En place, mes nièces! en place, mes neveux!... Il nous
reste à faire connaître l'attouchement au nouvel apprenti-
chevalier.

Ce fut un arrêt général et de nouveaux cris :

— L'attouchement! l'attouchement!

Grave et recueillie, la marquise s'approcha de Chaducul,
et lui prenant la main :

— Mon neveu, dit-elle, quand vous voudrez savoir si
vous avez affaire à une vraie maçonne, vous lui saisirez la
main gauche et de votre main droite vous gratterez quatre
fois sa paume. Si la dame vous chatouille quatre fois le
creux de votre main à son tour, en vous disant tout bas :
« Crac-Micmac », c'est qu'elle est une vraie maçonne... Sur
ce, il est minuit, les travaux sont accomplis, couvrez le
temple!

Peu d'instants après cette étrange réception, Huluberlu
flanqué de Bruscambille et Romuald flanqué de Blanc-
Partout, tous deux ayant dépouillé la soutane pour revêtir
le costume laïque, filaient dans un landau vers le bois de
Boulogne.

En chemin, les deux maçonnes terminèrent l'instruction
du nouvel apprenti-chevalier. Elles lui firent connaître mille
particularités qu'il eût été trop long de lui dévoiler en
séance. Il apprit ainsi pourquoi, dans la société, on se qualifiait de neveu et de nièce; cela permettait à une maçonne
de se jeter au cou du premier ecclésiastique venu. Elle lui
disait : « Oh! c'est étonnant comme vous ressemblez à mon
neveu! » Si l'abbé était dans le secret, cela était de suite
vu; vite, l'attouchement dans le paume de la main. De
même, un curé, chevalier de l'ordre mystérieux, pouvait
embrasser en pleine rue une jolie fille en lui disant : « Oh!
comme vous ressemblez à ma nièce! » Grâce à cette phrase
de convention, il savait immédiatement à quoi s'en tenir.

Chaducul se promit de tenter l'expérience le plus souvent
possible. Son curé lui affirmait que l'ordre des Maçonnes
de l'Amour avait des ramifications dans toutes les classes
de la société; telle belle dame, à l'air réservé, répondait fort
souvent par quatre grattements dans la main à un ecclésiastique vénérable qui venait de l'embrasser par mégarde
en la prenant pour une de ses nièces.

Nous avons vu, dans un cabinet particulier d'un restaurant du bois, le curé Huluberlu godaillant avec deux cro-
queuses de pommes; c'étaient Blanc-Partout et Bruscambille. Quand à Romuald, comment avait-il disparu? où
était-il?

Croyez, lecteurs, que ce mystère s'éclaircira.

CHAPITRE XXIII

Lorsqu'il eut payé à son cocher de fiacre une bonne quantité d'heures, augmentée d'un généreux pourboire, Robert songea à Mme Paincuit, avec qui il était parti pour cette fameuse excursion au bois et qui avait déserté la voiture dès sa première station.

Il lui tardait de connaître les raisons de cette éclipse inattendue qui avait été le prélude de deux substitutions.

Sans perdre de temps, il se rendit chez la plumassière. Il sonne. La bonne ouvre.

— Que désire monsieur?

— Je voudrais parler à M. Paincuit; je viens pour affaires.

— Monsieur n'est pas encore rentré, mais il y a madame.

— C'est bon! Du moment qu'il s'agit d'affaires concernant la maison, je puis aussi bien parler à madame.

Laripette entre au salon. Gilda vient.

— Robert!

— Madame, m'expliquerez-vous?...

— Mon ami, vous avez dû me trouver bien étrange!... Et pourtant, non, vous avez sans doute compris en voyant le fiacre vide...

— Compris, quoi?

— Vous le demandez?... Mais n'avez-vous pas été bien aise de ne plus m'y trouver?...

— Gilda, qui peut vous faire supposer?...

— N'étais-je pas compromettante?... Tout n'était-il pas perdu?...

— Qu'est-ce qui était perdu?

— Votre honneur!... Le mien!...

— Ma chère amie, avec tout le respect que je vous dois, je me permettrai de vous dire que vous divaguez... En quoi notre honneur commun était-il compromis par la station, très courte du reste, que j'ai faite chez Me Bredouillard?

— Et mon mari, donc?... Ne vous êtes-vous pas rencontré avec Néostère chez votre avocat?

— Moi? pas le moins du monde.

— Vous n'avez pas vu mon mari cet après-midi?

— Non !

Là-dessus l'explication se donne de part et d'autre. Gilda raconte à Robert qu'elle a vu venir son mari, que M. Paincuit est entré au nº 25 de la rue Bonaparte, qu'elle a pensé qu'il allait se trouver nez à nez avec Laripette chez Bredouillard, qu'il l'accompagnerait jusqu'à la voiture, et qu'elle a jugé prudent de s'esquiver pour éviter un esclandre.

Une fois renseigné, Robert narre à son tour qu'il a été fort surpris... de trouver le fiacre vide, dit-il ; car il n'a pas vu dans le cabinet de son avocat l'ombre du moindre Paincuit. Il se garde bien, naturellement, de parler de la remplaçante de Gilda ni des autres événements de la journée. Il a, affirme-t-il, attendu longtemps ; puis, ne la voyant pas revenir, il a congédié la voiture et fait tristement, seul, à pied, une partie de la promenade projetée.

La plumassière renouvelle à Robert ses excuses. On prend rendez-vous pour le lendemain, afin de réparer le temps perdu.

Sur ces entrefaites, survient M. Paincuit, accompagné de Bredouillard. Le plumassier est dans une joie sans pareille : il vient de faire une découverte merveilleuse.

Quelle est cette découverte ?

M. Paincuit ne croit pas seulement au spiritisme, il croit encore au magnétisme animal. Les tables tournantes ne lui suffisent pas, il lui faut aussi les somnambules. Or, Néostère, qui était déjà convaincu qu'il est un médium spirite, capable d'évoquer les esprits, croit maintenant qu'il est en outre médium magnétiseur, capable d'endormir ses contemporains.

Il y a en effet, de par le monde, des gens qui ont cette toquade : ils s'imaginent qu'ils ont dans les yeux des torrents de fluide et que, par la seule puissance de leurs regards, ils peuvent jeter les autres dans le sommeil.

J'ouvre une parenthèse :

Connaissez-vous l'histoire des deux médiums, si spirituellement racontée par mon ami Charles Leroy ?

Non, peut-être ? — Je vais vous la reproduire.

Cela s'est passé, affirme Leroy, du temps de Louis-Philippe. Il y a d'abord un peu de police là-dedans ; mais n'y prenez pas garde.

Un drôle a été arrêté : on le soupçonnait d'avoir empoisonné un gendarme qui prisait, et d'avoir étranglé une bonne femme qui avait un chien jaune, des économies et soixante-dix-sept ans. Il ne voulait rien avouer. Au contraire, il affirmait que le gendarme était son ami, et qu'il avait l'intention de reconnaître la bonne femme pour sa fille.

Cela paraissait extraordinaire.

Le fait vint aux oreilles de la reine Amélie, et il fut décidé, sur l'ordre du roi, que l'on endormirait l'accusé, et qu'il serait interrogé pendant son sommeil magnétique.

Un médium fut mandé; mais, malgré ses efforts, il ne put rien obtenir. L'accusé, au lieu de dormir, s'était mis à danser.

Le préfet de police, tremblant pour sa place, demanda un second médium. Celui-ci ne fut pas plus heureux : l'accusé, tandis qu'on le chargeait de fluide, se mit à faire des tours d'adresse avec le chapeau du commissaire présent aux épreuves.

Le second médium dit : « Je vois bien pourquoi je n'ai pas réussi; c'est mon collègue, ce bonhomme qui m'a précédé, qui a abruti mon sujet. » Le second répliqua : « Pardon! le fluide allait opérer; malheureusement, mon collègue, celui qui m'a succédé, a défait toute ma besogne. »

Faute de preuves, l'accusé fut relâché, et Louis-Philippe enfonça son parapluie dans le ventre du commissaire.

Quelques années passèrent sur cet événement et personne n'y songea plus.

Cependant, un beau jour, les deux médiums se rencontrèrent d'une façon bizarre.

Le premier, qui n'avait pas réussi dans le magnétisme, s'était mis perruquier; le second avait fait fortune dans les abat-jour.

Ce dernier, qui était de noce, entra, sans faire attention, dans la première boutique venue, se mit dans un fauteuil et demanda à être rasé.

Le patron, le premier médium, prépare sa savonnette, saisit le patient et commence à le savonner, quand, tout à coup, et sans se rien dire, les deux hommes se reconnaissent. Depuis l'affaire de l'assassin, on le comprend sans peine, ils étaient de mortels ennemis.

Sans se parler, les deux hommes frissonnent de la tête aux pieds. La même pensée les travaille : endormir l'adversaire pour lui prouver sa supériorité.

Ils se regardent dans le blanc des yeux. Le fluide s'épanche en simples filets, puis en cascades; enfin, c'est un torrent, un océan.

La lutte n'était soutenable ni pour l'un ni pour l'autre, et les deux champions du magnétisme s'endorment mutuellement.

On entre, on sort, on parle, on crie, on demande; rien ne répond, rien ne tressaille, rien ne bouge, si ce n'est le perruquier qui continue son mouvement de savonnage.

Embêtés, les clients sortent et vont porter leur pratique ailleurs.

La boutique devient déserte, on ne s'en occupe plus. Personne ne vient plus, sauf pourtant le concierge, qui arrive un certain matin demander l'argent du terme.

Horreur!... Depuis deux mois que le perruquier frottait son client, il lui avait usé la tête, et même le dossier du fauteuil. Quant à lui, il avait usé non seulement son blaireau, sa main et son bras, mais aussi la moitié de son épaule.

Devant un pareil spectacle, le concierge, saisi d'épouvante, sent le gland de son bonnet se dresser d'effroi sur sa tête et devient subitement fou. Il se précipite dans l'arrière-boutique, et, dans un accès de folie furieuse, il se met au piano et joue les mélodies les plus fantastiques.

Le bruit fait frémir d'abord le client, qui commence à bouger et qui enfin se décide à se lever, pendant que le perruquier tournait toujours le reste de son bras.

Le plus curieux, c'est qu'en sortant, le médium sans tête mit trente centimes sur le comptoir, en disant : « Au revoir, messieurs et dames. »

Depuis, on ne l'a jamais revu.

Quant au perruquier, il a fini par s'user le long du concierge, tombé mort de saisissement.

Eh bien! comment trouvez-vous l'aventure?

Vous direz sans doute que c'est une bonne charge. Soit. Du moins, n'allez pas le dire devant un de ces naïfs convaincus dont je parlais tantôt.

Il vous répondrait :

— Pourquoi plaisanter? Cela a pu parfaitement arriver.

Et, de fait, un médium magnétiseur ne doute jamais de rien.

Bredouillard avait un gros chat blanc, tacheté sur la tête d'un long point noir en forme de larme mortuaire et qui, pour ce motif, avait reçu le nom de Ci-gît. Le plumassier avait fixé ce jour-là Ci-gît, qui avait alors fermé les yeux.

D'où M. Paincuit avait conclu :

— Je suis médium magnétiseur, c'est clair!

Mais Bredouillard avait remarqué de son côté que, lui

aussi, quand il regardait son chat, celui-ci fermait les yeux.

A son tour, il avait dit :

— Paincuit, nous sommes tous les deux médiums magnétiseurs!

Dès lors, tous deux avaient formé un rêve : trouver un sujet.

Néostère mena son ami Anselme chez lui.

— Nous dinerons ensemble, avait-il dit, et au dessert nous verrons d'endormir ma femme.

Ils trouvèrent Laripette qui venait de terminer ses explications avec Mme Paincuit et qui allait se retirer.

Le plumassier le retint aussi à dîner.

Pendant le repas, on causa spiritisme, sujet éternel des conversations de Néostère. Robert approuva toutes les idées saugrenues de son co-locataire. Après le café, M. Paincuit fit part à sa femme et à Laripette de sa découverte concernant sa puissance magnétique.

— C'est donc pour cela, insinua Robert, que je me suis senti faiblir chaque fois que vous m'avez fixé.

Vous pensez si le mari de Gilda saisit la balle au bond : il tenait son sujet.

— Monsieur Laripette, dit-il autorisez-moi, je vous prie, à faire sur vous une courte expérience.

— Volontiers, répondit l'aimable farceur.

Incontinent, le plumassier commença ses passes. Robert ferma peu à peu les paupières.

M. Paincuit triomphait.

Il agitait les bras, tenait les mains à quelque distance du front de Laripette et les secouait. Bredouillard imitait ce manège. Le sujet magnétisé remua les lèvres et prononça quelques paroles incohérentes. Gilda riait sous cape, comprenant la comédie de son professeur de cosmographie.

Robert était raide comme un automate.

— Interrogeons-le, dit M. Paincuit.

— Pas encore; la parole n'est pas claire : il n'a peut-être pas assez de fluide.

— Vous croyez?

— C'est mon avis.

— En tout cas, un peu plus de fluide ne pourra pas nuire à l'expérience.

Les voilà qui recommencent leurs passes.

Bredouillard, surtout, tourne autour de la chaise sur laquelle est assis Laripette, en prodiguant de grands gestes. Paincuit, de son côté, se démenait comme un beau diable. On ne peut pas se faire la moindre idée de la quantité phé-

noménale de fluide qui devait se dégager des deux médiums
en exercice.

— Cette fois, ça doit y être, dit Bredouillard.

Le plumassier se campa devant son sujet, et, d'un air
grave, commença à l'interroger :

— Transportez votre pensée de l'autre côté de l'eau. Promenez-vous en esprit sur le boulevard des Italiens. Que
voyez-vous ?

— Je vois des hommes et des femmes qui vont et viennent... Il y a un secrétaire d'ambassade qui prend un
mazagran au café Riche... Il lit un journal... Le monsieur
d'à côté fume un londrès... Les deux hommes se regardent...
Le secrétaire d'ambassade dit : « Ce n'est pas la première
fois que je rencontre cette tête. »...

— Plongez votre regard dans les poches du pardessus du
monsieur qui fume un londrès... Que voyez-vous dans ces
poches ?

— Un portefeuille.

— Et qu'y a-t-il dans le portefeuille ?

— Des billets de banque.

— Comptez-les.

— Un... deux... trois... quatre... Il y a dans le portefeuille quatre billets de mille francs chacun.

Paincuit était radieux.

— Hein? fit-il en se tournant vers sa femme, quand je te
le disais !...

L'avocat voulut s'en mêler.

A son tour, il jeta un peu de fluide à Laripette et se mit
en devoir de lui poser des questions.

— Allez plus loin, commanda-t-il. Poussez jusqu'à Saint-
Germain en Laye. Entrez dans le pavillon Henri IV. Que
distinguez-vous ?

Mais Laripette demeura impassible. Bredouillard réitéra
sa question. Pas de réponse.

Il se tourna, étonné, vers Paincuit.

— Je vois ce que c'est, dit celui-ci; ce sujet m'appartient ;
il est soumis directement à ma puissance magnétique...
Vous n'exercez pas d'influence sur lui... Tenez, vous allez voir
qu'il m'obéira, à moi.

Et il reprit pour son compte les questions de Bredouillard :

— Rendez-vous à Saint-Germain en Laye. Promenez-vous
une seconde sur la terrasse... Y êtes-vous ?

— Oui.

— Quel est l'établissement qui est au bord de la terrasse,
à droite en arrivant de la gare ?

10

— Un hôtel-restaurant.

— N'y a-t-il pas une enseigne?

— Oui.

— Lisez... Je vous l'ordonne.

— Pavillon Henri IV.

— Entrez-y.

— M'y voilà.

— Montez au premier... Que voyez-vous?

— Un monsieur et une dame qui dînent... Le monsieur est vieux...

— Comment est la dame?

— Jeune... Jolie... Brune... Elle s'évente...

— Cause-t-elle avec le monsieur?

— Oui... Le monsieur rit de ce qu'elle dit... Il est bien laid, ce vieux décoré.

— Il a donc une décoration?

— Le ruban de Grégoire-le-Grand.

— Transportez votre esprit, maintenant, où vous voudrez... bien loin... bien loin... plus loin encore... Traversez la mer... Arrêtez-vous... Est-ce que rien ne frappe votre attention?

— Si... un grand palmier... le serpent dort, enroulé sur lui-même... Là-bas, un Arabe passe... Oh! le chameau a fait un faux pas... Il se relève... La nue se déchire... Quel éclair!... C'est affreux... Le chameau bondit dans le désert... Oh! encore un coup de tonnerre... l'Arabe est foudroyé.

Le plumassier poussa une exclamation de joie :

— C'est merveilleux... Qui oserait encore nier le magnétisme?... C'est splendide... Dire que nous venons d'assister à l'instant même à un drame qui s'est passé à des milliers de lieues de nous!... Es-tu convaincu, à présent, Gilda?

Mme Paincuit accomplissait des efforts surhumains pour s'empêcher de rire. Le plumassier se frappa tout à coup le front.

— Encore une idée qui me traverse le cerveau! dit-il... Les somnambules voient non-seulement le présent et le passé, mais encore l'avenir... Si j'interrogeais mon sujet sur quelques événements futurs?...

— Bonne idée! approuva Bredouillard.

Le plumassier prit une fleur qu'il avait à la boutonnière et la plaça entre les mains de Laripette.

— Dans cinq ans d'ici, jour pour jour, que fera la personne qui vient de toucher cette fleur?

— Attendez un instant... La personne qui a porté tantôt cette fleur?... Attendez... Je me transporte... Je vois un pont... Un homme passe sur le pont... C'est un nègre... Il donne familièrement le bras à son ami... La personne que vous m'avez ordonné de suivre est l'ami du nègre... Ils prennent la rive gauche du fleuve et descendent sur la berge... Tiens, ils entrent dans la petite maison... Les volets sont verts... On a attaché le chien au pied du lit...

— Quel chien?

— Le chien d'Eustache.

— Qui est-ce, cet Eustache?

— Le jardinier de la villa Saint-Magloire.

— Où est cette villa?

— Sur le coteau.

— Quel coteau?

— Le coteau des vignes bleues.

— Des vignes bleues?

— Oui, les feuilles de la vigne sont bleues... les raisins sont rouges comme des coquelicots... Il y a des béliers dans la plaine.

— Etrange! étrange!... Revenez au chien d'Eustache qui est attaché au pied du lit... Est-ce que le nègre et son compagnon sont dans la chambre?

— Oui... le chien, qui aboyait, cesse dès que le nègre est entré... Ils prennent la cassette...

— Quelle cassette?

— La cassette qui est sur le guéridon.

— Et que contient-elle, cette cassette?

— Le trésor.

— Quoi! un vol?

— Non, le trésor leur appartient.

— D'où provient-il?

— De la cave.

— Est-ce de la cave de cette maison qui est au bord de ce fleuve?

— Non.

— De quelle cave, alors?

— Attendez... Je reviens... C'est la maison dans laquelle habite à Paris la personne dont je tiens la fleur...

— Moi?

— Oui, vous.

— Cette maison-ci?

— Oui... Il y a un colonel retraité au troisième, un magistrat au second... Le concierge est enragé...

— C'est bien cela, murmure le plumassier... Et le trésor de la cassette que prennent le nègre et son compagnon provient de la cave de la maison de Paris?

— Précisément.

— Ce trésor est bien la propriété du nègre?...

— Et de son compagnon... Il est à eux deux... Je vois de l'or, des diamants, des pierreries... Oh! les millions! les millions que renferme cette cassette!...

Cette révélation inattendue intéressait vivement le plumassier Paincuit.

Il tenait à avoir le fin mot de la chose. Aussi revint-il à la charge pour connaître l'endroit précis où se trouvait dans sa cave le fameux trésor, au sujet duquel il se rencontrerait au bout de cinq ans avec un nègre.

Mais la séance avait sans doute fatigué le sujet magnétisé, car ses explications devinrent dès lors confuses, et le plumassier ne put pas en tirer autre chose que des phrases entrecoupées dans le genre de celle-ci :

— Toujours le chien au pied du lit... Le nègre tient l'échelle... La cave a été creusée très profondément... Le ruisseau bouillonne... Il y a des nénuphars... Je vois le docteur couper une branche au grand sycomore... La cassette est au fond... Ils sont tous les deux millionnaires... Pauvre Thérèse!... Son enfant gémit sur la montagne... Le mur s'écroule... Le trésor est sauvé!...

Les deux médiums réveillèrent enfin Laripette, qui fut bien surpris d'apprendre qu'il avait parlé pendant son sommeil.

CHAPITRE XXIV

HISTOIRE D'UN CRIME

Huluberlu s'était bien comporté à l'égard de la présidente Marthe Mortier dans le cabinet particulier du restaurant du bois de Boulogne. Il s'était si bien comporté qu'il en avait oublié totalement Bruscambille et Blanc-Partout.

Nous savons que le curé s'était livré à de copieuses libations.

Toutefois, la présence de sa pénitente, seule en pareil lieu, ne laissa pas que de l'intriguer, et il voulut l'interroger.

Ce fut en vain, elle refusa de lui répondre.

Tout ce qu'elle lui dit fut ceci :

— Je vous en conjure, monsieur l'abbé, retirez-vous. D'un instant à l'autre, quelqu'un peut venir. Ma réputation sera compromise. De grâce, allez-vous-en !

— Est-ce votre mari que vous attendez?

— Je n'attends personne... mais partez, je vous en supplie !

A travers les fumées de son ivresse, Huluberlu voyait assez clairement la situation.

Ce n'était pas à coup sûr le président qui pouvait venir d'un instant à l'autre. Marthe n'aurait eu aucune raison pour ne pas le dire. Dans ce cas, puisque l'épouse de M. Mortier était en train de commettre un adultère, autant valait que ce fût avec lui, Huluberlu, qu'elle se rendît coupable d'infidélité.

Et sans autre forme de procès, il avait tiré le verrou du cabinet particulier, afin de ne pas être dérangé.

Il fallut bien que Marthe en prît son parti.

Par exemple, elle eût voulu être à cent pieds sous terre, quand, à un moment donné, on frappa à la porte.

— Grand Dieu ! pensa-t-elle, c'est Robert... Quelle honte !... Je n'oserai jamais reparaître devant lui...

Huluberlu et Marthe gardèrent un profond silence. La personne qui avait frappé refit encore « toc-toc » à la porte ; puis, ne recevant pas de réponse, elle s'éloigna.

Pendant ce temps, le colonel Campistron, convenablement éméché de son côté, satisfaisait aux besoins de l'impérieuse nature. Quand il eut rajusté ses bretelles et boutonné son gilet, il sortit du petit local en humant avec joie l'air frais de l'extérieur. Il n'avait pas fait quatre pas dans le corridor, que deux jeunes filles lui sautèrent au cou en s'écriant :

Le voilà,
Nicolas !
Ah ! ah ! ah !

Et elles l'entraînèrent de vive force dans un salon.

— Mesdemoiselles, fit Campistron, tout en se laissant faire violence, voudriez-vous avoir la bonté de m'expliquer ce que signifie votre conduite ?

Bruscambille prit la parole :

— Mon petit père, tu vas trinquer avec nous, et puis nous t'expliquerons tout ce que tu voudras.

Blanc-Partout tira le cordon de sonnette. Un garçon parut.

— Trois pippermints, commanda Bruscambille.

Un nuage passa sur le front du colonel.

— Et ma femme qui est là dans un cabinet à côté ! se disait-il à lui-même.

Puis, après réflexion, il ajouta, toujours en son for intérieur :

— Baste ! j'invoquerai la crainte d'une congestion cérébrable, comme le soir du café de Madrid.

Il y avait en effet une petite histoire, à propos du café de Madrid.

Un soir, il y prenait une glace en compagnie de Pauline. Tout à coup, une fantaisie luxurieuse avait fait vibrer son cœur d'officier retraité.

Il avait dit à sa femme :

— Attends-moi deux ou trois minutes, en lisant le *Charivari*... Je vais jusqu'au passage Jouffroy... Tu me comprends ?

C'était une feinte. Il ne se rendait pas, le scélérat, au cabinet à quinze centimes du passage. La vérité est qu'il venait de voir passer une jolie impure dont la vue avait produit sur lui une brusque mais forte impression.

En quelques pas il avait rejoint la donzelle et lui avait glissé deux mots à l'oreille.

Ces sortes d'amours à la course ne traînent pas. Les rues voisines regorgent d'hôtels très hospitaliers, dont les chambres se louent à l'heure et même au quart d'heure.

Au bout de quinze minutes, il revenait au Madrid, où Pauline lisait toujours le *Charivari*. Il était essoufflé, par exemple, le colonel.

— Tu as été bien longtemps, il me semble, avait observé Pauline.

— Ne m'en parle pas... J'ai cru que j'y resterais...

— Que t'est-il donc arrivé ?

— J'ai failli avoir une congestion cérébrale... Heureusement, j'ai eu la force de vite courir jusqu'au boulevard et de me promener un peu au grand air... Cela m'a fait du bien... J'en ai été quitte pour la peur...

— C'est vrai! Ton visage semble tout congestionné...

L'explication avait paru suffisante à Pauline : elle ne se douta pas que son mari venait de déchirer le contrat d'un formidable coup de canif.

Or, c'était une histoire de ce genre que le colonel espérait rééditer. Il trinquerait avec les deux beautés inattendues, et il mettrait son retard de quelques minutes sur le compte d'une crainte de congestion cérébrale.

Il ne se doutait pas, le sacripant, que le cas n'était plus le même. D'abord, il était déjà un peu parti ; ensuite, il avait affaire à deux gaillardes qui n'avaient pas envie de le lâcher.

Elles prièrent le garçon de laisser la bouteille.

D'où il résulta qu'on ne se contenta pas de boire un seul petit verre. On trinqua, retrinqua, et retrinqua encore.

Chaque fois que le colonel se levait et allait sonner pour appeler le garçon et régler les consommations, Bruscambille et Blanc-Partout se jetaient sur lui et l'embrassaient.

— Juste ciel! comme tu es pressé !

— On dirait que nous t'embêtons à six francs l'heure!...

— Au contraire, mes chéries ; seulement, il faut que je vous quitte...

Il n'osait pas dire qu'il avait à rejoindre sa femme. C'est ça qui n'aurait pas ému les deux cocottes ! Elles auraient été capables de le reconduire pour voir si c'était vrai et pour adresser bien des compliments à madame!

Le colonel se rasseyait donc et buvait encore.

Elles étaient si charmantes, du reste ; elles le turlupinaient d'une façon si agréable ; elles lui donnaient des noms si gentils.

Il y avait de quoi perdre la tête.

Campistron la perdit, à la fin.

— Baste! advienne que pourra, conclut-il. L'aventure est délicieuse. J'y suis, j'y reste.

Bruscambille avait entendu ces derniers mots.

— J'y suis, j'y reste! c'est Mac-Mahon! fit-elle à voix basse en parlant à Blanc-Partout.

Le colonel commanda du champagne. Un peu qu'il était dans de bonnes dispositions, il eut vite conquis un noble plumet. Pauline fut alors tout à fait absente de sa pensée. Il n'y songea pas plus que si elle n'avait jamais existé.

— Allons, maréchal adoré, criait Blanc-Partout, dis quelle est celle de nous deux que tu aimes!

— Je vous aime l'une et l'autre.

— Gourmand.

— Tu nous embrasseras chacune?

— Mille tonnerres, je le jure!

— Parions que non!

— Parions que si!

Et voilà le colonel qui se lève et veut embrasser les deux joyeuses filles. Dans son élan, il bouscule la table; elle se renverse, entraînant par terre verres et bouteilles, qui font en tombant un bruit de tous les diables.

Mais ce n'est pas tout.

La table, dans sa chute, met à découvert un cadavre qui était caché dessous.

En effet, un corps gît, inerte, sur le parquet : le corps d'un monsieur qui, bien qu'habillé d'un costume laïque, a le crâne marqué de la tonsure, signe distinctif des prêtres.

A ce coup de théâtre, Campistron perd le peu qui lui restait de raison. Il abandonne ses velléités amoureuses. Il se dit qu'il a été entraîné dans un guet-apens. Ces filles ont commis un crime; elles ont voulu le griser pour lui en faire endosser la responsabilité.

Quel trait de lumière!

Il se précipite sur la porte, la ferme à double tour, met la clé dans sa poche, va à la fenêtre et hurle :

— Au meurtre! au secours! à l'assassin!

Bruscambille et Blanc-Partout veulent lui imposer silence.

— Ah ça! vous êtes fou, disent-elles. Restez donc tranquille!

Mais lui :

— Misérables! vous avez trempé vos mains dans le sang

de cet homme !... Vous méditiez de me faire passer pour le criminel... Oh! les coquines !...

— Vous êtes toqué, répond Bruscambille.

— C'est notre ami Chaducul, ajoute Blanc-Partout.

— Il n'est pas mort.

— Il a roulé sous la table, parce qu'il était plein comme une huître.

Ah bien oui! impossible de faire entendre raison au colonel, qui beugle de plus belle :

— Au meurtre ! au secours ! à l'assassin !...

Tout le personnel de la maison accourt. Campistron ouvre la porte. Les garçons, les consommateurs entrent pêle-mêle. Deux sergents de ville arrivent.

— Emparez-vous des criminelles, crie le colonel avec exaltation.

— Quelles criminelles?

— Ces scélérates, ces brigandes !

Son doigt désigne Bruscambille et Blanc-Partout.

— Voilà le cadavre !

Et il montre Chaducul, qui est là, ne bougeant pas plus qu'une borne.

Les garçons, les consommateurs, les sergents de ville rient.

De l'un à l'autre on se murmure :

— C'est un curé qui faisait ses farces et qui s'est pochardé.

Profitant de la bagarre et ne voulant pas être compromis dans ce scandale, Huluberlu s'est empressé de filer avec Marthe.

Le colonel continue à se démener comme un diable dans un bénitier. Il prend le ciel à témoin que l'on se refuse à faire justice, que les sergents de ville manquent à leur devoir en n'arrêtant pas, séance tenante, Bruscambille et Blanc-Partout; il injurie tout le monde. Bref, c'est lui qu'on met en état d'arrestation.

— Voilà le couronnement du crime ! s'écrie-t-il, lorsque les agents l'entraînent. Elles ont réussi, les infâmes, à faire croire que c'est moi qui suis l'assassin !... Et c'est cela qu'on appelle la justice?... O malheur !

On le boucle dans un fiacre. Les sergents de ville racolent un collègue. Camspistron est ficelé comme un saucisson d'Arles. On le transporte au commissariat le plus proche.

En même temps, on y trimballe Chaducul. Celui-ci est déposé sur une banquette. Il ouvre à demi un œil et pousse un soupir. On déficelle Campistron.

Le colonel se jette à genoux devant la banquette.

— Il agonise, monsieur le commissaire, dit-il... Au nom de ce que vous avez de plus sacré, interrogez le moribond avant qu'il ait rendu l'âme... Je ne crains rien... s'il peut parler, il vous nommera les assassins... Vous verrez que ce n'est pas moi !..

— Assez ! répond le commissaire. Fichez-nous la paix !

L'ivresse de Campistron est entrée dans la période tendre. Il sanglote sur Chaducul.

— Mon ami, mon excellent ami, gémit-il, dis-leur que ce sont les deux femmes qui t'ont poignardé.

Puis, se relevant, il ajoute avec dignité :

— Je suis innocent du sang de ce juste !... Crucifiez-moi, si vous voulez ; mais la postérité me réhabilitera, comme elle a réhabilité Lesurques !

Chaducul, cependant, finit par ouvrir les yeux ; il croit comprendre qu'il a été assassiné ; il murmure quelques mots :

— Rastaquouère... les maçonnes... Huluberlu... le serment terrible... Blanc-Partout... Crac-Micmac... Je serai vengé... Ne m'achevez pas... Je dirai tout... j'embrasserai le mahométisme... Je sens que je meurs... Oh ! les assassins !... Vive Bruscambille !

Là-dessus, le commissaire, complètement édifié, ordonne de renfermer les deux ivrognes dans une chambre particulière du poste, en attendant qu'ils aient fini de cuver leur vin.

CHAPITRE XXV

OU LES ÉVÉNEMENTS SE PRÉCIPITENT

Trois mois se sont passés. Nous sommes à la fin de septembre.

Vu leur position sociale, Campistron et Chaducul ont évité de comparaître en correctionnelle pour ivresse publique. Le vicaire de Saint-Germain-l'Empalé a reçu une forte semonce à l'archevêché. Quant au colonel, il est rentré confus au logis conjugal sitôt qu'il a été relâché, et il a fait à Pauline de piteuses excuses au sujet de sa conduite : il ne parle plus maintenant, à propos de botte, de découper sa femme en morceaux; il a beaucoup à se faire pardonner.

Mᵐᵉ Campistron, à la suite de cette aventure, voulait un procès en séparation. Heureusement, Laripette s'est fait, auprès de l'épouse outragée, l'avocat du mari coupable, et le colonel ne sait comment lui en témoigner sa reconnaissance. C'est Robert qui lui a obtenu le pardon et l'oubli : il le proclame l'ange de son foyer.

Autre conséquence de l'affaire. Campistron et Chaducul n'y ont jamais rien compris; car le commissaire les a fait relâcher séparément le lendemain de leur soulographie. On leur a dit, à chacun en particulier, qu'ils s'étaient pochardés d'une manière indigne : mais ils ont conservé l'idée un peu vague qu'il a été question d'un assassinat quelconque pendant leur ivresse.

Le colonel se dit :

— J'ai été saoûl comme une bourrique, j'en conviens; mais on ne m'ôtera pas de l'idée qu'il y a eu un pékin assassiné dans ce restaurant du bois de Boulogne... J'ai été même légèrement compromis et soupçonné de complicité... Il y a sans doute de hauts intérêts politiques qui ont fait étouffer l'affaire...

Le vicaire, lui, se dit :

— Je sais que j'étais ivre-mort; mais j'ai cru comprendre que j'ai été aussi victime d'une tentative d'assassinat... Il reste à mon aventure un côté mystérieux qu'il m'est impos-

sible, quant à présent, d'éclaircir... Mes souvenirs me font
défaut à partir du moment où j'ai roulé sous la table... Il
me semble que mon curé et les deux maçonnes de l'Amour
s'en sont allés... Je me suis trouvé, longtemps après, dans le
poste de police... Mon compagnon de violon m'a supplié
de nommer mes assassins. C'est tout ce qui est resté dans
ma mémoire.

Aussi, Chaducul, ayant rencontré un jour Campistron dans
l'escalier du 47, l'a-t-il regardé de travers.

Et, le colonel, à qui ce regard n'a pas échappé, pense :

— Ce curé se méfie toujours de moi.

Reste l'explication qui a eu lieu entre Robert Laripette et
Marthe Mortier.

Les deux amants se sentaient coupables vis-à-vis l'un de
l'autre. Marthe sait bien qu'elle a reçu Huluberlu pendant
une courte absence du jeune docteur. L'abbé a fermé la
porte au verrou ; on est venu frapper, puis on s'en est allé.
Mais ce qu'elle ignore, c'est que c'était tout bonnement le
garçon de service qui avait fait toc-toc. Robert, par contre,
sait très bien qu'enlevé par Pauline, il a planté là la présidente.

Ils se sont adressé des excuses mutuelles.

Marthe a prétendu qu'elle avait tiré elle-même le verrou
pour éviter de se trouver nez à nez avec le premier indiscret
venu qui aurait pu ouvrir la porte du cabinet particulier.
Malheureusement, elle a éprouvé ensuite une défaillance,
sans doute à cause de la chaleur, et, quand elle est revenue
à elle, ç'a été pour constater, à son grand désespoir, que
Robert était parti.

Comme la présidente a eu la mauvaise inspiration de
s'expliquer la première, Robert a saisi la balle au bond. En
effet, a-t-il affirmé, il a été surpris de trouver la porte
fermée. Il a interrogé un garçon ; celui-ci, confondant
Marthe avec quelqu'autre dame, lui a dit, à coup sûr par
erreur, qu'elle s'en était allée ; il n'a rien compris à cela,
et il a repris la voiture.

Tout a donc été arrangé pour le mieux, et les deux
amants ne se sont jamais doutés de leur infidélité réciproque.

Le prêtre polonais qui a été arrêté au Louvre pour avoir
tâté de trop près les rotondités de Mᵐᵉ Le Crêpu, n'a jamais
voulu faire connaître son identité ; il a donné un nom de
fantaisie : le parquet n'a pas poussé plus loin les recherches, vu qu'il s'agissait en somme d'un délit peu grave ; mais
notre tâteur de rotondités a pincé le maximum, ce qui lui

vaut d'être à l'ombre au moment où vont se passer les autres événements de cette histoire. Le gaillard n'est donc plus dans la circulation.

Nos lecteurs ont bien compris que ce calotin exotique n'est autre que le prêtre polonais dont Philéas Grisgris possède les papiers et dans la peau duquel il s'est installé.

Notre pompier a fait de notables progrès dans la science sacerdotale. Irlande et Scholastique lui ont acheté quantité de bréviaires, catéchismes et autres bouquins sacrés qui l'ont mis tout à fait au courant de sa nouvelle profession.

Elles ont tenu à lui apprendre, elles-mêmes, à dire la messe à la mode française.

Dans une chambre, elles ont improvisé un oratoire. Jusqu'à ce qu'il ait connu son affaire sur le bout du doigt, elles lui ont fait répéter le saint sacrifice cinq et six fois par jour.

Philéas s'est prêté volontiers à cette manœuvre ; car, sous prétexte de communier avec le sang de Jésus-Christ, il a mis à sec de nombreuses bouteilles de vieux madère.

Bref, il dit à présent sa messe et administre des absolutions comme s'il n'avait jamais fait que cela toute sa vie.

En revanche, Irlande et Scholastique chantent à genoux des chansons provençales, convaincues que ce sont des cantiques polonais. Elles en savent une collection très variée.

Le faux Groussofski, à la suite de son embrassade avec la Rastaquouère sur l'escalier d'honneur de l'archevêché, a trouvée, glissée dans sa ceinture, la carte de visite de la marquise. Intrigué, il s'est rendu, sans tarder, à la maison de la rue de Rennes ; mais il n'en a rien dit aux deux vieilles filles. La marquise l'a fort bien accueilli, quoiqu'il ne fût présenté par aucun de ses collègues à tonsure. On lui a octroyé quatre marraines : il a subi ses épreuves vaillamment ; Sainte-Chipie a déclaré qu'elle était folle de lui ; on lui a révélé l'attouchement et le mot sacré. En résumé, son initiation lui a coûté deux louis. Il a pensé que c'était cher. La Rastaquouère ne s'est pas privée de dire que, dans l'autre franc-maçonnerie, cela coûtait des fois plus de cent francs et qu'on n'avait pas les mêmes agréments que dans le Temple des Maçonnes de l'Amour. Après tout, comme ce n'était pas son propre argent qui était à la danse, Grisgris a conclu que cela lui était bien égal et qu'il reviendrait.

Il est revenu en effet trois jours après et a la fait connaissance de Chaducul.

Les deux prêtres se sont nommés l'un à l'autre.

— Tiens ! a dit Grisgris, c'est à vous que je suis recom-

11

mandé... Vous m'excuserez, si je ne suis pas encore allé vous voir... Une bronchite aiguë m'obligeait à garder la chambre...

— Oui, je sais, vous êtes chez les demoiselles Duverpin en qualité d'aumônier. A propos, vos papiers que vous m'avez envoyés... il m'est arrivé un accident... Dans un omnibus, un filou, sans doute, m'a volé le portefeuille où je les avais renfermés...

— Vous n'avez plus mes papiers?

— Non, mon cher... Mais, espérons-le, avec l'aide de Dieu et surtout de la police, nous les retrouverons quelque jour...

— Fichtre! c'est bien ennuyeux...

— A qui le dites-vous?... Ce portefeuille contenait encore des lettres et des notes à moi personnelles, que je ne pourrai jamais remplacer...

Le faux Groussofski avait promis de son côté de se livrer à des recherches. Dès ce jour, il fut l'ami de Chaducul.

Et Eglantine? allez-vous me dire.

La pauvre fille a bien du tracas, croyez-le. Pensez donc. Elle a sur le dos nos deux prêtres paillards, Huluberlu et Romuald. Le vicaire, heureux d'avoir été initié aux mystères des Maçonnes de l'Amour, en a témoigné sa reconnaissance à son curé en lui cédant la moitié de ses droits sur sa nouvelle pénitente, de telle sorte qu'Eglantine reçoit des absolutions des deux côtés. Heureusement, elle a une forte constitution et est capable de tenir tête à un régiment de confesseurs.

Le plumassier, lui, est de plus en plus convaincu qu'il est un magnétiseur de première force. Seulement, il n'a jamais pu trouver d'autre sujet que Laripette, et encore Laripette ne veut pas toujours se prêter à ses expériences.

Notre ami Robert prétend que le sommeil magnétique nuit énormément à sa santé. Il a été, affirme-t-il, très fatigué à la suite de la première séance dans laquelle il a révélé au mari de Gilda l'existence, jusqu'alors inconnue, d'un trésor dans une cave.

Paincuit veille précieusement sur ce « cher Laripette ».

Il l'invite sans cesse à dîner et lui fait toujours servir les mets les plus exquis, les morceaux les plus délicats. Tout le meilleur de sa cave est à la disposition de son sujet.

Le plumassier est travaillé par cette idée du trésor qu'il découvrira dans la compagnie d'un nègre.

Mais quand lui sera-t-il donné de rencontrer ce nègre?...

D'autre part, Laripette continue, comme vous pensez bien,

à donner à Gilda des leçons de cosmographie. Cela fait plaisir à Paincuit de penser que sa femme s'instruit dans la sisience des astres. Il demande de temps en temps à Robert

Mᵐᵉ Paincuit fait des progrès.

— Oh! répond le professeur ès-conjonctions des centres, c'est une excellente élève... Elle est très docile et retient merveilleusement toutes mes leçons.

— Et où en êtes-vous ensemble de vos études astronomiques?

— Nous en sommes aux comètes.

— Aux comètes?... Vous voulez dire, sans doute, ces étoiles qui ont une queue?

— Mais oui, certainement; on ne leur donne pas d'autre nom.

— Y a-t-il du monde dans les comètes, monsieur Robert?

— S'il y a du monde?... Apprenez, mon cher monsieur Paincuit, que non seulement les comètes sont habitées, mais encore que leurs habitants constituent une humanité d'une espèce tout à fait parfaite.

— Vraiment?

— Ainsi, pour ne vous citer qu'un exemple, un exemple matériel, tout se passe avec ordre et logique dans les comètes. De même que chez nous, ces astres ont une humanité divisée en plusieurs races de différentes couleurs; mais ce qui distingue les habitants des comètes des habitants de la terre, c'est que ceux-là digèrent et évacuent d'une manière conforme à la couleur de leur peau.

— Quoi! les nègres des comètes font du caca noir?

— Oui; et les blancs font du caca blanc.

— C'est merveilleux!

— Non, monsieur Paincuit, c'est tout simplement logique.

— Comment diable sait-on tout cela?

— Dame, la science a fait de tels progrès!... On possède à présent des télescopes avec lesquels on distingue une épingle à des milliards de lieues.

— Tiens! vous me donnez une idée... Il faudra que j'achète cette année à ma femme un télescope pour ses étrennes.

On voit par là que Laripette, — l'ange du foyer de Campistron, — a également ses grandes et petites entrées dans le ménage Paincuit.

Chez le président, il n'est pas mal reçu.

La première impression avait été mauvaise pour M. Mortier, nous le savons. Ce magistrat, homme vénérable et sérieux, ne pouvait pas admettre qu'une autruche habitât sous le même toit que lui. Du moment que Pélagie est égarée, il n'a plus aucune raison de ne pas voir Robert de bon œil. Pour le principe, il soutient toujours les droits du propriétaire à ne pas vouloir d'un tel animal dans sa maison ; quand le procès viendra à se plaider, il n'est pas douteux qu'il donnera raison à M. Tardieu contre Laripette ; mais il fait néanmoins un excellent accueil à celui-ci.

Ils se sont rencontrés dans plusieurs soirées, tant chez le colonel que chez M. Paincuit. Ils sont dans les meilleurs termes.

Laripette plaît au président.

— Sous ses apparences légères, dit M. Mortier en parlant de Robert, ce garçon est un modèle de moralité ; tous nos jeunes gens du quartier latin devraient prendre exemple sur lui.

En effet, le magistrat a une marotte : il voudrait ramener les étudiants et les étudiantes à des mœurs virginales.

Il a fait part de son idée à Robert, qui lui a donné une complète approbation.

— Voyez-vous, monsieur Laripette, s'écrie le président, ces jeunes gens font mon désespoir. Ils se vouent les uns les autres, sans le savoir, à une damnation éternelle. Quand je reviens le soir du tribunal et que je vois cascader ces étudiants et ces grisettes, je ne puis songer sans frémir qu'ils sont la proie du démon de la luxure.

— Le plus horrible de tous les démons, ajoute Robert, un démon aux griffes duquel il est presque impossible de s'arracher.

— Mais le remède ! quel est le remède qui fera disparaître le mal de notre cher quartier des Ecoles ?

— Ah ! monsieur le président, il y a remède à tout ; mais je crois que celui-ci sera difficile à trouver.

— En cherchant bien, cependant...

— C'est cela, cherchons.

Aussi, M. Mortier et l'ingénieux Laripette se sont-ils fouillé la cervelle pour découvrir le moyen de faire revenir les jeunes dissolus de la rive gauche à la continence la plus parfaite.

Un matin, Robert est venu dire au président :

— *Euréka !*

— Vous avez trouvé ?

— Oui.

— Parlez, mon ami.

— C'est simple comme bonjour... Aujourd'hui, on obtient tout ce qu'on veut avec une bonne publicité. Pour qu'un

produit quelconque réussisse, il lui faut une forte réclame...
Faites donc de la publicité et mettez en annonce vos sentiments de moralisation...

— Tiens, vous avez peut-être raison, ma foi.

Après avoir mûri la chose, le président a donc loué à une
agence de publicité tout un mur de maison bien en vue dans
le quartier latin, et il a fait peindre à ses frais, en grandes
lettres blanches sur fond bleu, de salutaires conseils aux
étudiants et aux grisettes. Cela lui coûte vingt francs par an
et par mètre carré, et il a inscrit à son budget une gigantesque annonce d'une quarantaine de mètres carrés.

Ne croyez pas que l'auteur de ce récit invente. L'annonce
moralisatrice du président Mortier existe, comme j'ai l'honneur de vous le dire, et tous nos lecteurs peuvent aller la
voir. Elle est située à l'angle de la rue Soufflot et de la rue
Saint-Jacques, tout auprès du Panthéon; elle occupe la su-
perficie d'une immense muraille : cinq mètres et demi de
largeur sur sept mètres de hauteur.

Voici le libellé textuel de cette phénoménale annonce :

AUX LIBERTINS

Celui qui achète et avilit la femme, la fille ou la sœur
d'un autre, voudrait-il que l'on traitât de même sa femme,
sa fille ou sa sœur?

LE MARIAGE

est honorable, dit la parole divine; mais Dieu jugera les
impudiques et les adultères.

PAUVRES BREBIS ÉGARÉES

vous riez aujourd'hui!... Demain, vous serez lâchement
abandonnées, — puis, pour toujours méprisées...

JEUNES GENS!

La vie morale est une lutte noble, et non un asservisse-
ment honteux. Si **l'AMOUR IDÉAL** élève l'homme,
l'AMOUR BESTIAL le ravale!

ÉCOUTEZ TOUS! ÉCOUTEZ TOUS!

Au nom de l'honneur! au nom de la Patrie! au nom de
vos familles! au nom de vos souvenirs d'innocence! au nom
de votre salut éternel!

Pleurez sur vos souillures,
Demandez grâce au SAUVEUR qui pardonne
et qui purifie, et il vous relèvera.

Je le répète, cette annonce, peinte sur mur, existe bel et
bien, et je serais désolé que mes lecteurs crussent à une
plaisanterie de ma part.

Malheureusement, elle n'a pas encore converti un étudiant ni une grisette.

Le bruit s'est répandu dans le quartier latin que cette
invitation à la continence était une nouvelle blague du
célèbre farceur Sapeck, dont nous avons parlé au commencement de cet ouvrage.

Sapeck, terreur des concierges et roi des bons vivants,
possède, on le sait, une certaine fortune qui lui permet de
grever son budget annuel d'une publicité murale, s'il lui en
prend la fantaisie.

Aussi, la jeunesse étudiante va-t-elle en pèlerinage contempler quelquefois la curieuse réclame de la rue Soufflot,
et comme chacun l'attribue à Sapeck, on trouve que c'est
une fumisterie très drôle.

M. Mortier est navré du résultat.

Il a rendu un matin visite à ses sœurs Irlande et Scholastique. Quel n'a pas été son étonnement de les trouver
flanquées d'un aumônier?

Scholastique a fait une confidence au président.

Elle est ou du moins elle se croit dans une situation horrible : elle craint d'être possédée du démon.

C'est un clystère qui est cause de ce tracas.

Les deux sœurs possèdent un clysopompe d'ancien système. Cet instrument ayant cessé de fonctionner pour un
motif quelconque, Scholastique l'a porté à réparer chez le
lampiste de vis-à-vis. C'était un samedi au soir.

Mais voilà que le lundi matin le lampiste arrive tout
radieux, avec le clysopompe raccommodé et sa facture.

— Jésus! Marie! Joseph! clama Scholastique, mais je
n'en étais pas si pressée que cela!

— Cela ne fait rien, ma bonne demoiselle; je ne lambine
pas à la besogne, moi... Sitôt qu'on me donne un travail à
faire, v'lan! ça y est... Voilà comment je suis!...

— Mais, malheureux que vous êtes, pour raccommoder
mon clysopompe, vous avez travaillé hier, n'est-ce pas?

— Dame, oui.

— Hier, c'était dimanche.

— Parbleu, puisque aujourd'hui c'est lundi!

— Horreur! vous avez travaillé pendant le repos du Seigneur!

— S'il vous plaît?

— Vous avez commis un péché mortel!

— Comprends pas.

— Un péché mortel à cause de moi !

— C'est possible... Je ne dis pas non, si ça peut vous faire plaisir.

— Oh! mon Dieu! mon Dieu! quel malheur !

Enfin, Scholastique accepta — il le fallait bien — son clysopompe raccommodé un dimanche.

Mais elle avait je ne sais quels sinistres pressentiments.

La première fois qu'elle s'en servit — ô épouvante! — elle eut, dans la journée même, une colique atroce.

Etait-ce le doigt de Dieu qui se vengeait?

Scholastique confia son chagrin à Philéas (c'est-à-dire à son abbé Groussofski) et à Irlande.

Tous deux furent d'avis que ce qui arrivait était déplorable, et que Scholastique devait offrir sa colique à Dieu en expiation du péché mortel du lampiste.

Ainsi il fut fait.

Seulement, la colique persista.

Alors, l'infortunée dévote se sentit envahie par un effroi extraordinaire.

Ce n'était peut-être pas la colique qui avait établi domicile en elle ; c'était Satan en personne.

En effet, voici quel était le raisonnement limpide de la pauvre fille :

Dès le péché mortel du lampiste, Lucifer avait dû s'installer dans le clysopompe profanateur et sacrilège.

Elle avait commis l'imprudence de mêler un lavement à l'esprit diabolique, et, sous le mouvement du piston, lavement et diable mêlés s'étaient introduits dans ses entrailles.

Rien n'était moins discutable.

Je vous laisse à penser si Scholastique n'en menait plus large. Elle se tordait, en proie au malin, récitant à tous les saints du calendrier des litanies et des oraisons jaculatoires.

Hélas! trois fois hélas! Satan tenait bon et se refusait à déguerpir.

Irlande proposa à sa sœur de recourir à l'exorcisme.

On expliqua à l'aumônier ce que signifiait ce mot français qu'il n'avait jamais entendu.

— C'est ce que nous appelons, dit-il, en polonais, une « tartanpouille. »

Dans le bréviaire que les deux sœurs avaient acheté à l'abbé, il n'était pas question des exorcismes; mais Philéas ne s'embarrassait pas pour si peu.

— Je vous en flanquerai un de mon pays, déclara-t-il; le Père Eternel entend toutes les langues.

Il ordonna d'abord que Scholastique prendrait un lavement à l'eau de Lourdes. C'est ça qui embêterait Lucifer!

On se procura un demi-litre d'eau miraculeuse, et le clysopompe fut rempli.

Scholastique accepta l'opération, en victime résignée. Ce fut Irlande qui manœuvra le piston, et, pendant ce temps, Philéas, bénissant avec gravité la patiente, prononça l'exorcisme suivant :

— *In nomine Patris, et Filii, et Spiritus Sancti. Aquello empègo, pito-mouffo, darnagas et rascazetto. La reino Saboou in sœcula sœculorum. N'a deis musclos sous leis roccos! Capefigue a l'omnibus. Patin couffin, cagalabri, santibelli de bouffaréou, Dominus vobiscum! Passa rès? Amen!*

Mais, pour surcroît d'infortune, il paraît que le **Très-Haut** ne comprend pas le polonais; car il ne prit pas en **considé**ration la prière de l'abbé Groussofski.

Après l'exorcisme comme avant, la colique de **Scholas**tique était atroce.

— Ce n'est pas un démon que vous avez en vous, conclut Philéas, c'est toute une légion de diables.

— Que faire alors, monsieur l'abbé, que faire?

— Je ne vois plus qu'un moyen de vous en tirer...

— Lequel?... De grâce, indiquez-le-moi!

— Un voyage à Lourdes et un plongeon dans la piscine.

Aussitôt dit, aussitôt résolu.

Les deux sœurs arrêtèrent incontinent un pèlerinage prochain à la vierge de Bernadette, qui ne pouvait se refuser à chasser la légion de diables du corps d'une personne aussi chaste.

Il va sans dire que l'aumônier devait être de la partie.

CHAPITRE XXVI

OU LE LECTEUR REVOIT PÉLAGIE

— Parbleu! c'est Pélagie! s'était écrié Laripette, tandis que le faux Groussofski débitait son exorcisme.

Ce qui avait fait pousser cette exclamation à notre ami Robert était sans rapport direct, ni même indirect, avec l'opération de Scholastique, puisque le lavement à l'eau de Lourdes s'administrait rue Copernic, tandis que l'exclamation du propriétaire de Pélagie était poussée boulevard Saint-Michel.

Il n'y avait, dans ces deux faits, qu'une simple coïncidence de jour et d'heure.

Laripette lisait un journal.

Ses regards étaient tombés sur le fait-divers suivant :

« Une autruche merveilleuse. — La *Sentinelle de Tarbes* signale le passage, dans le département des Hautes-Pyrénées, d'une troupe de saltimbanques nomades qui exhibent une autruche réellement remarquable. Cet animal, paraît-il, accomplit des tours étonnants. Fumer la pipe ne lui est qu'un jeu... »

Etc., etc., etc.

Robert n'avait pas eu besoin d'en lire davantage.

Il descendit comme une trombe chez le père Orifice, et, lui mettant les deux poings sous le nez, il lui dit :

— Scélérat de portier! tu n'as pas tué Pélagie, mais tu l'as vendue à des saltimbanques! dis-moi le nom du recéleur ou je t'étrangle!

Le père Orifice regarda Laripette d'un air hébété, puis il se mit à aboyer.

Le locataire de l'entresol, voyant qu'il ne pourrait rien tirer de ce concierge abruti, lui allongea un renfoncement sur sa barrette en velours et regrimpa chez lui.

Là, il s'enferma dans sa chambre et se promena longtemps, s'abandonnant à de nombreuses réflexions...

...Il ne s'était pas trompé; c'était bien Pélagie.

Elle avait suivi, comme on sait, quelques Zoulous, ses

11.

compatriotes, qui, de passage à Paris, étaient venus pour serrer la main à Robert et ne l'avaient point trouvé. Le père Orifice leur avait même donné à entendre que Laripette était mort. Ces Zoulous avaient fait la rencontre d'une troupe de montreurs de curiosités vivantes : un bon prix avait été offert de Pélagie, et l'autruche était devenue ainsi la propriété de la troupe Athanase Perrimet.

Tandis que Robert lisait les nouvelles reproduites d'après la *Sentinelle de Tarbes*, les saltimbanques venaient de planter leurs tentes à Argelès, chef-lieu d'arrondissement des Hautes-Pyrénées.

Athanase Perrimet était un ancien peseur de commerce de Bordeaux, bâti en hercule; il s'était engagé dans une troupe foraine, où il jonglait avec des poids, ce qui lui faisait dire qu'il n'avait pas changé de métier. La femme du directeur était une colosse. Son mari étant trépassé, elle donna son cœur, sa main et ses formidables mollets à Perrimet, qui fut mis ainsi à la tête de la troupe.

Notre homme avait un caractère grincheux en diable; mais cela ne l'empêchait pas d'avoir quelquefois des idées.

Ainsi, il imagina de transformer sa femme en négresse. La belle Rosalinde, dite la Pyramide d'Auvergne, devint la superbe Tatakoukoum, dite la Colosse du Soudan.

Le matin de chaque représentation, Athanase, armé d'un pot de noir et d'une brosse, cirait consciencieusement sa plantureuse moitié.

Un jour, il arriva à nos saltimbanques une bien curieuse aventure.

Perrimet et Tatakoukoum avaient vidé ensemble un nombre respectacle de bouteilles, et le cirage de madame n'avait, bien certainement, pas été fait avec toute l'attention nécessaire.

Le moment de l'exhibition arrive.

Le rideau se lève, la superbe Tatakoukoum paraît sur la scène.

— Mesdames et Messieurs, ainsi que vous, nobles militaires, commence-t-elle d'une voix flûtée, je suis la colosse du Soudan. Née au centre même de l'Afrique, je n'ai pas connu mon père ni ma mère; comme Moïse, dont il est parlé dans les livres du moyen âge et des temps encore plus reculés, j'ai été abandonnée aux bords du Nil, mais dans les environs des sources mystérieuses de ce fleuve sans précédent dans l'histoire. Un couple de crocodiles, dont le fils unique avait été dévoré au sortir de l'œuf par un léopard carnassier, me prit en affection et m'adopta; je tétai du lait

de crocodile. C'est pour cela, mesdames et messieurs, ainsi
que vous, nobles militaires, c'est pour cela, dis-je, que j'ai
dans les veines un sang indomptable, tout en étant d'une
sensibilité vraiment extraordinaire; car le crocodile est un
animal très calomnié, et, moi qui ai eu deux de ces amphi-
bies pour père et mère nourriciers, je puis dire que le crocodile n'a pas la cruauté qu'on lui attribue, qu'il est d'un
naturel facile à émouvoir, et même qu'il pleure comme un
enfant en bas âge.

A ce passage du boniment, Tatakoukoum s'interrompt et
se met à pleurer pour imiter le crocodile.

Après une minute de cet exercice, qui a le don d'attendrir
les nourrices de l'auditoire, elle reprend :

— Mesdames et Messieurs, ainsi que vous, nobles militaires, vous voyez en moi la créature la plus robuste qu'aient
enfantée l'Afrique centrale et les sables brûlants du grand
désert. Le sang de mes veines est indomptable, comme j'ai
eu l'honneur de vous le dire; le docteur Livingstone, dont
j'ai guidé les pas pendant sa recherche des sources du Nil,
affirme, dans ses Mémoires, que, m'ayant pratiqué une
saignée, il ne saurait comparer mon sang qu'à de la lave du
Vésuve.

Mouvement d'admiration du côté des sapeurs.

— A onze ans, je fendis un palmier en deux comme s'il
s'était agi d'un simple fétu de paille, et, le fils du roi de la
tribu des Krikochouchou m'ayant manqué de respect dans
une cérémonie publique, je le pris par un pied, le fis tour-
noyer à travers l'espace et le projetai à soixante mètres, ce
qui occasionna sa mort; car, dans sa chute, il se brisa le
crâne sur la pointe d'un obélisque planté au milieu d'une
oasis en mémoire d'une bataille célèbre où les Krikochouchou avaient battu à plate couture les Bomb-Akoko. Je fus
alors l'occasion et le prétexte d'une nouvelle guerre. Les
Krikochouchou m'ayant capturée traîtreusement pour venger
le trépas lamentable du fils de leur roi, les Bomb-Akoko,
qui avaient pour moi une grande estime, relevèrent le gant,
se ruèrent sur leurs ennemis et me délivrèrent. Vous voyez,
par ce rapide aperçu de mon histoire, que j'ai eu une
enfance très accidentée. Je ne vous raconterai pas mes autres
péripéties et aventures, à la suite desquelles je vins en
France pour m'instruire dans l'art de la civilisation et les
belles-lettres, noble pays qui est devenu ma seconde patrie
et où j'ai reçu le saint baptême, sans compter celui qui est
administré aux passagers des navires en traversant l'Equa-
teur. Mais je n'abuserai pas de vos instants précieux, mes-

dames et messieurs, ainsi que vous, nobles militaires, et, pour combler les vœux de vos légitimes impatiences, je vais avoir l'avantage de vous montrer l'un des mollets, admirables de souplesse, de vigueur et de carnation, dont la Providence, dans sa toute-puissante générosité, m'a fait la grâce de me doter.

Le boniment fini, Tatakoukoum relève un côté de sa jupe et exhibe l'un de ses mollets.

L'assistance se pâme et s'extasie.

On crie : — Bravo!

Un vieux sergent affirme n'avoir jamais vu un mollet « aussi corpulent ».

Mais un amateur, insatiable d'exhibitions, a la baroque idée de réclamer l'autre mollet.

Tatakoukoum, esquissant son plus gracieux sourire, retrousse l'autre côté de sa jupe et montre... un mollet blanc.

Athanase Perrimet avait oublié de le cirer.

La vue de ces mollets dépareillés provoque dans l'assemblée une explosion de fou rire, qui est bientôt suivie des murmures des mauvais coucheurs.

— Nous sommes volés, disent les paysans à tempérament hargneux, rendez l'argent !

Perrimet, qui tient à la recette, ne perd pas la carte. Il s'élance sur la scène et beugle d'une voix de Stentor :

— Non, mesdames! non, messieurs! non, vertueux et nobles militaires! non, vous n'êtes pas volés! Vous êtes en présence d'un des mystères insondables de la nature. Vous avez tous appris dès le berceau que les grandes frayeurs produisent un étrange phénomène en blanchissant instantanément, en tout ou en partie, les individus qui les éprouvent. C'est ainsi que des jeunes bruns, à la chevelure d'un noir de corbeau, ont eu subitement leur crinière blanc de neige à la suite d'une épouvante, parce que chez eux la frayeur s'était portée dans les cheveux. Eh bien! un phénomène analogue s'est produit, il y a six ans, sur la superbe Tatakoukoum, mon épouse, et c'est ce qu'elle allait avoir l'honneur de vous expliquer si elle n'avait été interrompue : ma cage aux serpents avait été laissée ouverte la nuit par mégarde, et le matin Tatakoukoum se réveilla brusquement, enlacée par les reptiles. N'étant pas préparée à cette surprise, elle éprouva dans son sang la révolution dont je viens de parler; seulement, chez elle toute la frayeur s'est portée vers la jambe gauche. Voilà pourquoi son mollet gauche est blanc.

Et, comme quelques malins faisaient mine de ne pas être convaincus, Athanase Perrimet ajouta :

— Afin, messieurs, dames et militaires, que vous vous ren-
diez compte par vous-mêmes de l'effet que peut produire
sur des personnes non préparées à la surprise une subite
invasion de reptiles, je vais lâcher mes serpents... Allons,
Tirelampion, ouvre la cage!

Tirelampion était un des acteurs de la troupe

A peine Athanase avait-il donné l'ordre d'ouvrir la cage
aux reptiles, qu'une demi-douzaine de serpents firent irruption sur la scène en sifflant et agitant leurs têtes plates.

Ce fut un sauve-qui-peut général; personne ne demanda
son reste. Perrimet, riant de bon cœur, en fut quitte pour
faire rentrer sa ménagerie, car ses serpents étaient inoffen-
sifs et apprivoisés.

Néanmoins, il ne séjourna pas plus longtemps dans la loca-
lité, et, dès le soir même, il pliait bagage.

Grâce à cette anecdote, voilà nos saltimbanques suffisamment présentés au lecteur.

J'aurai tout dit quand j'aurai ajouté que l'autruche de
Laripette faisait partie de la troupe depuis seulement six
semaines, et que le personnel du théâtre ambulant d'Athanase Perrimet se composait, outre Tatakoukoum et Tirelampion, de trois musiciens, d'un homme-caoutchouc, d'un
jongleur indien, d'une jeune danseuse de corde nommée
mademoiselle Zodiaque, et de quelques chiens et singes
savants.

Dans les grandes occasions, la troupe ne se contentait
pas de vulgaires exhibitions. Elle jouait aussi le drame, et
spécialement la *Tour de Nesle*, remaniée par Athanase Perrimet. Le rôle de Marguerite de Bourgogne, transformée en
reine négresse, était tenu par Tatakoukoum; le jongleur
indien jouait celui d'Orsini; l'homme-caoutchouc et Tirelampion devenaient les deux frères d'Aulnay; mademoiselle
Zodiaque était la compagne des débauches de Marguerite.

Quant à Athanase, c'était lui qui se chargeait de Buridan,
et pour rendre son personnage encore plus dramatique, à la
scène du cachot il avalait des étoupes en feu. Les autres
rôles étaient supprimés. Par contre, dans un acte, Perrimet
avait introduit un divertissement exécuté par les chiens et
les singes, et, à l'orgie de la tour, on voyait apparaître les
serpents. Jamais le drame d'Alexandre Dumas ne donna
autant le frisson. Le mari de la colosse du Soudan projetait
même de mettre en scène l'autruche, pour ajouter à l'œuvre
encore plus de relief.

A Luz-Saint-Sauveur, la troupe avait obtenu de grands
succès. De là, elle était venue à Argelès. Ensuite, elle

comptait passer par Lourdes, Bagnères-de-Bigorre, Saint-Gaudens ; car elle exploitait en ce moment le sud-ouest, et particulièrement la région des Pyrénées.

Pélagie, dont Perrimet ignorait le nom, avait été gratifiée de celui de Cachemire.

Les affiches du saltimbanque, ex-peseur de commerce, étaient alléchantes ; elles portaient ceci :

« HABITANTS D'ARGELÈS ET DES COMMUNES VOISINES !

« Toute la haute société de votre canton ne manquera pas de se donner rendez-vous dans le coquet théâtre d'Athanase Perrimet, ne serait-ce que pour voir et admirer la gracieuse Cachemire, autruche du Cap, qui fume la pipe et avale des lapins tout crus, et la superbe Tatakoukoum, dite la Colosse du Soudan, jeune personne pesant trois cent quatre-vingts livres, élevée par des crocodiles dans les sables du désert.

« Le directeur de la troupe, lui-même, ne dédaignant pas de se donner en spectacle, tiendra à bras tendus des poids de 100 kilos, récitera des poésies du grand poëte national Clovis Hugues et avalera des étoupes enflammées.

« Vous contemplerez les formes gracieuses de la ravissante mademoiselle Zodiaque, plus légère que les almées du Grand Turc, laquelle dansera un cavalier seul sur une corde raide, sans émotion ni balancier.

« Vous serez émerveillés par l'élasticité prodigieuse de l'Homme caoutchouc, qui se replie sur lui-même, ni plus ni moins qu'une serviette, et se renferme dans une contre-basse.

« Vous applaudirez avec frénésie aux innombrables tours d'adresse du mirifique Bribristoll, jongleur indien, médaillé du roi de l'erse, et vous vous esclafferez de rire aux joyeuses facéties de Tirelampion, incomparable jocrisse breveté et inédit.

« Le soir seulement, pantomime militaire par des chiens et singes spéciaux, et repas des serpents du Mississipi.

« Orchestre d'élite. On ne paie qu'en sortant. L'armée est admise en demi-places. »

CHAPITRE XXVII

LES VOYAGEURS POUR LOURDES, EN VOITURE!

Comme résultat de ses réflexions, Laripette décida qu'il se rendrait incontinent dans les Pyrénées.

Toutefois, il ne divulgua pas le but de son voyage.

Le jour même, il annonça aux trois dames Paincuit, Mortier et Campistron qu'il partirait pour Lourdes avant la fin de la semaine.

Une si brusque détermination fut un sujet d'étonnement pour tout le monde.

Aux diverses questions qui lui furent posées, il répondit :

— C'est mon secret... Ne m'en demandez pas davantage.

Il fallut bien se contenter de cette explication.

Seulement, la résolution de Laripette en entraîna d'autres semblables.

La colonelle, le soir, entre la poire et le fromage, dit à Campistron :

— Monsieur, je ne vous ai jamais plus reparlé, depuis trois mois, de votre scandaleuse équipée du bois de Boulogne...

— C'est vrai, Pauline, tu as eu la délicatesse de ne pas retourner le fer de ton ressentiment dans la plaie de mon inconduite.

— Aujourd'hui, j'ai pensé à une chose...

— Laquelle, Pauline?

— Comme vous pourriez succomber de nouveau aux tentations de la chair ..

— Je te jure, Pauline, que...

— Ne jurez pas, monsieur!... J'ai résolu d'aller implorer moi-même, aux pieds de la Vierge, la grâce que vous ne retomberez plus dans l'affreux péché d'adultère... et c'est à Lourdes que je vais me rendre.

— Soit, Pauline, je suis prêt à t'y accompagner, bien que...

— Non pas! J'ai décidé que j'irai seule.

Pauline fut inexorable. En vain le colonel pria et supplia,

affirmant qu'il mourrait certainement d'ennui pendant l'absence de sa chère moitié; celle-ci lui répliqua :

— Tant pis, alors! Ce sera une preuve que Dieu veut que votre crime ait une expiation terrible.

Campistron n'insista plus.

Dans le ménage Mortier, dialogue dans le même genre, avec cette différence pourtant que Marthe n'imposa pas son départ comme une pénitence à infliger au président.

— Isidore, lui dit-elle, puisque votre grande exhortation aux libertins du quartier n'a pas jusqu'à présent porté de fruits, j'ai songé qu'un pèlerinage à Lourdes, entrepris dans le but de prier la bienheureuse Marie d'exaucer vos pieux désirs, serait d'un bon effet au point de vue de la régénération de la rive gauche.

— C'est là une idée admirable; malheureusement, tu sais que, malgré les vacances, je suis obligé de rester ici pour présider, par intérim, la chambre des flagrants délits. Je ne pourrai donc pas t'accompagner dans ce pèlerinage.

— J'en suis navrée; mais je n'en partirai pas moins, et ma pensée sera avec toi... Je te laisse Eglantine, afin que tu n'aies pas à subir le détestable ordinaire des restaurants.

Chez Paincuit, autre guitare :

— Devine, Néostère, fit la belle Gilda, quel rêve j'ai fait cette nuit?

— Tu as rêvé d'une comète?

— Pas précisément.

— De la lune, alors?

— Non plus.

— Ma foi, je renonce à chercher.

— J'ai rêvé de ce trésor qui est dans la cave.

— Ah! ah!

— Et une voix m'a dit : Qui cherche trouve.

— Oui, c'est juste; mais mon cas, à moi, est différent; tant que je n'aurai pas mis la main sur le nègre, il est inutile que je cherche ce bienheureux trésor; je ne trouverai rien.

— Attends... La voix a ajouté : Que ton mari commence les fouilles, et toi, Gilda, va demander à la madone son assistance, afin que le nègre, sans lequel le trésor ne peut être découvert, ne tarde pas à paraître.

— Bigre! cela change les choses... Je comprends maintenant le proverbe : Aide-toi, le ciel t'aidera... Tu as raison, Gilda. Mon devoir est de commencer les fouilles; toi, tu iras dans un sanctuaire en renom...

— A Lourdes, par exemple.

— C'est cela, à Lourdes... Et pendant que tu prieras la madone, moi, je creuserai le sol de la cave, jusqu'au moment où paraîtra le nègre.

— Très bien, nous sommes d'accord.

— Je ferai même mieux. Je vais annoncer à mes employés, à mes amis, y compris Bredouillard, que nous partons en voyage ; seulement, il n'y a que toi qui iras... Je m'enfermerai dans la cave avec une pioche, un matelas, et des provisions pour quinze jours... Personne ne me verra, personne ne se doutera de rien... Bravo ! bravo !... Oh ! que c'est heureux, Gilda, que tu aies eu ce songe !... Bien sûr, c'est l'esprit de quelque parent décédé qui nous **aime**, dont tu as entendu la voix pendant ton sommeil.

Ce ne fut pas tout.

Marthe ayant dit à l'abbé Huluberlu qu'elle était obligée de s'absenter pendant quelques jours, celui-ci voulut en savoir la raison. La présidente déclara donc à son confesseur le voyage à Lourdes. Le confesseur, qui en tenait pour sa pénitente, pensa que, puisque Mme Mortier allait en pèlerinage sans son mari, l'occasion était excellente d'accompagner la belle.

Mais voilà ! Huluberlu, qui était un client très assidu de la Rastaquouère, s'empressa d'apprendre son départ aux Maçonnes de l'Amour.

Ce fut une explosion de cris dans le Temple.

— Eh bien, nous aussi, nous irons à Lourdes !

— Mais vous êtes folles, mes petites chattes, répondit le curé de Saint-Germain-l'Empalé. Qui trouverez-vous qui voudra se charger de trimbaler avec lui tout votre paradis de Mahomet ?

Et toutes de hurler :

— Chaducul ! Chaducul !

Justement, le vicaire arrivait.

Toutes les Maçonnes l'entourent, l'enlacent, l'embrassent à qui mieux mieux.

— N'est-ce pas, notre Romuald chéri, que tu vas nous emmener en pèlerinage à Lourdes ?.

Chaducul est abasourdi en présence de cet accès subit de dévotion. Il reste deux ou trois minutes plongé dans le plus parfait ahuris-sement.

— Tu m'as promis un voyage, dit chacune des jolies Maçonnes ; tu vas me le payer, mon neveu !

Ce brigand de Chaducul avait, en effet, promis un voyage à chacune en particulier ; mais il ne s'attendait pas à ce que toutes lui demandassent de tenir sa promesse.

Néanmoins, le premier moment de surprise passé, il dit :

— Ma foi, il y a une Providence pour les chevaliers des Maçonnes de l'Amour... J'ai été appelé ce matin chez un notaire pour toucher l'héritage d'un parent éloigné, qui était mort il y a quelques jours sans même me prévenir... Le magot est de belle taille... Je puis donc payer un pèlerinage à tout le personnel du Temple... Seulement, que diable ! j'aurais préféré une série de petits voyages à deux ..

— N'aie pas de regret, mon gros coco blanc, fit Papillon en s'asseyant sur les genoux du vicaire; ce ne sera que partie remise. Après le pèlerinage général, tu nous offriras à chacune le pèlerinage d'intimité...

Chaducul n'était pas un nigaud : il savait que la bêtise des bigots est aussi inépuisable que lucrative. Il fit mentalement un petit calcul, puis il donna sa parole qu'il payerait la série des voyages intimes après la grande ballade d'ensemble dans les Pyrénées.

Il reçut alors une véritable ovation. Ce fut à qui lui sauterait au cou en l'appelant « le chevalier sans peur et sans reproche. » Huluberlu reconnut lui-même que son vicaire faisait bien les choses.

Séance tenante, on décida que Chaducul garderait le titre de « chevalier sans peur et sans reproche » et qu'une dignité nouvelle serait créée exprès pour lui.

On voulait même le dispenser des épreuves, tant l'enthousiasme était grand; mais, lui, protesta.

— Non, non, fit-il, je ne veux aucune faveur. Puisque nos charmantes Maçonnes veulent bien m'élever en grade, j'exige que l'on me fasse passer par toutes les formalités de la promotion.

— Que t'es bête ! ajouta Bruscambille, puisqu'on crée la dignité exprès pour toi, nous n'avons pas un rituel tout prêt, nous n'avons pas de formalités à te faire remplir.

Chaducul insista tant et si bien que le chapitre des Chevalières de la Croix-Rose se réunit sur l'heure et arrêta l'ordre et la marche d'une cérémonie.

Le récipiendaire fut étendu par terre sur un grand tapis moelleux, on le déchaussa, et chaque Maçonne vint à tour de rôle lui chatouiller délicatement la plante des pieds. Et c'étaient des rires, des sauts de carpe!...

Tandis qu'on était en pleines épreuves et que tout monde s'amusait d'une belle manière, survint Philéas, dit Groussofski.

Il demanda ce que signifiait ce manège.

— C'est un de nos neveux qui monte en grade, lui expliqua la Rastaquouère.

— Sapristi ! il a de la chance... Je voudrais bien être à sa place.

— Sois sans crainte, fiston, ton tour viendra.

Quand la cérémonie fut terminée, il y eut une embrassade universelle et le champagne de rigueur.

Philéas, qui était curieux comme un gamin de quatorze ans, voulut savoir à quel propos on avait décerné à Chaducul ce titre épatant de « Chevalier sans peur et sans reproche. »

— Parce que grâce à lui, lui répondit-on, nous allons toutes en pèlerinage à Lourdes.

— A Lourdes ! clama Groussofski ; comme cela se trouve !... Justement, moi aussi, je vais partir aussi pour la piscine miraculeuse.

— Tant mieux ! conclut Huluberlu, plus on est de curés, plus on rit.

C'est le lendemain qu'il fallait voir la gare d'Orléans, dans la soirée, sur le coup de sept heures

Robert Laripette arriva le premier à l'embarcadère du quai d'Austerlitz.

Quelle fut sa surprise en voyant descendre successivement de fiacre d'abord Pauline Campistron, puis la présidente, enfin la belle Gilda !

Résultat de la théorie de M. Alfred Naquet, il allait avoir trois femmes sur les bras.

— Vous partez donc en voyage, chère dame ? demandait Mme Paincuit à Marthe Mortier.

— Oui, chère amie, je vais à Lourdes.

— Comme cela se rencontre !... j'y vais aussi.

— Et vous, chère colonelle ?

— Mais moi de même, mesdames.

— A Lourdes ?

— Précisément.

— Tant mieux ! nous ferons route ensemble.

Les trois dames se rendirent auprès de Laripette, qui fumait un cigare sur le quai intérieur de la gare, et lui adressèrent une requête.

— Bien que nous voyagions sans nos maris, dit la présidente, parlant au nom de la galante trinité, nous ne tenons pas à prendre le compartiment des dames seules, où l'on s'ennuie à mourir. Voulez-vous, cher monsieur Robert, être assez aimable pour choisir avec nous un compartiment et nous tenir compagnie?

Notre héros accepta; mais, franchement, il était bien embarrassé. Chacune des femmes regardait les deux autres avec soupçon et se disait :

— C'est singulier qu'elles fassent coïncider comme moi leur pèlerinage avec celui de M. Robert!

La série des étonnements n'était pas terminée.

Dix minutes avant l'heure marquée pour le départ du train, ce fut l'abbé Huluberlu qui arriva, muni de tout un assortiment de valises et de sacs de nuit. Puis l'abbé Chaducul parut à son tour, avec une égale provision de malles et autres objets de voyage.

Une voiture suivait, pleine de meubles analogues.

On eût dit qu'ils étaient chargés, à eux deux, de toutes les valises d'un séminaire.

Ils firent enregistrer tout cela, prirent une provision de billets de première classe, et restèrent quelques instants dans la salle d'attente.

Alors, on vit entrer la marquise de Rastaquouère, accompagnée de treize jeunes personnes aux minois plus ou moins fripons.

Tout un pensionnat de demoiselles, quoi!

Les deux prêtres échangèrent un rapide salut avec la présidente et montèrent dans le wagon qu'ils avaient retenu.

Huluberlu s'installa avec la marquise et six demoiselles dans un compartiment, et le vicaire dans le compartiment d'à côté avec sept demoiselles.

La marquise avait tenu à être de la partie, d'abord parce qu'elle ne pouvait se séparer de son pensionnat, ensuite pour ne pas laisser deux messieurs avec treize jeunes personnes; ce qui eût été un mauvais chiffre.

Toute réflexion faite, le personnel du temple de la rue de Rennes n'était pas venu au grand complet. Huluberlu et Romuald n'étaient certes point, comme on pense, les seuls chevaliers des Maçonnes de l'Amour. Qu'auraient dit les autres chevaliers, si pendant quinze jours ils avaient trouvé le temple désert?

On avait donc tiré au sort treize noms de voyageuses, et les autres Maçonnes avaient été confiées à la garde de la sœur Redoutable, personne aussi sage qu'expérimentée.

Tandis que les employés du chemin de fer procédaient à la vérification des billets, survint l'abbé Groussofski, flanqué d'Irlande, dont le visage respirait le plus parfait bonheur, et de Scholastique, qui se livrait à toutes sortes de contorsions. On les inséra dans le premier compartiment venu qui restait libre, la locomotive poussa ses sifflements aigus, et le train se mit en marche.

Au numéro 47 du boulevard Saint-Michel, ce même soir, le père Orifice éprouva une bien vive émotion.

Il se promenait, lugubre, dans sa cour, levant vers le ciel
son front chargé de sombres pensées, lorsqu'un homme
parut devant lui.

A cette vue, le concierge pousse un cri :

— Le cul-de-jatte!

Le personnage cause de cette exclamation n'était pas cul-
de-jatte du tout; il était, au contraire, planté sur une paire
d'interminables jambes.

C'était sir Ship Chandler.

Il avait avec lui sa fille Briséis, jolie comme un cœur, et
possédant en outre un petit air malin qui disait beaucoup de
choses.

— Le cul-de-jatte! criait cet idiot de concierge ; le cul-de-
jatte!

Agathe, sa femme, accourt.

— Quoi qu'y a? est-ce que tu deviens fou, mon pauvre
Orifice? Où vois-tu un cul-de-jatte?...

— Lui!

Et le doigt du portier montrait sir Ship Chandler impassible.

— Faites pas attention, monsieur, dit Agathe en jetant
sur son légitime un regard de pitié; il bat la breloque... Qu'y
a-t-il à votre service?

— Je désirerais, madame, savoir si M. Robert Laripette
est chez lui?

A ces mots, nouvel accès du concierge.

— Tu vois bien, Agathe, hurle-t-il, tu vois bien que c'est
le cul-de-jatte, puisqu'il demande mon bourreau de l'entresol!... Il a des jambes, aujourd'hui... mais je le reconnais
tout de même... La dernière fois qu'il est venu ici, il demandait aussi M. Laripette, et il ne m'arrivait pas à la ceinture...
Je te dis que, depuis, les jambes lui ont poussé.

Le malheureux brouillait tout dans son cerveau obtus. Le
jour où il avait vu un vrai cul-de-jatte subitement remplacé
à ses yeux par le long et maigre Anglais, il avait cru avoir
affaire à un sorcier jaillissant du sol. Puis, l'idée de cette
apparition s'était peu à peu effacée de son esprit; mais il
avait conservé dans sa mémoire le souvenir de ce tronc sans
jambes, auquel, en lui-même, il donnait la physionomie de
sir Ship Chandler.

Agathe obligea son mari à rentrer dans la loge et répondit à la question de l'Anglais.

Elle ne le félicita pas, par exemple, de compter M. Laripette parmi ses connaissances. C'était, à son dire, un rien
qui vaille, qui avait pour maîtresse une autruche, affirmait-

elle, et qui osait faire un procès au propriétaire parce que cette Pélagie avait disparu un jour qu'il était absent.

Comme si les concierges étaient chargés de veiller sur les autruches qui culottent des pipes!...

L'Anglais écouta ce verbiage sans sourciller; il se montra seulement contrarié quand Mme Orifice lui annonça le départ de Robert.

Il salua la portière et s'en retourna avec Briséis.

Au fond de la loge, le concierge s'était assis sur un escabeau et pleurait à chaudes larmes.

— Quel malheur! geignait-il, pourquoi ce coquin de cul-de-jatte s'est-il mis maintenant à avoir des jambes!... Quel malheur! quel malheur! il s'est collé des jambes exprès pour venir me persécuter!

CHAPITRE XXVIII

COMMENT L'AME DE SÉLIKA PRIT SON VOL

Quel voyage! quel voyage! il faudrait être Homère ou Virgile pour le décrire avec tous ses détails bizarres.

Comment raconter les divers incidents qui se produisirent dans les compartiments occupés par les personnages que nos lecteurs connaissent?

Le compartiment de Chaducul fut surtout le théâtre de plusieurs scènes assez curieuses; mais n'insistons pas.

La situation la plus difficile était celle de Laripette.

Il eut soin, fort heureusement, de tirer le rideau abat-jour sur la lampe du wagon, de façon à donner une obscurité complète. Quand il pressait le genou de Marthe ou de Gilda, il avait besoin de ne pas être surpris par Pauline, et, quand il cueillait un baiser silencieux sur les lèvres de la colonelle, il ne fallait pas que la présidente et la plumassière pussent s'en apercevoir.

Dans ce wagon, la nuit fut donc relativement calme.

Le jour parut. Partout on admirait le beau paysage qui se déroulait rapidement sous les yeux émerveillés des voyageurs du train.

A Toulouse, il y eut un arrêt important. Il s'agissait de donner aux voyageurs le temps de déjeuner au buffet.

Mme Mortier, tout en avalant à la hâte un potage bouillant, se demandait quel était ce troupeau de jolies pèlerines dont ses deux confesseurs s'étaient constitués les bergers.

Chaducul, particulièrement, l'intriguait.

Jamais le vicaire de Saint-Germain-l'Empalé n'avait été aussi frétillant.

Il sautait au cou de toutes les dames qui se trouvaient au buffet, sur le quai, dans les salles d'attente. Il les embrassait avec effusion, et s'excusait immédiatement auprès de chacune en disant :

— Je vous demande mille pardons, madame; mais je

vous ai prise pour ma nièce... C'est étonnant comme vous lui ressemblez!

La présidente pensait en elle-même :

— Bien sûr, il y a quelque mystère là-dessous. Ce scélérat de Romuald n'a pas autant de nièces qu'il veut bien le dire, et il n'est nullement capable d'une telle quantité de méprises. Il faudra que j'aie le cœur net de cela.

Enfin on arriva à Lourdes.

Robert, sitôt descendu à l'hôtel, se fit apporter tous les journaux du département et les parcourut avec avidité.

Soudain, il s'arrête dans sa lecture, se frotte les mains avec joie et dit :

— J'ai mon affaire.

— Quelle affaire? interrogent les trois dames anxieuses.

— Je reprends le train...

— Déjà ?

— Je vais à Argelès.

— Eh bien, et la grotte? et le pèlerinage?

— Je ne vous ai jamais dit que je me rendais à Lourdes pour un pèlerinage.

— Ah bah !... et alors ?

— Lourdes n'était pas pour moi un but définitif de voyage, mais un centre d'orientation.

— Cependant...

— Et voilà; maintenant, je suis orienté. C'est à Argelès qu'il faut que j'aille.

— Je vous y suivrai, monsieur Robert, conclut la présidente.

Et la plumassière, et la colonelle, de répéter à leur tour :

— Je vous y suivrai.

Laripette promit toutefois de revenir à Lourdes et de rendre visite à la grotte à son retour d'Argelès, s'il réussissait dans ce qu'il espérait.

De Lourdes à Argelès, il n'y a pas loin.

Robert et ses trois compagnes retiennent des chambres sitôt arrivés. Après quoi, on fait un tour dans la ville.

A l'angle formé par deux rues, Laripette réclame une halte et montre une majestueuse affiche :

— Voici ce que je cherche, dit-il.

Marthe, Gilda et Pauline n'en reviennent pas.

Elles lisent l'affiche.

— « Théâtre Athanase Perrimet », ainsi était intitulé le placard. Troupe extraordinaire. Ce soir, grand opéra : l'AFRICAINE, avec introduction de quelques airs de la *Fille Angot* appropriés à la circonstance. Le rôle de Sélika sera tenu

par une véritable négresse, la belle Tatakoukoum, qui
chante dans la perfection et pèse trois cent quatre-vingts
livres. Au second acte, elle montrera ses mollets, les deux;
ils sont noirs l'un et l'autre. Le directeur de la troupe,
M. Athanase Perrimet, remplira, avec la distinction qui le
caractérise, le personnage de Vasco de Gama. Le mancenillier de la fin sera compliqué de quelques serpents, dont trois
à sonnettes; on entendra les sonnettes. Avant la chute définitive du rideau, il y aura une surprise : l'âme de Sélika
s'envolera vers les cieux sous la forme de Cachemire ».

Les trois amoureuses de Robert étaient de plus en plus
intriguées; lui se frottait toujours les mains.

Il était radieux.

— Que signifie? demanda Marthe.

Laripette mit le doigt sur l'affiche, à l'endroit où s'étalait
en grosses majuscules le nom de Cachemire.

— Eh bien? fit Pauline.

— Cela signifie, dit Robert, que dans quelques instants
nous allons voir Cachemire.

Ils dînèrent à la hâte et il emmena ces dames au théâtre
Perrimet. La soirée fut très gaie.

L'impressario avait pratiqué pas mal de coupures dans
l'opéra de Meyerbeer. Vu l'insuffisance de la troupe, il
avait notamment supprimé le tribunal des inquisiteurs, mais
le rusé compère n'avouait pas le vrai motif de cette suppression.

— Mesdames et messieurs, dit-il entre deux ritournelles,
nos sentiments catholiques ont éprouvé le besoin de se mani-
fester d'une manière éclatante dans une contrée où brille
l'esprit le plus pur de dévotion. Vous comprendrez, messieurs et dames, qu'à deux pas du respectable sanctuaire de
Lourdes, il serait de mauvais goût de représenter le tribunal
de la sainte inquisition...

— Bravo! bravo!

— Mettre sur la scène des cardinaux et des évêques ne
nous convient pas. Nous ne sommes pas de ceux qui insul-
tent chaque jour l'Eglise... notre mère!

Les applaudissements furent frénétiques.

Aussi l'acte de la prison eut un succès prodigieux.

Vasco de Gama jongla avec des poids de cent kilos, afin
de démontrer que, s'il restait captif, c'était parce qu'il le
voulait bien.

Sélika exhiba ses mollets, les deux, ainsi que l'avait promis l'affiche. Depuis l'aventure du mollet blanc, Perrimet
cirait sa femme des pieds à la tête pour éviter toute ani-

croche, et il priait les spectateurs de constater que la belle
Tatakoukoum était entièrement négresse.

La scène capitale de l'opéra était celle du mancenillier;
les spectateurs l'attendaient en trépignant d'impatience.

Vasco de Gama a entremêlé un peu de tyrolienne à ses
chants d'amour :

> Vers toi, mon idole,
> Laïtou !
> Tout mon cœur s'envole,
> Laïtou !
> Et pour toi j'immole,
> Laïtou !
> Ma gloire à venir.
> Troulala,
> Troulala,
> Lanlaire,
> Troulala lala laïtou !
>
> D'amour frémissante,
> Laïtou !
> Mon âme est brûlante;
> Laïtou !
> L'espoir et l'attente,
> Laïtou !
> La font tressaillir.
> Troulala,
> Troulala,
> Troulala,
> Troulala, lala laïtou-ou-ou !

C'est du Meyerbeer arrangé. Le public d'Argelès, qui ne
connaît l'*Africaine* que par ouï-dire, est charmé de cette
musique aussi extraordinaire que la troupe. On bat des
mains à se les rompre. On jette aux artistes des couronnes
champêtres, des bouquets rustiques, dans lesquels il y a du
thym et toutes sortes de fleurs sauvages. Bref, c'est un
triomphe colossal : le qualificatif, du reste, est d'actualité.

Les spectateurs s'intéressent de bonne foi à la jalousie
d'Inès; ils trouvent que Vasco de Gamo est un grand navi-
gateur, mais que, comme homme privé, il est d'une perfidie atroce à l'égard de cette pauvre Sélika. Somme toute,
selon la donnée même de l'opéra sérieux, l'Africaine est, on
le sait, une par trop bonne fille; et quelques braves gens
d'Argelès ne se gênent pas pour le lui dire, lorsqu'elle
ordonne à Nélusko de favoriser le départ de son infidèle
époux avec Inès, c'est-à-dire avec Mlle Zodiaque.

Les interpellations ne sont pas ménagées à la belle Tata-koukoum.

— Mais, madame, lui crie une grosse mère, c'est un monstre que votre mari !

— C'est moi qui enlèverais le chignon à cette Inès de malheur ! clame une autre.

Enfin, nous voici en plein mancenillier ; le régisseur de la troupe, le clown Tirelampion, éprouve le besoin de venir expliquer au public ce que c'est que cet arbre terrible. Il faut mettre les points sur les i, quand on s'adresse au public d'Argelès.

— Mesdames et messieurs, dit Tirelampion, le dernier acte que nous allons avoir l'honneur de représenter devant vous est particulièrement intéressant, et nous ne saurions trop le recommander à votre attention. En même temps que vous allez entendre les plus suaves morceaux du plus beau des opéras, vous vous instruirez, vous assisterez à un cours d'histoire naturelle. *Castigat ridendo mores,* a dit **Victor Hugo** dans une de ses meilleures ballades.

Deux ou trois enthousiastes applaudissent le nom du poète si intempestivement mêlé à ce boniment grotesque.

— Quoique personnage muet, l'arbre que voici, ce superbe mancenillier (le décor représente, tant bien que mal, un palmier garni de noix de coco) va jouer un rôle considérable dans l'action. Son ombre, messieurs et dames, son ombre trompeuse cache, sous les caresses d'une douce brise, le plus foudroyant des poisons. Vous allez voir à l'œuvre cet arbre étonnant que l'humanité doit au sol d'Afrique. Ah ! messieurs et dames, quand on songe au mancenillier, on se demande avec terreur comment il se fait qu'il y a encore des Arabes en Algérie !

— Vivent les braves Algériens ! crie un monsieur chauve en agitant son foulard de soie rouge.

— A bas la Commune ! fait un vieux légitimiste, à la voix cassée, qui croit à une manifestation de la part du monsieur chauve et prend son foulard pour le drapeau san-glant de l'insurrection de 1871.

Cet échange d'exclamations occasionne quelque tumulte ; néanmoins, le calme ne tarde pas à se rétablir.

La belle Tatakoukoum paraît. Elle assiste au départ du navire qui emporte son mari et sa rivale. Elle se couche à l'ombre mortelle du fameux mancenillier, et, tandis qu'elle est là, couchée sur le dos, voici que du tronc de l'arbre des-cendent dix à douze couleuvres inoffensives, apprivoisées ; ce sont les serpents de l'affiche, dont trois à sonnettes.

En effet, l'orchestre s'arrête, et l'on entend distinctement des sonnettes qu'Athanase Perrimet fait tinter dans la coulisse.

Un loustic du parterre observe tout haut qu'un des serpents a sa sonnette fêlée, ce qui provoque un murmure réprobateur dans l'assistance.

Les couleuvres s'enlacent autour de Tatakoukoum, qui pousse un grand cri, et Nélusko vient en chantant, sur un ton lugubre, recueillir son dernier soupir.

Voici le moment solennel, le moment de la surprise.

D'après la programme de Perrimet, l'autruche à laquelle il a donné le nom de Cachemire, doit s'élancer de derrière le tronc de l'arbre vers les frises de la scène, pour représenter, sous une forme palpable, l'âme de Sélika qui monte au ciel.

Mais le saltimbanque a compté sans Laripette.

A peine l'autruche a-t-elle paru que la voix de Robert retentit :

— Pélagie !

Marthe, Pauline et Gilda se regardent.

— C'est elle, disent-elles à leur tour.

Pélagie a reconnu la voix de son maître ; elle tend son cou en avant, dans la direction du public. Robert répète le nom authentique de l'aimable bête, et celle-ci, n'hésitant plus, se précipite, non vers les frises, mais sur l'orchestre, avec un battement d'ailes joyeux, car elle a aperçu Laripette.

Pour le coup, la salle est dans le délire. Les trois quarts des citoyens d'Argelès, présents à cette scène mémorable, s'imaginent que c'est le vrai dénouement de l'opéra, que c'est en cela que consiste la surprise, et sont littéralement émerveillés.

Quant à Perrimet, il saute au milieu des spectateurs et s'apprête à disputer Pélagie à son véritable et légitime propriétaire.

Tandis que Robert et le saltimbanque sont aux prises, le rideau tombe au milieu du tumulte. Les employés de service éteignent quelques quinquets, et la foule se retire. Alors, a lieu au vestiaire une explication entre les deux hommes qui revendiquent l'autruche.

— Elle est à moi, et bien à moi, dit Perrimet. Je l'ai achetée à des Zoulous.

— Allez conter cela à d'autres ! répliqua Laripette. Vos Zoulous, je les connais... C'est un vieux filou de portier, nommé Orifice, qui ous a donné ou vendu mon autruche, laquelle s'appelle Pelagie et non Cachemire !...

Au surplus, comme l'essentiel était pour lui de savoir d'une manière précise où se trouvait l'animal, notre ami Robert se soucia peu de laisser Pélagie une nuit de plus au pouvoir des saltimbanques.

Seulement, le lendemain matin, dès la première heure, il se rendit auprès du brigadier de gendarmerie, et lui exposa son cas.

Le brigadier remplissait à Argelès les fonctions de chef suprême de la police. Il écouta complaisamment le récit de Robert, tout en lançant des œillades assassines aux trois dames qui l'accompagnaient.

Les droits de propriété de Laripette ne laissaient aucun doute. Il avait pour lui le témoignage très affirmatif de Mme Paincuit, de Mme Campistron de Bellonnet, une colonelle, et de Mme Mortier, épouse d'un président au tribunal de Paris. En outre, notre homme soumit au brigadier un document concluant : la copie de l'assignation qu'il avait reçue de son propriétaire, pour entendre prononcer la résiliation du bail à cause de l'autruche.

Athanase Perrimet fut mandé auprès du brigadier, qui recommanda à ses pandores d'amener aussi Pélagie.

L'intelligente bête se précipita de nouveau vers son maître aussi qu'elle l'aperçut, et le brigadier déclara que « la confrontation » avait complètement fait la lumière.

En conséquence, le saltimbanque fut mis en demeure de restituer l'autruche à Laripette.

Inutile d'ajouter qu'Athanase s'exécuta, mais en rechignant.

CHAPITRE XXIX

AUTOUR D'UNE SOURCE MIRACULEUSE

Miraculée, être miraculée, tel était le rêve de Scholastique. Lâcher d'un cran Irlande et Scholastique pour aller batifoler un brin avec les Maçonnes de l'Amour, tel était le rêve de l'abbé Groussofski ; nous donnerons désormais ce nom au pompier ensoutané, puisque c'est sous ce nom seul qu'il est actuellement connu de tous.

Notre aumônier des vieilles filles voyait à deux pas de lui « ses nièces » sous la conduite de Chaducul et du curé de Saint-Germain, et il ne pouvait pas aller faire, « le neveu » avec elles, sous peine de compromettre sa situation.

Pendant le voyage, il s'était risqué à dire une ou deux fois à ses compagnes décharnées :

— Voilà des jeunes filles bien édifiantes !

Il aurait voulu se faire autoriser à aller lier connaissance avec elles, le pèlerinage justifiant cette familiarité : mais Irlande et Scolastique étaient sourdes quand on leur parlait de jeunesse ; elles firent donc semblant de ne pas avoir entendu.

Toutefois, l'abbé Groussofski, à une station, eut le temps d'échanger quelques mots avec son collègue Chaducul, qui était descendu du train pour acheter une petite gourde remplie de cognac :

— A quel hôtel descendez-vous ?

— Au Grand Hôtel de la Chapelle, parbleu !

— Pourquoi votre parbleu ?

— C'est celui tenu par Soubirous.

— Soubirous !... qu'est-ce que c'est que ça ?

— On voit bien que vous arrivez de Varsovie... Cependant, le miracle de Lourdes est connu du monde entier...

— Oui, je sais... une bergère... la sainte Vierge...

— Eh bien, la bergère à qui la sainte Vierge est apparue se nomme Bernadette Soubirous.

— Ah ! j'y suis !... Alors, vous allez loger chez la bergère ?... Farceur !

— Mais non... Soubirous de l'hôtel de la Chapelle est un parent de Bernadette.

— Bien, bien.

En remontant dans son compartiment, l'abbé Groussofski ne manqua pas de dire aux deux vieilles filles :

— A propos, avez-vous un hôtel attitré?

— Non, répondit Irlande, c'est la première fois que nous allons à Lourdes.

— Alors, cherchons dans l'Indicateur.

Il ouvrit le livre des chemins de fer et parcourut la page des annonces d'hôtels. Puis, tout à coup, comme frappé d'une inspiration subite :

— Soubirous! s'écria-t-il. Il y a un Soubirous qui tient un hôtel juste en face de la grotte... Ce doit être un parent...

— De la bergère, ajouta Scholastique.

— Voilà notre hôtel, conclut Irlande.

Groussofki était ravi. Arrivé à destination, il eut soin de demander trois chambres. En vain Scholastique et Irlande insistèrent pour prendre une chambre à deux lits pour elles; l'aumônier s'y opposa.

Elles invoquaient l'économie. Il répondit en alléguant qu'à deux pas de la grotte où la sainte Vierge était apparue en chair et en os, deux personnes du beau sexe, si demoiselles qu'elles fussent, ne pouvaient se déshabiller dans la même chambre. Groussofski, en exigeant cela, avait son plan.

Le soir venu (on était arrivé trop tard pour pouvoir se rendre au sanctuaire), on se donna le bonsoir, et chacun s'en fut se coucher chez soi. Les trois chambres étaient contiguës.

L'abbé Groussofski tira le verou de sa porte de communication; au contraire, Irlande et Scholastique ouvrirent la leur.

— Cela me fait peur, dit Irlande, de penser que je vais coucher toute seule dans une chambre d'hôtel.

— Et moi donc ! répondit Scholastique. Si un voleur venait nous égorger ?...

— Il faut cependant obéir à notre aumônier.

— Oui, sans cela, ce ne serait pas la peine d'en avoir un.

Irlande eut une idée.

— Embrassons notre descente, dit-elle à voix basse à sa sœur, et faisons une prière, le visage contre le sol. Ce sera une mortification, et en même temps, nous verrons s'il n'y a pas de voleur caché sous le lit.

Elles se livrèrent aussitôt à cet examen. Sous prétexte d'embrasser le sol, elles examinèrent le dessous de chaque lit. Ce fut en poussant un soupir de satisfaction qu'elles se relevèrent : il n'y avait pas de voleur et elles pouvaient se livrer au sommeil en toute quiétude.

Bien entendu, elles fermèrent à clef les portes qui donnaient sur le couloir et se contentèrent de pousser la porte de communication qui donnait accès d'une chambre à l'autre.

L'abbé Groussofski passa une nuit très calme. Il se réservait pour la suivante et avait du reste besoin de repos; le voyage, fait d'une seule traite, l'avait beaucoup fatigué.

Le lendemain matin, de bonne heure, il conduisit Irlande et Scholastique à la basilique. Il dit sa messe dans une des chapelles latérales; puis, on visita la grotte.

Il y avait autour de la piscine une collection variée d'estropiés de toutes espèces. Tout ce monde-là geignait et invoquait la madone. Quelques-uns, par-ci par-là, se mettaient en caleçon de bain, ou même en chemise, et plongeaient dans la piscine. Scholastique ne fut pas la dernière à piquer sa tête. Au sortir du bain, elle déclara qu'elle éprouvait un mieux très sensible. Le diable, très probablement, se décidait à déguerpir.

Pendant ce temps, quelques curés circulaient dans la foule, et, hommes pratiques avant tout, faisaient une petite collecte.

Groussofski, lui, ne pensait guère à la monnaie ; il avisa une fillette de dix-huit ans environ, qui était sans aucun doute originaire du pays. Abusant du privilège que lui valait sa soutane, il lui fit quelque peu la cour, la prit par le menton et l'embrassa, en affirmant que rien ne pouvait mieux le sanctifier qu'une caresse donnée à une jeune personne née dans une région si fertile en miracles. Mais ce n'était là qu'un apéritif. L'aumônier des demoiselles Duverpin attendait le soir avec impatience.

Il ordonna aux deux sœurs de dire une quantité considérable de rosaires à genoux devant la statue de la basilique, et, les quittant, annonça qu'il reviendrait les prendre dans une heure ou deux.

Elles ne firent aucune objection.

Le rusé compère s'en fut alors par la ville.

Il demanda l'adresse d'un médecin.

Bien que Lourdes soit la capitale des miracles, les médecins y abondent. C'est curieux, mais c'est comme cela.

On lui donna cinquante adresses pour une.

Groussofski re rend auprès du disciple d'Hippocrate et lui tient ce langage :

— Monsieur le docteur, je suis malade sans l'être. Je suis venu à Lourdes pour accompagner un pèlerinage. Je n'ai pas fait le trajet de Paris au sanctuaire afin de me guérir, vu qu'en temps ordinaire je suis très bien portant. Mais, cela tient-il à la fatigue du voyage, au changement de climat, à l'influence de la température? Je l'ignore. Toujours est-il que je souffre horriblement de la tête. Tenez, je n'ai pas pu fermer l'œil depuis quatre nuits. Une simple migraine ne vaut pas la peine de demander un miracle à la Vierge; aussi, je me contente, pour cette vétille, de recourir à la science des hommes.

Comme on le voit, l'abbé avait accompli des progrès depuis qu'il s'était installé le confesseur et en même temps l'élève des demoiselles Duverpin; il ne commettait plus de cuirs et s'exprimait même avec une certaine facilité.

Le docteur répondit :

— Monsieur l'abbé, votre migraine m'a l'air d'être une bonne et solide névralgie, et vous avez raison d'être venu me rendre cette visite.

— Il me faudrait, insinua l'autre, quelque drogue de nature à me faire dormir cette nuit comme un sac de plomb.

— Je vois ce que c'est. Vous devez être enclin à la colère?

— Oui, je n'aime pas qu'on me taquine.

— Vous dînez copieusement? ·

— Dame!...

— Vous buvez de même?

— Évidemment.

— Avez-vous jamais eu la fièvre typhoïde?

— Jamais.

— Très bien, vous pouvez l'avoir. La fièvre typhoïde est toujours précédée d'une violente migraine.

— Merci, je n'en veux pas.

— Éprouvez-vous des lancements dans la région du cerveau?

— Des lancements?

— Oui, des petites douleurs vives, arrivant comme par lancées, comme si vous receviez des coups d'aiguille?

— Parfaitement, parfaitement.

— C'est à ravir. Vous avez une céphalalgie lancinante. Je vais vous rédiger une ordonnance.

— Rédigez tout ce que vous voudrez, monsieur le docteur; mais, avant tout, n'oubliez pas de me donner une drogue qui me fasse dormir cette nuit comme une masse de mille quintaux.

— N'ayez aucune inquiétude. Je ne dis pas qu'on pourra tirer le canon sans parvenir à vous réveiller; mais vous serez dans un état de somnolence très convenable.

Et le docteur rédigea son ordonnance. Il y avait une bonne dose d'opium dans la potion qu'il prescrivait.

L'abbé paya sa consultation et courut tout droit chez un pharmacien. Il se fit confectionner séance tenante sa drogue et réclama l'ordonnance, qu'il alla porter ensuite chez un second pharmacien. Cela lui fit donc deux potions soporifiques.

Après quoi, il retourna à la basilique, chercher les vieilles filles.

Nul incident ne marqua la journée.

Le soir, Groussolfski s'aboucha avec Chaducul.

— Vous êtes un heureux veinard, lui dit-il, vous, avec votre pensionnat de demoiselles; mais j'ai trouvé, moi, du meilleur fruit...

— Ah! bah!

— Une aventure piquante...

— Contez-moi ça.

— C'est dans notre hôtel... Chambre 83...

Il termina sa confidence dans l'oreille du vicaire de Saint-Germain-l'Empalé.

Chaducul rit beaucoup en l'écoutant.

— Et elle ne s'est doutée de rien? interrogea-t-il quand Groussofski eut terminé son récit.

— De rien; elle s'est laissé faire; elle a avalé l'apparition comme si c'était une pilule au sucre de pomme.

— Quel numéro de chambre m'avez-vous dit?

— 83... Et je vous le répète, charmante, délicieuse, adorable... Des formes de statue grecque!

Un quart d'heure après, il versait une confidence analogue dans l'oreille de l'abbé Huluberlu, affectant le même procédé mystérieux. Seulement, quand le curé se fit répéter le numéro de la chambre, Groussofski lui dit:

— Numéro 84.

Huluberlu avait la figure rayonnante.

Ce jour-là, le journal officiel du sanctuaire enregistra beaucoup de miracles.

Mais ces miracles n'étaient que de la petite bière: des entorses guéries, des torticolis soulagés, des fièvres calmées. Un double prodige, bien autrement considérable se préparait.

Après celui-là, il faudrait tirer l'échelle.

CHAPITRE XXX

SUITE DE L'ALBUM DE LARIPETTE

Robert — avons-nous besoin de le dire? — était au comble de la joie. Il avait retrouvé Pélagie. Son bonheur lui fit oublier un moment la fausse situation dans laquelle il se trouvait avec ses trois maîtresses sur les bras.

Aussi, déclara-t-il que ce soir-là il ne pouvait sacrifier à Vénus et qu'il préférait s'abandonner à l'inspiration pour ajouter quelques pages à son album.

Il écrivit donc de sublimes choses :

I

Catéchisme du Parfait Cocu.

D. — Qui vous a créé et mis au monde?

R. — On n'est jamais sûr de celui qui a fait le coup.

D. — Pourquoi avez-vous été créé et mis au monde?

R. — Pour la gloire des Don Juan et le bonheur de nos chastes moitiés.

D. — En quoi consiste le vrai cocuage?

R. — Le vrai cocuage consiste à l'être et à l'ignorer.

D. — Qu'est-ce que le cocuage de convention?

R. — C'est un cocuage par à peu près, indigne de tout honnête et respectable cocu.

D. — Doit-on le dire?

R. — Non, on ne doit pas le dire.

D. — Que faut-il à un cocu pour être heureux?

R. — Il faut qu'il soit persuadé qu'il ne l'est pas.

D. — En quoi le cocu ressemble-t-il à la masse des citoyens?

R. — En ce qu'il a, comme tous, des droits et des devoirs.

D. — Quels sont les droits du cocu?

R. — De faire gagner les marchands de chapeaux.

D. — Quels sont les devoirs du cocu?

R. — De faire gagner les fabricants de bougies.

D. — Doit-on le dire?

R. — Non, on ne doit pas le dire.

D. — Un cocu doit-il aimer sa femme?

R. — Il doit l'adorer.

D. — Un cocu doit-il aimer celui qui lui en fait porter?

R. — Ce doit être son meilleur ami.

D. — Pour gagner le paradis des cocus, combien un cocu doit-il avoir de chevrons?

R. — Trois, au minimum.

D. — Quel est le maximum du cocuage?

R. — Il n'y en a pas.

D. — Doit-on le dire?

R. — Non, on ne doit pas le dire.

D. — Quelles sont les vertus du parfait cocu?

R. — La foi en la fidélité de sa femme, l'espérance d'avoir un moutard, et la charité à l'égard de tous ses amis.

D. — Quels sont les péchés capitaux qui empêchent un cocu d'arriver à la perfection?

R. — 1º L'orgueil, un cocu doit avoir confiance en sa femme et non en lui-même; 2º l'avarice, un cocu ne doit pas craindre de dépenser son argent pour donner des soirées à ses amis; 3º l'envie, un cocu doit se contenter de son cocuage et ne pas souhaiter celui de ses connaissances plus favorisées; 4º la luxure, un cocu doit l'être, mais il perd tout mérite, s'il prend sa revanche; 5º la gourmandise, un cocu doit se priver et conserver au cousin de son épouse tous les meilleurs morceaux; 6º la colère, plus un cocu est cocu, plus il doit être aimable et souriant; 7º la paresse, un cocu ne doit ni craindre les voyages ni s'attarder trop longtemps dans son lit.

D. — Doit-on le dire?

R. — Jamais!

BEAUX TRAITS DE COCUS

POUR FAIRE SUITE A LA « MORALE EN ACTION »

Comment un Cocu sauva la ville de Noisy-le-Sec, assiégée par les pirates de l'île de la Grande-Jatte. — C'était en l'an 1452, les pirates de l'île de la Grande-Jatte faisaient le siège de Noisy-le-Sec depuis sept ans et neuf mois, sans que la ville ait manifesté la moindre velléité de se rendre.

Les Noisy-le-Secquois montraient au monde étonné qu'ils

étaient tous des héros; rien ne pouvait les faire faiblir : aucune privation ne réussissait à leur faire arborer le honteux drap de lit de la capitulation.

La famine était impuissante.

Le bombardement était obligé de s'avouer vaincu.

Cependant, à la tête de l'armée assiégeante, était un rude-à-poil qui, depuis sept ans, disait tous les matins, en se faisant la barbe : « Tonnerre de Brest! cela ne peut pas durer comme ça! Ces Noisy-le-Secquois me la font à l'oseille. »

Kroutt-de-Pâté (c'était le nom du pirate redoutable) avait des intelligences dans la place.

Grâce à un Espagnol complaisant, — il y a des Espagnols complaisants partout, — il entretenait des relations criminelles avec la femme d'un des notables gardes nationaux de la ville assiégée.

Une guérite d'octroi, située au creux d'un vallon, servait de rendez-vous aux deux amoureux pendant la journée et les nuits d'armistice.

Un soir, Kroutt-de-Pâté apporta à celle dont il était aimé, un petit paquet soigneusement ficelé et lui dit :

— « Héliotrope, si vous êtes capable de dévouement pour moi, ce soir, vous ferez à votre époux une soupe avec le contenu de ce paquet. »

Héliotrope baissa les yeux, soupira, embrassa le pirate, et promit.

Et le soir, notre cocu, qui devait être de faction sur les remparts, mangea une abondante soupe aux haricots; non pas une soupe aux haricots ordinaires, mais de ces haricots rouges, à quadruple détonation, dont les effets sont terribles et les ravages plus célèbres que ceux du feu grégeois.

Tout avait été ingénieusement combiné.

Les pirates devaient profiter du moment où le factionnaire aux haricots se tordrait dans les convulsions d'une colique atroce pour escalader le rempart dont il avait la surveillance.

De plus, la criminelle Héliotrope avait eu la perfidie de faire prendre à son mari avant son dîner deux verres d'Amer Picon, et, grâce à l'appétit irrésistible qu'engendre toujours cette bienfaisante liqueur, notre cocu s'était littéralement bourré de haricots.

Mais on avait compté sans le courage de notre héros, qui, surmontant ses douleurs, était encore à son poste, accroupi derrière un créneau, au moment où le féroce Kroutt-de-Pâté calculait qu'il devait être dans des lieux plus reculés.

A minuit un quart, les pirates commencèrent l'escalade.

13

Déjà l'avant-garde enjambait les murailles de Noisy-le-Sec,
lorsque le mari d'Héliotrope, comprenant qu'il y avait un
danger à repousser et cédant d'ailleurs à une pression intérieure d'une violence terrible, envoya en plein nez des assail-
lants une formidable explosion de feu grisou.

L'effet fut instantané.

L'armée ennemie entière, froudroyée, tomba dans les
fossés

Noisy-le-Sec était délivré, et ses habitants purent, dès le
lendemain, cesser de se nourrir de fourreaux de parapluies
et de cartons à chapeaux.

* *

*Comment un cocu sauva dans un incendie une malheureuse
mère de famille, veuve, sans enfants.* — A la suite d'une conversation amoureuse tenue entre une jeune boulangère et
un marchand de coco, l'échoppe du cordonnier de la place
Maubert avait pris feu.

Les flammes envahissantes dévoraient l'édifice, léchant
son bois vermoulu et s'élevant menaçantes vers le ciel.

Au troisième étage de la maison à laquelle était adossé
le monument, apparaissait une malheureuse créature que
le danger avait rendue folle et qui criait dans son désespoir :

— Oh ! je brûle ! je brûle ! Faites-moi monter un bock !

Personne n'osait se hasarder à aller lui porter secours.

Les pompiers disaient :

— Nous sommes là pour éteindre et non pas pour autre
chose ; ça ne nous regarde pas.

Tout à coup, passe un cocu très connu du boulevard Saint-
Germain.

Que fait cet homme ?

Dans un moment d'inspiration sublime, il présente une
de ses cornes à la pauvre femme que le feu allait dévorer,
et celle-ci, en saisissant le bout du haut de son troisième
étage, descend sans encombre au milieu de la foule qui
applaudit.

* *

*Comment un cocu préserva d'un danger mortel la virginité
de Céline Montaland.* — C'était au bal de l'Opéra. A cette
époque, le sultan de Zanzibar était de passage à Paris ; on
n'a pas oublié que ce monarque se piquait d'être un lettré
de son pays et qu'il était en outre d'une galanterie à en-
foncer Salomon.

Mme Bicoquet avait envoyé au bal de l'Opéra son bonhomme de mari, afin d'entendre pendant ce temps-là la lecture d'une tragédie, en cinq actes, du sultan de Zanzibar : la
lecture devait lui être faite par l'auteur en personne.

M. Bicoquet s'ennuyait à six francs l'heure au milieu de la foule des masques, et, pour être reconnaissant à
sa femme de la confiance qu'elle lui témoignait en l'en-
voyant dans un bal public, il n'avait pas encore fait la
moindre invitation.

Or, parmi les danseuses, il y avait Céline Montaland, et,
parmi les masques, il y avait un ours. Et cet ours avait l'œil
plein de cruauté. Les danseurs se demandaient même avec
effroi si ce n'était pas un ours « pour de vrai », échappé de
sa fosse du Jardin des Plantes.

Quoi qu'il en soit, cet ours suivait d'un regard féroce l'ap-
pétisante Céline.

... Et, pendant ce temps-là, chez M. Bicoquet, le sultan
de Zanzibar s'apprêtait à lire sa tragédie ..

Soudain, l'ours qui tournait depuis longtemps autour de
la proie convoitée, profite d'un quadrille et s'élance sur
l'infortunée danseuse ; mais, — ô surprise ! — au moment
où il allait atteindre Céline, une corne gigantesque s'élève
entre elle et lui et le transperce de part en part.

C'était une magnifique corne en bois d'ébène du plus
beau noir, qui venait de pousser subitement sur le front de
M. Bicoquet.

CHAPITRE XXXI

OU LE PAPE PIE IX, QUOIQUE MORT, FAIT SES FARCES

Irlande et Scholastique dînèrent ce soir-là copieusement.

Leur aumônier les exhorta à prendre une nourriture abondante, et lui-même donna l'exemple.

Après le dessert, il ordonna au garçon de monter le thé à l'une des trois chambres.

— Du thé pour trois personnes, commanda-t-il, et un flacon de sirop de groseille.

Quand on fut dans la chambre, il dit aux deux sœurs :

— Nous prendrons le thé à la mode polonaise.

— Comment ça?

— Avec du sirop en guise de sucre... Vous verrez... c'est succulent.

L'après-midi, Groussofski s'était fait monter un flacon de groseille, l'avait vidé dans le seau de la toilette, et avait remplacé ce sirop par la double potion soporifique qu'il s'était fait confectionner. Il était impossible, à l'œil, de s'apercevoir de la substitution.

Quand on servit le thé, il avait dans la poche le flacon ainsi préparé.

Le garçon déposa sur le guéridon de la chambre un plateau où se trouvaient la théière, trois tasses et du sirop de groseille.

Groussofski, afin d'écarter toute défiance de l'esprit des deux vieilles filles, se servit le premier et opéra le mélange. C'était loin d'être succulent; mais, en goûtant le breuvage, il réussit à ne pas esquisser une horrible grimace.

Puis, il versa le thé dans les tasses destinées à Irlande et à Scholastique, et, au moment où il allait y mêler la groseille, il dit tout à coup :

— Diable, il y a ici un courant d'air; on dirait que vous n'avez pas fermé vos fenêtres.

En effet, les fenêtres des deux chambres voisines étaient grandes ouvertes. Les vieilles filles coururent les fermer.

Pendant ce temps, en un clin d'œil, Groussofski fit dispa-

raître le flacon de vraie groseille, et, quand ses deux pénitentes revinrent, il tenait à la main le flacon de soporifique;
potion d'un beau rouge et liquoreuse.

Il versa dans chaque tasse une bonne dose.

Après quoi, il eut l'aplomb de trinquer.

— A l'amitié! dit-il, et surtout à la guérison complète de
mademoiselle Scholastique!

Les deux vieilles filles répondirent par un toast à leur aumônier et burent.

Il paraît que la potion était artistement préparée; car
elles affirmèrent que le thé à la polonaise était une délicieuse invention.

On causa encore quelques minutes avant de s'en aller
coucher. On s'entretint au sujet de la ferveur que l'on avait
remarquée chez les pèlerins et les pèlerines; on parla de la
beauté pittoresque des Pyrénées et de la limpidité de la
source miraculeuse.

Ensuite, comme Irlande et Scholastique déclarèrent
éprouver le besoin de dormir, elles se retirèrent, et la séance
fut levée. On se dit au revoir pour le lendemain matin.

Une demi-heure après, Groussofski ouvrait sans bruit la
porte de communication qui séparait sa chambre de celle
de Scholastique. Il écouta. Celle-ci dormait d'un profond
sommeil.

Il franchit l'autre porte, entra dans la troisième chambre;
Irlande ronflait comme un orgue en plein *Magnificat*.

Alors, comme chacune des deux demoiselles avait fermé à
double tour sa porte donnant sur le corridor, il fit jouer la
clef dans la serrure de façon qu'on pût entrer sans difficulté,
et il se retira chez lui, fermant sur son passage les commu-
nications d'une chambre à l'autre.

Tandis que l'abbé-pompier avait ainsi manœuvré, Huluberlu et son vicaire s'étaient livrés, chacun à part soi, à de
curieuses réflexions.

Nous ne donnerons ici que le monologue de Romuald,
celui du curé de Saint-Germain étant identiquement le
même.

— L'aventure est mystérieuse, et, dans quelques instants,
je veux la tenter... Certainement nos jolies maçonnes sont
charmantes; mais elles n'ont pas l'attrait du fruit défendu...
Et quoi de plus stimulant encore que l'inconnu?... Allons,
préparons-nous à jouer notre rôle : la religion ne pourra
qu'en tirer bénéfice.

Il se mit en chemise; puis, sur sa chemise, il mit sa ceinture de soutane et son rabat. Il se regarda dans une glace.

— Voilà un costume un peu cocasse, se dit-il; mais baste, les dévotes n'y regardent pas de si près : elles savent que le pape porte soutane blanche ; seulement on ne leur a jamais parlé de la couleur de la ceinture et du rabat. Ma chemise jouera admirablement le rôle de la tunique du saint-père.

Le fait est que l'accoutrement était bizarre.

Il passa sa douillette par-dessus sa chemise ; ensuite il sortit de chez lui et grimpa prestement à l'étage supérieur.

Arrivé devant la porte n° 83 :

— C'est là, fit-il.

Il souffla sa bougie, tourna le bouton de cuivre de la serrure ; la porte s'ouvrit, il entra sur la pointe des pieds. La chambre était plongée dans une demi-obscurité. Les rayons de la lune donnaient en plein sur l'autre côté de la maison, de sorte que ce côté ne recevait qu'un peu de reverbération.

A travers cette lueur indécise, Romuald distinguait parfaitement la silhouette des meubles. Ici la commode ; là, le lit ; à droite et à gauche, des sièges ; un guéridon, au milieu. Il se débarrassa de sa douillette, la plaça sur un fauteuil, bien à portée, afin de pouvoir la ressaisir et s'en rhabiller vivement en cas d'accident. Puis, toujours sur la pointe des pieds, se glissant comme un chat, il s'approcha du lit, où il entendait le bruit monotone et régulier d'une respiration.

Dans la demi-obscurité de la pièce, sa chemise longue et blanche, coupée par le cordon noir de la ceinture, tranchait assez clairement.

Il se pencha sur la dormeuse. Il était palpitant de désirs; son cœur battait bien fort dans sa poitrine.

— Mon doux Jésus! murmura une voix.

C'était Irlande qui rêvait tout haut. Tant bien que mal, Romuald reconnut dans cette voix l'organe d'une personne du beau sexe.

— C'est une baronne authentique, se disait le vicaire; Groussofski me l'a affirmé.

Et il cueillit un baiser plein de fièvre sur les lèvres de la dormeuse.

Elle ne se réveilla point. Il la saisit dans ses bras et la serra avec force.

Cette fois, elle parut sortir de sa torpeur; mais ce n'était qu'un demi-réveil, le soporifique agissait encore.

— Qui est-ce? fit-elle à demi-voix.

— Chut! répondit Romuald lui parlant dans l'oreille. Je descends du ciel, mon séjour, pour vous marquer l'affection que m'inspire votre vertu. Je suis Pie IX.

— Pie IX! murmurait-elle sans quitter son état d'alanguissement.

— Voilà bien ce que Groussofski m'a dit, pensait le vicaire; elle m'accepte bien pour Pie IX; elle est en extase...

Dans la chambre numéro 84, une scène analogue se passait, ayant pour acteurs l'abbé Huluberlu et Scholastique.

Groussofski, lui, tandis que ses collègues étaient montés à son étage, s'était rendu à celui des Maçonnes; mais, au lieu de pénétrer chez elles avec mystère, il frappa à la porte; on lui ouvrit sans difficulté. Les demoiselles du pèlerinage à la Rastaquouère n'étaient pas de nature farouche.

Inutile d'ajouter qu'il fut reçu avec des transports de joie.

Ce cher Groussofski!... On n'avait fait que l'apercevoir à peine pendant tout le voyage.

— Plaignez-moi, dit-il. Avez-vous vu les atroces guenons à qui est rivée mon existence?

— Et comment as-tu pu, loulou chéri, te débarrasser en ce moment de ces crampons?

— Oh! c'est toute une histoire.

— Raconte-la nous.

— Je le veux bien, mais à une condition.

— Laquelle?

— C'est que vous vous abstiendrez de déranger ma petite combinaison.

— Nous le jurons!

Elles étaient cinq qui prêtèrent ce serment. Deux avaient ouvert à Groussofski, trois autres étaient accourues des chambres voisines; le reste du pèlerinage avait sans doute des occupations absorbantes et n'avait pu venir fêter le cher « neveu ».

Alors Groussofski expliqua qu'il avait « monté une fumisterie phénoménale » à ses deux collègues en soutane, et que, dans l'instant précis où il parlait, il y avait des apparitions de feu Pie IX à l'étage au-dessus.

Les Maçonnes s'amusèrent beaucoup à ce récit, félicitèrent l'abbé de son ingéniosité transcendante, et lui donnèrent de sérieux témoignages d'amitié en récompense de ses mérites.

On se promit bien de demander le lendemain matin à Romuald et au curé Huluberlu leurs impressions sur l'aventure dans laquelle ils jouaient un rôle actif de revenant affectueux.

Quand l'aube parut, chacun avait regagné sa chambre respective. Les deux prêtres de Saint-Germain-l'Empalé se félicitaient, chacun dans son for intérieur, de leur équipée nocturne.

Ils firent une drôle de grimace quand ils apprirent, par les Maçonnes de l'Amour, qu'ils avaient été mystifiés et que la baronne authentique de Groussofski était, pour l'un, Scholastique, pour l'autre, Irlande.

— Le tour est drôle, dit Romuald, et je serais un niais si je m'en fâchais!

— Maintenant que je sais à qui j'ai eu affaire, ajouta Huluberlu, je trouve la plaisanterie mauvaise; mais cela n'empêche pas qu'ignorant que j'étais l'objet d'une mystification, j'ai éprouvé bien de l'agrément.

— Alors, vous ne m'en voulez pas? demanda Groussofski.

— Pas le moins du monde, répondirent les deux collègues; seulement, c'est à charge de revanche.

— Vengez-vous, je vous l'accorde!

Quant aux deux vieilles filles, à leur réveil, elles ne savaient si elles devaient rougir de ce qui leur était arrivé ou s'en réjouir. Elles ne s'étaient jamais fait une idée des apparitions de ce genre : elles en éprouvaient une certaine confusion; mais elles s'avouaient néanmoins qu'elles n'avaient jamais été à pareille fête.

Elles s'abordèrent avec hésitation.

— Irlande!

— Scholastique!

— Ma sœur aimée!

— Ma sœur chérie!

— Si tu savais?...

— Si je te disais?...

— Cette nuit, figure-toi...

— J'ai eu un rêve étrange...

— Tiens! c'est comme moi, alors!

— Tu as rêvé?...

— Je ne sais pas au juste si c'est un songe...

— Tout comme moi, Scholastique... J'ai eu une apparition...

— Moi aussi.

— Ah bah!

— Une apparition de notre vénéré Pie IX...

— Pie IX!... Mais c'est lui-même également qui m'est apparu!...

— C'est un miracle, pour sûr...

— Je ne sais pas ce que j'ai éprouvé... J'avais le sommeil très lourd; mais j'ai de vagues souvenirs que ce n'était pas un rêve, à proprement parler...

— Je puis t'en dire autant... Mon apparition était en chair et en os...

— Comme la mienne... Je l'ai tâtée...

— Oui, c'est un miracle : un être non surnaturel n'aurait pas pu être dans nos deux chambres à la fois.

— Ah! quel bonheur!

— Quelle joie!

— Je tressaille encore de plaisir!

— Cette fois, bien sûr, le démon n'est plus en moi, puisque notre vénéré Pie IX a daigné me visiter... Mon âme glorifie le Seigneur!...

— Il m'a donné les baisers de l'amour divin...

— Moi aussi, il m'a témoigné toute sa tendresse...

— O ma chère sœur, je n'oserai jamais te dire jusqu'à quel point s'est manifestée sa bonté...

— Ni moi non plus... C'est un secret béni que j'enfouis au plus profond de mon cœur!

— Scholastique, je suis bien heureuse!

— Je suis bien heureuse, sœur aimée!

— Je n'oublierai jamais les ineffables joies de cette apparition.

— Toujours cette sainte nuit restera gravée dans ma mémoire.

— O Scholastique!

— O Irlande!

Et les deux sœurs, versant des torrents de larmes d'allégresse, se jetèrent dans les bras l'une de l'autre.

CHAPITRE XXXII

Ennemi déclaré de la tristesse, Robert Laripette, de plus en plus convaincu que les maris cornards contribuent au bonheur de l'humanité, écrivit encore quelques pages pour clore son album.

En marge, il mit : « d'après le *Tam-Tam*. »

***

L'Ordre Jonquille ou la Légion d'honneur des Cocus.

Cet Ordre, fondé il y a trois jours et vingt-cinq minutes, comble une lacune désolante.

L'Ordre Jonquille, exclusivement fondé en l'honneur des Sganarelles incontestés de notre bon pays de France, est excessivement remarquable. Il est en cuivre jaune, tiré des bassines qui ont servi à Mme Judic à faire ses dernières confitures d'abricots. Le milieu représente deux bois de cerf en or sur fond de gueules. Une guirlande de soucis entoure la porte Saint-Denis, qui se trouve dans le quartier senextre de l'écusson. Dans le quartier dextre, on voit aisément le mal qu'un *coq eut* pour trouver des œufs de canard.

La chancellerie est établie au bois de Vincennes, pavillon de la Porte-Jaune.

Pour statuer sur les mérites des candidats de l'Ordre Jonquille, il a été institué un comité de membres honoraires, composés de cocus notoires.

Ce sont MM. :

Axel Putiphar, un des plus vieux abonnés de la *Gazette de France*.

Cucufin Junior, aplatisseur de cornes.

Il signor Cornados, toréador en chambre.

Alphonse Lepelletier, homme de lettres, auteur du roman oriental *Les Délices de la Corne d'Or*.

Ivan Trococuskoff, fabricant de cornes pour les boulangers.

Sidi-Ahmed-ben-Koku-Oli, ponceur de cornes d'abondance.

Tien-ton-ca-ce-ci-co-cu, inventeur de cornes pour les savetiers de Nankin.

Voici maintenant les premiers cocus qui se sont présentés pour être admis à faire partie de l'Ordre Jonquille.

*
* *

Premier prétendant à l'Ordre Jonquille.

Jean-Napoléon Rigolard, quarante-cinq ans et un quart de lune, demeurant rue de la Grande-Armée, 687, et huissier à la Banque des Brouillards de la Loire, s'est marié six fois.

Pas une des épouses de ce Barbe-Bleue de la chainette n'a oublié d'agrémenter le front de cet huissier, si jovial qu'à chaque nouvelle calembredaine d'une de ses six moitiés il se tordait de rire.

Cet heureux caractère lui a fait faire son chemin.

La municipalité de Paris a décidé d'installer Rigolard dans le vestiaire du Trocadéro les jours de fête, afin d'utiliser ses six paires de bois qui serviront de portemanteau.

Nota. — Les membres honoraires de l'Ordre Jonquille ont admis Jean-Napoléon Rigolard à l'unanimité.

*
* *

Deuxième prétendant à l'Ordre Jonquille.

Eusèbe-Bonaventure Bernadoux, cinquante-quatre printemps, ayant fait dans sa jeunesse le commerce des bouts de cigares sur une grande échelle, ayant ensuite exercé la profession de Chevalier-du-Guet, actuellement fabricant de boutures de géranium pour poitrinaires et rédacteur du *Mot d'Ordre* dans ses moments perdus, s'est marié en 1847 avec une saltimbanque estimable qui, dans les foires, se posait un pavé sur le ventre et se faisait donner dessus — sur le pavé, pas sur le ventre — de grands coups de merlin par les amateurs.

Deux ans après, Bernadoux crut devoir acheter quelques boîtes de poudre insecticide pour assurer sa tranquillité et nettoyer les toiles d'araignées qui tachaient son existence.

Cela fit suer sa moitié, qui prêta une oreille complaisante aux propos d'un jeune trombone, lequel lui offrit le même soir un pain entier de « strachino de Milano. »

Le lendemain, Bernadoux ne put se coiffer qu'après avoir fait élargir le chapeau de ses pères (en poil de lapin).

Plusieurs notables de la confrérie ont recommandé chaleureusement Bernadoux au conseil de l'Ordre, vu la philosophie avec laquelle il a pris la chose et surtout à cause de la grâce qu'il déploie lorsque, après avoir épaté la galerie en faisant cinquante carambolages de suite au noble jeu de billard, il l'écornifistibule littéralement en marchant une demi-heure sur la tête en répétant sans s'arrêter : « Le *Figaro* est un journal rudement bien rédigé, mais c'est dommage qu'il y ait tant de mollusques! »

Nota. — Les membres honoraires, composant le comité de l'Ordre, tout en adressant leurs congratulations à Bernadoux, le blackboulent en chœur, en disant judicieusement que, s'ils s'amusaient à enrubanner les simples cocus, l'Ordre Jonquille prêterait à rire.

*
* *

Troisième prétendant à l'Ordre Jonquille.

Anatole Blancmignon, vingt-quatre ans et pas de corset, occupe avec sa charmante Eulalie, née de Boisflotté, un entresol au boulevard Saint-Denis, en face du fameux nègre qui sert d'enseigne à un horloger.

Ce nègre, on le sait, est grand, admirablement découplé, et sa prestance est aussi belle que celle de son compatriote le créole Paul de Cassagnac. De plus, il a une horloge dans le ventre, — pas Paul de Cassagnac, — l'autre.

Tous les matins, Eulalie Blancmignon se mettait à la fenêtre pour voir l'heure dans l'abdomen du moricaud.

Pendant quelques jours, elle concentra exclusivement ses regards sur le cadran; puis, plus tard, ses yeux se portèrent sur le nègre

— Oh! le beau blond! s'écria-t-elle en soupirant.

D'un pied furtif, l'amour venait d'entrer dans le cœur d'Eulalie.

Quelque temps après, ses traits s'altérèrent, ses yeux devinrent caves, et elle éprouva une envie frénétique de manger de la soutane d'archevêque sur les deux heures du matin.

C'était significatif.

— Des envies! clama Anatole... Je vais être père!... Je parie cent sous que je le suis!

A quelques mois de là, Eulalie donna naissance à un négrillon qui — ô fatalité! — portait une pendule dans le ventre.

Blancmignon trouva la chose étrange.

Pour comble de déveine, le négrillon sonne les heures et les demies aussi fort que le bourdon de Notre-Dame.

Et, la nuit, alors que les époux sont plongés dans les bras de Morphée, une sonnerie infernale les réveille en sursaut.

— Coucou! coucou! coucou! fait le mioche.

Deux seules choses pouvaient calmer le père exaspéré : c'était de casser le grand ressort de son fils, ou de recevoir un bout de ruban de l'Ordre Jonquille.

Nota. — Les membres honoraires de l'Ordre Jonquille ont tous voté avec attendrissement pour Anatole Blancmignon.

*
* *

Quatrième prétendant à l'Ordre Jonquille.

Joseph Pertroto, trente-trois ans, filasse et presbyte, demeurant rue des Bons-Enfants, 7 3/4, s'est marié avant-hier.

En sortant de la mairie, Joseph a constaté avec un certain étonnement que sa légitime, depuis trois minutes, éprouvait une de ces douleurs qui nécessitent impérieusement l'intervention d'une sage-femme.

Et, de fait, la dame lui pond un gros garçon.

Sa stupéfaction prenant des bornes exagérées, la belle-mère de Joseph s'ingénie à lui faire comprendre que cet enfant est naturel. Ce mot met tout le monde en gaieté, Joseph lui-même.

Il avoue alors que si, au lieu de se marier, il eût pris un tramway, il aurait entendu, et non porté des cornes.

La joie est à son comble; on danse dans les fiacres.

Nota. — Reçu avec acclamation.

*
* *

Cinquième prétendant à l'Ordre Jonquille.

Notes prises sur un carnet trouvé rue de Bellechasse, 383, après le déménagement de M. le duc de Saint-Cucuphar.

« *1er avril.* — J'épouse enfin Célina. Le soir, elle rougit en me donnant son premier baiser. O ivresse!

« *8 avril.* — Son cousin-germain Octave, jeune carabin d'espérance, vient nous voir. Il veut aller coucher à l'hôtel. Je le force à accepter notre chambre d'ami.

« *9 avril.* — Affreuse découverte : ma femme est somnambule. — M'étant réveillé sur le coup de trois heures, j'aperçois ma bien-aimée au milieu de la chambre, les bras étendus, marchant à tâtons. J'allume la bougie, elle pousse un cri (pas la bougie, ma femme). Elle se recouche et m'avoue que, jeune fille, elle allait fréquemment se promener sur les toits. — « Sur quels toits? lui dis-je. — Sur les miens, me répond-elle chastement. — Tais-toi! »

« *10 avril*. — Je confie la chose à mon carabin de cousin. Mon cousin de carabin me dit qu'il ne faut jamais réveiller les somnambules, sous peine d'accident mortel. La nuit qui suit, je fais le guet. A trois heures, ma femme lève et se promène pendant une heure dans l'appartement. Au bout d'une heure, elle se recouche tranquillement.

« *11 avril*. — Je ne fais plus le guet. A trois heures de nuit, ma femme se lève; je la laisse bien tranquillement arpenter l'appartement. Elle se recouche à quatre heures moins le quart; à quatre heures et quart, elle se relève et se recouche au bout de vingt minutes. Elle se relève à cinq heures. Nom d'une pipe! trois attaques de somnambulisme! cela devient inquiétant. A cinq heures et demie, elle se recouche, et ne se re-re-relève plus.

« *12 avril*. — Octave m'apprend qu'il part le 15.

« *13 avril*. — Deux attaques de somnambulisme.

« *14 avril*. — Trois attaques. Je ne m'en inquiète plus et je m'endors du sommeil du juste. A six heures, je m'éveille. Personne à mes côtés. Ciel! ma femme serait-elle allée sur les toits? Aurait-elle dégringolé? — Je vole chez Octave. — Stupéfaction! ma femme s'est trompée de lit. — Je hurle. Elle s'éveille. Elle voit Octave. Ah! peindre son étonnement est impossible. Quant à Octave, il ronflait comme un sabot. Pauvre Octave, il n'a jamais su le bien qui lui était venu en dormant. »

NOTA. — Les membres du conseil de l'Ordre Jonquille nomment le duc de Saint-Cucuphar président d'honneur.

CHAPITRE XXXIII

LE MIRACLE DE LA BOSSE FONDUE

Différents petits miracles avaient été signalés dans la journée qui précéda l'apparition de Pie IX aux demoiselles Duverpin. Ils furent mentionnés dans l'*Univers,* dans le *Pèlerin,* dans le *Journal de la Grotte* et dans quelques organes religieux.

Quant à l'apparition du défunt pape, les deux vieilles filles, tout à leur joie, en soufflèrent quelques mots discrets à des dames de divers pèlerinages, mais sans donner de grands détails; elles jugèrent prudent, et avec raison, de garder pour elles le secret des privautés intimes de l'habitant du ciel.

Aussi, en moins de quarante-huit heures, tous les dévots en station à Lourdes connaissaient le prodige.

La majeure partie des pèlerines se montraient avec admiration Irlande et Scholastique.

On chuchotait tout bas dans la basilique, en les montrant lorsqu'elles allaient à la sainte Table.

— Voyez-vous ces deux vieilles demoiselles qui s'agenouillent dans la nef pour communier?

— Oui.

— Notre très saint père regretté Pie IX leur est apparu il y a trois nuits.

— A toutes deux successivement?

— Non pas, à toutes deux ensemble.

— C'est un grand miracle.

— Certes.

— D'autant plus que ce n'est pas en rêve qu'elles l'ont vu; elles ont touché sa soutane, elles ont eu l'insigne honneur de baiser ses mains...

— Des mains corporelles, n'est-ce pas?

— De vraies mains, en chair et en os.

— Quelle joie! Notre sainte religion ne manquera pas de triompher bientôt, puisque le ciel nous accorde les miracles que nous lui avons tant demandés!

— Ce n'est pas fini, il faut l'espérer..

— Oui, un miracle ne vient jamais seul.

— Puisse la bonne Vierge obtenir de son divin fils quelque prodige éclatant, quelque guérison merveilleuse et indéniable qui confonde l'incrédulité des impies !

Tandis que cette conversation se tenait à voix basse dans une des nefs latérales de la basilique, un bossu entrait. Il possédait une bosse formidable, une de ces bosses comme on en rencontre rarement, dont on peut dire même que le moule a été perdu.

Il fit lentement le tour de la basilique, examina avec attention les plus beaux ex-voto et s'agenouilla devant plusieurs autels.

Evidemment, ce bossu était venu à Lourdes pour obtenir la guérison de sa bosse, le redressement de son épine dorsale.

A ce moment, l'abbé Groussofski était en train de se débattre avec un infirme d'un autre genre qui voulait se confesser à lui.

Groussofski venait de dire sa messe dans une des petites chapelles et il rentrait à la sacristie, précédé de son enfant de chœur, lorsqu'un grand diable d'individu se planta devant son passage en agitant d'immenses bras et en poussant des cris rauques.

Notre abbé fit un bond en arrière et faillit du coup lâcher son calice, sa patène et les autres ustensiles sacrés qu'il avait à la main.

L'individu était un sourd-muet de naissance, incapable de produire autre chose que des sons gutturaux tout à fait inarticulés.

L'abbé croyait avoir affaire à un fou.

Il se glissa contre un pilier, envoya un grand coup de pied dans le derrière de l'enfant de chœur pour le faire aller plus vite, et se faufila prestement à la sacristie.

Mais le sourd-muet en tenait pour se confesser.

Il se cramponna à Groussofski, et, à force de pantomime, avec grand renfort de gestes expressifs, il lui fit comprendre qu'il désirait recevoir une absolution.

Le cas était embarrassant.

Un prêtre ne peut absoudre un pénitent sans avoir préalablement entendu sa confession.

Or, le pénitent était sourd-muet.

Il fallut bien alors procéder à une confession par gestes.

Ce fut, comme vous pensez bien, un dialogue extrêmement curieux, dont le lecteur peut se faire une idée, mais qu'il est impossible à l'auteur de reproduire.

Représentez-vous par la pensée ce confesseur interrogeant son pénitent et lui demandant, par une imitation mimique, s'il n'avait pas commis tel ou tel péché. Imaginez-vous le pénitent répondant au moyen du même langage interprétatif.

La scène était aussi édifiante que curieuse, d'autant plus que tout le public, qui venait à la sacristie pour acheter des scapulaires et des médailles, assistait à cette étrange confession et n'en perdait pas un geste.

Quand Groussofski eut absous le sourd-muet, il passa à l'église et rencontra le bossu qui sortait.

L'abbé n'hésita pas à l'aborder.

— Mon ami, dit-il, vous venez sans doute à Lourdes pour obtenir une guérison?

— Je viens par acquit de conscience; mais je n'espère pas être redressé.

— Pourquoi cela?

— J'ai déjà adressé mille prières à la Vierge, j'ai fait des neuvaines, j'ai passé des nuits entières au pied des autels, j'ai dit des milliards de chapelets, rien ne m'a réussi.

— Ce n'est pas une raison pour désespérer.

— Je suis allé en pèlerinage à la Salette, je me suis frictionné l'échine avec de l'eau de la source.

— A la Salette?... Cela ne m'étonne pas que vous n'ayez obtenu aucun résultat!... La Salette, mon ami, est loin de valoir Lourdes.

— Enfin, je vous le répète, je suis venu ici par pur acquit de conscience, mais sans aucun espoir.

Un groupe s'était formé autour des deux interlocuteurs.

Groussofski leva un œil inspiré.

— Avec l'aide de Dieu, dit-il, les miracles auxquels on s'attend le moins arrivent !

— Celui après lequel je soupire n'arrivera pas, hélas! répondit le bossu d'un air navré.

— Vous n'avez jamais, sans doute, été soutenu dans vos prières par une âme fidèle et compatissante?

— Non, cela n'est malheureusement que trop vrai.

— Alors, mon ami, je vois pourquoi vous n'avez pas été exaucé. Voulez-vous que nous priions ensemble? Je vous offre mon concours dévoué. Deux voix se font toujours mieux entendre qu'une seule.

— Monsieur l'abbé, vous êtes trop bon; mais votre offre me paraît faite de si bon cœur que je l'accepte.

— Eh bien, nous allons de suite commencer nos invocations.

L'assistance était enthousiaste.

— Oh! le bon prêtre! disait-on à la ronde. Bien sûr, c'est un saint.

— Qu'est-ce que cet abbé? demandaient quelques pèlerins curieux.

— C'est sans doute un ami des demoiselles Duverpin, qui ont été favorisées d'une apparition de Pie IX; car, voyez-vous, il a l'air de les connaître.

— C'est vrai, ma foi. Le voilà qui cause avec elles.

— Mais c'est leur aumônier, fit quelqu'un.

— Oh! alors, certainement, cet homme doit être un grand saint.

Personne ne douta plus dès lors qu'un miracle allait se produire. On se précipita en foule du côté de la piscine, où venaient d'arriver Groussofski et le bossu, ainsi que les deux vieilles filles. En quelques minutes, la basilique fut déserte, tout le public des pèlerinages se portant vers la grotte.

Laripette et ses trois compagnes de voyage s'y trouvaient. Sans doute, ils étaient venus là en curieux.

En apercevant le bossu, chacune des trois dames se dit :

— Il me semble que j'ai déjà vu cette tête quelque part.

La cérémonie commença.

Groussofski fit placer le bossu sous un robinet et ordonna à tous les assistants de joindre leurs prières aux siennes pour obtenir un miracle. Laripette donna l'exemple de la piété en élevant ses bras vers le ciel et en criant : Jésus! Marie! Joseph! — ce qui étonna fort Marthe, Pauline et Gilda.

Le robinet fut ouvert, et l'eau de la source miraculeuse coula.

D'abord, la redingote du bossu s'humecta ; puis, le liquide, une fois que les vêtements et le linge furent littéralement trempés, se répandit par terre, dégoulinant tout le long du corps du bossu.

Comme on n'était plus dans la belle saison, notre homme grelottait quelque peu ; mais l'abbé l'encourageait à braver la fluxion de poitrine.

Les assistants se demandaient, anxieux, si le miracle s'accomplirait.

Personne ne perdait de vue, tout en priant, le robinet et la bosse.

Tout à coup, Irlande s'écria :

— Dieu tout-puissant! ça a diminué!

Etait-ce la vérité? ou bien était-ce une illusion d'optique?

La chose fut contestée par les uns, et quelques autres déclarèrent qu'ils voyaient comme Irlande.

S'il y avait diminution, elle n'était pas sensible.

Heureusement, le robinet répandait toujours son liquide.

Irlande n'avait pas eu la vue trouble. Le miracle s'opérait réellement. On le constata mieux au bout de quelques minutes.

Plus le temps passait, plus le prodige était visible.

Il était maintenant certain, et, pour le nier, il eût fallu être aveugle.

Au fur et à mesure que l'eau miraculeuse coulait, la bosse diminuait.

Ce furent des vivats, des chants d'allégresse.

La cérémonie, commencée par de vulgaires invocations, se termina avec des *Te Deum* beuglés à tue-tête.

Enfin, Groussofski ferma le robinet. Le bossu n'avait plus l'ombre de sa bosse.

Des dames charitables avaient été quérir du linge chaud; on enferma le miraculé dans un cabinet tout proche; il quitta ses vêtements mouillés, se frictionna, et changea de linge et d'habit.

À sa sortie, il fut l'objet d'une ovation.

Il est juste de dire que Groussofski eut sa part du triomphe.

Il n'y avait qu'une voix pour proclamer que le miracle était dû à son intervention.

Le miraculé, du reste, était le premier à le crier par-dessus tout les toits :

— Sans monsieur l'abbé, hurlait-il, je serais encore bossu!... J'avais fait des neuvaines, dit des rosaires, passé des nuits entières en adoration devant le Saint-Sacrement; j'avais même été à la Salette... Ce sont les prières de monsieur l'abbé qui m'ont valu ma guérison.

Quant aux demoiselles Duverpin, inutile de dire si elles étaient fières d'avoir un tel aumônier.

En rentrant à leur hôtel, les trois bonnes amies de Laripette ne manquèrent pas de l'interroger au sujet de ce miracle. Malgré leurs airs de dévotion qu'elles ne prenaient que devant leurs maris, et encore seulement quand elles trouvaient cela nécessaire, Marthe, Pauline et Gilda étaient quelque peu sceptiques.

— Pourriez-vous, cher Robert, demandèrent-elles, nous expliquer d'où vous est venu ce bel accès de piété qui vous a pris tantôt, dès l'arrivée du bossu de la grotte?

— Rien n'est plus simple : je m'intéressais à cet infirme.

— Vous le connaissiez?

— Oui et non.

— Ce n'est pas là une réponse.

— Je ne le connaissais que depuis quelques jours.

— Et vous teniez tant que cela à voir se produire le miracle ?

— J'y tenais d'autant plus, à ce miracle, que c'est moi qui l'ai accompli.

— Ah bah !

— Comment donc ?

— La bosse était faite avec un pain de sucre.

Les trois femmes se regardèrent et poussèrent un joyeux éclat de rire.

— Ah ! voilà pourquoi cette bosse s'est si bien fondue !

En deux mots, nous dirons ce qui s'était passé.

Peu de jours auparavant, un homme s'était présenté à l'hôtel où logeait Laripette.

C'était Tirelampion, le jocrisse de la troupe Athanase Perrimet.

Il avait été congédié par son directeur pour avoir laissé une nuit la cage aux serpents ouverte ; tous les reptiles avaient profité de l'occasion pour prendre la clé des champs.

Le patron, déjà furieux de ce qu'un de ses spectateurs lui avait emmené son autruche, entra dans un bel accès de rage et chassa le négligent Tirelampion à grand renfort de coups de pied et de coups de poing.

L'infortuné jocrisse avait pensé à implorer protection auprès de Laripette, qu'il avait vu chez le brigadier de gendarmerie d'Argelès, et qui lui avait paru bon garçon.

Il s'informa, apprit que le propriétaire de Pélagie était à Lourdes, et comme notre clown était loin d'être bête, il fit tant et si bien qu'il sut dénicher l'adresse de Robert.

Tirelampion narra son malheur.

Laripette écouta avec intérêt le pauvre diable.

— Me voilà absolument sur le pavé, gémissait celui-ci ; comment me refaire du jour au lendemain une position sociale !

— Une idée ! Nous sommes à Lourdes. Soyez l'objet d'un miracle.

— Comment ça ?

— Oui, cassez-vous une jambe, par exemple, mais de façon à ce qu'un bain dans la piscine vous la raccommode.

— Compris ; seulement, ce ne doit pas être aisé de faire celui qui a la jambe cassée.

— Une bosse, alors ?

— J'aime mieux ça, en effet.

— C'est dit ; avec un pain de sucre sur le dos, vous serez bossu, et l'eau de la divine source fondra votre bosse.

— Parfait ! Justement, j'ai été tailleur au régiment ; donnez-moi quelques fonds pour que j'achète du drap, et, en moins de quarante-huit heures, je me charge de me confectionner une redingote spéciale destinée à recéler mon pain de sucre.

— Très bien ! voilà de l'argent.

— Mais quelle sera la fin finale de l'aventure ?

— Parbleu ! le clergé, qui ne coupera pas dans le pont, verra que vous êtes un malin bon à utiliser et vous trouvera promptement un emploi lucratif ; en outre, comme miraculé, vous serez l'objet d'une profonde vénération de la part de toutes les vieilles dévotes des différents pèlerinages qui sont ici, et, vous savez, être vénéré rapporte gros.

— Eh bien ! allons-y gaiement.

— Non, ce n'est pas tout. Il vous faut le concours, ou, pour parler plus exactement, la complicité d'un prêtre. J'en ai un sous la main, l'aumônier de deux vieilles dévotes, un gaillard que j'ai ramené chez lui après l'avoir dégrisé, parce qu'il disait des bêtises et m'avait raconté toutes ses petites affaires. Je vais le voir, pendant que vous allez vous occuper de votre pain de sucre et de votre redingote.

Effectivement, Laripette avait rencontré la veille notre Groussofski qui s'était pochardé d'une façon remarquable. Il l'avait reconduit à son domicile, non sans lui avoir fait prendre quelques gouttes d'ammoniaque dans un verre d'eau sucrée ; car l'abbé, fort en train, lui avait expliqué en détail sa vraie situation, et Robert, pensant que le gaillard pourrait lui être utile, tenait à ce qu'il n'allât pas répéter ses confidences à d'autres dont la discrétion ne serait pas sûre.

Quand ils se revirent, Groussofski ne savait comment témoigner sa reconnaissance à un jeune homme qui s'était conduit envers lui d'un façon si délicate.

— Ne causons plus de cela, fit Laripette ; seulement, mon cher pompier en soutane, gardez-vous bien de boire désormais, vu que cela vous jouerait un mauvais tour. Vous avez la langue beaucoup trop longue quand vous avez votre plumet, et vous ne rencontrerez pas toujours des bonshommes comme moi que vos aveux laisseront tout à fait indifférents.

— Merci mille fois pour vos bons conseils.

Robert avait alors expliqué au faux Groussofski qu'il lui offrait, pour lui être agréable, le moyen d'asseoir à jamais sa situation dans le clergé. Il s'agissait d'accomplir un miracle. L'abbé accepta de grand cœur.

La comédie avait donc été jouée d'un parfait accord entre Laripette, Groussofski et Tirelampion.

Mmes Paincuit, Mortier et Campistron n'eurent pas cependant tous les détails de l'histoire; car Robert se refusa à faire connaître les conditions dans lesquelles il avait rencontré l'abbé, ni surtout ce qu'il avait appris de lui-même

Une complication survint.

Robert prolongeait son séjour à Lourdes, partageant ses instants entre ses trois maîtresses et accomplissant des prodiges de ruse pour les empêcher de comprendre qu'il avait le cœur plein d'un triple amour. Pélagie avait été installée dans une chambre à part où elle recevait tous les soirs désirables.

Un beau matin, arrive comme une bombe le fameux Ship Chandler de la False-Bay, flanqué de sa fille Briséis.

L'Anglais est enfin parvenu à rejoindre Laripette!

Il se jette dans ses bras, le presse de vice force sur son cœur, l'appelle : son gendre.

Les trois dames se demandent ce que cela signifie.

Laripette proteste contre ces appellations.

On s'explique.

Ce que veut Ship Chandler, c'est le mariage de sa fille Briséis avec Robert.

Robert regarde Briséis; elle est charmante, elle a tout pour plaire, elle a une fortune immense par-dessus le marché; mais Robert est l'adversaire du mariage et surtout du mariage forcé.

Il rejette donc la demande de l'Anglais, tout en s'exprimant avec une courtoisie parfaite, en mettant son refus sur le compte d'un tas de motifs, très polis, mais auxquels il est impossible d'ajouter foi.

Marthe, Pauline et Gilda respirent.

Chacune pense en elle-même que ce monstre de Robert est toujours digne d'être adoré par elle.

Ship Chandler se retire en maugréant, il dit qu'il reviendra, qu'il sera partout à la remorque de Robert, jusqu'à ce qu'il se décide. Briséis essuie une larme furtive

CHAPITRE XXXIV

LE JOUR DU KRACK

Bien des semaines se sont passées. Les pèlerinages ont quitté Lourdes. Nous sommes en janvier 1882.

M. Paincuit a creusé profondément sa cave et n'a pas réussi à découvrir son trésor. Si le propriétaire savait qu'il a gratté en de certains endroits jusqu'au-dessous des fondations, au risque de compromettre la solidité de l'immeuble, bien sûr il lui intenterait un procès.

Néostère n'a pas perdu confiance, toutefois : il attend que la Providence jette sur son chemin le nègre sans lequel le trésor restera toujours caché.

M. Mortier et le colonel ont fait excellent accueil à leurs femmes, qui ont raconté en termes émus les merveilles de Lourdes.

Groussofski est toujours l'aumônier des demoiselles Duverpin.

Chaducul et le curé de Saint-Germain, qui n'ont rien compris au miracle de la bosse fondue, lui ont demandé l'explication, et l'aumônier leur a raconté son truc, sans parler néanmoins de Laripette, et en s'attribuant tout le mérite de la combinaison.

Les deux collègues sont ravis.

— Mon garçon, dit Huluberlu, vous irez loin.

— Vous finirez dans la peau d'un évêque, ajoute Romuald.

Ainsi qu'on le voit, ils n'ont pas gardé rancune à Groussofski de son abominable farce de Lourdes.

Les Maçonnes de l'Amour ont été très satisfaites de leur voyage, d'autant plus que de Lourdes elles sont allées à Fontarabie, qui est à deux pas. Là, il y a un casino, avec toutes les distractions de Monaco, comme dit le prospectus.

Il est reconnu que les jeunes personnes de mœurs légères ont de la chance à la roulette. Ces demoiselles gagnèrent donc beaucoup d'argent.

Laripette, sitôt le départ de Ship Chandler, s'est empressé

de plier bagage et de revenir à Paris, en disant pourtant à son hôtel qu'il va passer quelques semaines à Barcelone et à Madrid.

Il est certain que l'Anglais du Cap, qui reviendra à coup sûr prendre de ses nouvelles, en aura ainsi pour un petit voyage en Espagne.

Bredouillard et Georges Lapaix ont eu à plaider une ou deux fois dans l'affaire Laripette contre Tardieu ; c'est le neveu du colonel Campistron qui a été chargé de soutenir les intérêts du propriétaire.

Cela a été une belle lutte oratoire.

Il fallait entendre Bredouillard affirmant que Robert avait le droit, en vertu de son bail, d'avoir Pélagie chez lui. Et là-dessus, il se lançait dans de longues dissertations sur les autruches et sur le spiritisme ; car notre homme trouvait toujours le moyen de fourrer son spiritisme partout.

Georges Lapaix répondait à cette argumentation en soutenant que l'autruche n'était pas un oiseau, mais un coureur.

Alors, toute la discussion roula là-dessus.

On apporta à la barre des provisions de dictionnaires d'histoire naturelle.

— Elle a des ailes, Pélagie, disait Bredouillard ; donc Pélagie est un oiseau.

— Cela ne suffit pas ; elle n'a pas de vol : elle marche, elle court, mais elle ne peut s'élever à de grandes hauteurs.

— Qu'importe ! elle bat des ailes et peut s'élever à cinquante ou soixante centimètres, et même des fois à un mètre en l'air ; donc, c'est un oiseau.

— Pardon ! un poisson-volant s'élève aux mêmes hauteurs, et un poisson-volant n'a jamais été un oiseau.

Pour l'édification complète du tribunal, on fit citer un professeur du Collège de France.

Georges Lapaix lui demanda si c'étaient les ailes ou le vol qui constituaient l'oiseau.

Le professeur répondit que c'étaient les ailes.

— Alors, dit le président, si un crocodile avait des ailes dont il ne se servirait pas, ce serait néanmoins un oiseau ?

Le professeur se gratta le nez et pria le tribunal de lui accorder le temps nécessaire à l'examen de cette grave question.

L'affaire fut remise à un mois. Le président était M. Mortier qui, depuis que Pélagie avait été retrouvée, ne voyait plus Robert de si bon œil.

Quelqu'un qui fit sensation dans ce procès, ce fut le concierge Orifice.

L'auditoire se tint les côtes pendant toute sa déposition.

Il raconta des histoires de cul-de-jatte qui s'était tout à coup offert des jambes d'une longueur extraordinaire, et de diables noirs qui avaient dansé un quadrille en l'air dans la cage de l'escalier: il entremêla ses récits d'aboiements pittoresques: enfin, il déclara que, depuis l'entrée de M. Laripette dans la maison, son moutard Hyacinthe ne cessait plus de faire caca au lit.

Comme on le voit, le procès Laripette-Tardieu amusa énormément le public habituel du palais.

Les substituts Belvalli et Saint-Brieux avaient été congédiés par la présidente.

C'était Robert qui avait exigé cela.

— Marthe, avait-il dit un jour à Mme Mortier, j'ai sacrifié pour vous un magnifique mariage...

— C'est vrai, mon ami.

— Or, vous ne reconnaissez pas mon sacrifice par toute l'affection qui m'est due.

— Vous trouvez que je ne vous aime pas assez?

— Vous m'aimez beaucoup, je n'en disconviens pas; mais je tiens à être aimé seul.

— Que voulez-vous dire?

— Je pense que je ne suis pas seul bien reçu ici.

— Oh! vous osez avoir de tels soupçons?

— Oui, Marthe, j'ose, et je vous prie de renoncer aux visites de M. le substitut Belvalli...

— Soit; mais je vous jure...

— De M. le substitut Saint-Brieux...

— Je vous l'accorde, mais en protestant de mon...

— De M. l'abbé Romuald...

— Robert, si vous y tenez, je le veux bien; mais ..

— De M. le curé de Saint-Germain-l'Empalé...

— Vous êtes cruel... Je vous obéirai.

Il énuméra de la sorte toute une litanie de noms.

Bref, il obtint gain de cause.

— Marthe fut sans doute bien privée; peut-être sortit-elle en cachette; mais enfin, elle sauva les apparences.

Un heureux mortel, c'était Pharamond Le Crêpu. Il avait réussi à se faire élire conseiller municipal à Clichy-la-Garenne, et il ne parlait plus que de devenir président de la République sitôt que la place serait vacante.

Il était toujours collectiviste; toutefois il commençait à incliner quelque peu vers l'anarchie.

Il disait une bien belle chose :

— Quand je serai président de la République, je garderai

la place pendant trois ans en mettant mes appointements de côté, et je donnerai ma démission en signant en même temps un décret qui supprimera la présidence.

Avec cela, il était sûr de transmettre à la postérité un nom auprès duquel celui de Washington pâlirait.

Il venait de temps à autre à Paris, et ne manquait pas de rendre visite à l'établissement du *Général Cambronne*.

Nous savons que, le soir où l'abbé du Louvre tâta les rotondités de Paméla, celle-ci, en humant son mari avant le dîner, lui trouva une odeur particulière sur la nature de laquelle son nez ne se trompait pas.

Voici quel était le fin mot de l'énigme :

Pharamond était prédestiné aux amours de lieux d'aisance. A Marseille, il avait épousé les *Méditations de Lamartine;* à Paris, c'était auprès de la dame du *Général Cambronne* qu'il criblait son contrat de coups de canif.

Ce n'était pourtant pas une belle femme, Mme Sapajou. Elle avait de grands yeux ronds à fleur de tête, des dents inégales et pas blanches du tout, un nez écrasé, une taille énorme, des bras en boudins, une bouche fendue jusqu'aux oreilles.

Elle était tellement laide que, le jour où son mari s'aperçut qu'il était cocufié par le cordonnier poète, il en fut tout ravi.

La généralité des maris se fâchent quand ils apprennent qu'ils sont cocus. Achille Sapajou, lui, fut dans la jubilation. Il avait enfin de quoi river le clou à ses amis lorsqu'ils le blagueraient.

— Eh bien! comment va ton horreur de femme? lui demandaient parfois ses intimes.

— Mon horreur de femme! s'écriait-il, on voit bien que vous n'êtes pas des connaisseurs en beauté, vous autres... Mon horreur de femme, dites-vous, quand Mme Sapajou est ravissante!... Oh! quel blasphème, mes amis! La preuve que mon épouse est aimable et jolie, c'est que je suis cocu.

Il prononçait ce dernier mot d'une façon triomphale.

Aussi, avec quelle cordialité touchante il serrait les mains de Pharamond Le Crêpu, quand celui-ci venait papillonner autour du comptoir du *Général Cambronne*.

— Ce cher ami! lui disait-il.

Il affectait de ne s'apercevoir de rien; il était heureux de laisser aux coupables autant que possible le champ libre.

Et puis, — était-ce un pur hasard? ou bien y a-t-il une providence pour le cocuage? — jamais l'établissement n'avait autant prospéré que depuis le jour où Achille Sapajou avait constaté, sans que sa femme le sût pourtant, qu'elle lui en faisait porter.

C'était vrai, ça! Les pièces de quinze centimes pleuvaient, depuis ce jour-là, dans sa caisse, avec un entrain admirable.

L'établissement était admirablement situé.

A deux pas du temple de l'agiotage, il avait la clientèle attitrée de tout ce monde étrange qui en fréquente les parvis.

Mieux que personne, mieux qu'un agent de change même, Achille Sapajou connaissait les cours. Suivant que c'étaient les haussiers ou les baissiers qui se précipitaient chez lui, il savait à quoi s'en tenir sur les fluctuations de la Rente.

Or, depuis quelque temps, les haussiers donnaient beaucoup. Il s'était fondé une certaine maison de banque catholique, sous le nom de l'Union générale, laquelle avait semblé au premier abord devoir devenir maîtresse du marché.

Ses actions faisaient prime. On se les arrachait. C'était du délire.

— Bel enthousiasme! mais ça ne durera pas, disait Achille Sapajou, qui avait du nez.

Et les actions de l'Union générale montaient toujours.

Puis, un beau matin, selon les prévisions du directeur du *Général Cambronne,* la chance tourna. Il y eut comme un vent de baisse qui commença à souffler sur la grande majorité des valeurs.

Ensuite, cela prit l'air d'une véritable débâcle.

Achille Sapajou dit à sa femme:

— Je flaire une catastrophe, Mélanie. Il faut faire, dès ce soir, la tournée de tous les kiosques des boulevards et ramasser tous les bouillons du *Mot d'Ordre;* sans cela demain nous manquerons de papier.

— Tu crois, Achille?

— Je le sens, et j'ai peur même que le *Mot d'ordre* ne suffise pas.

— Cependant, c'est le journal de Paris qui donne la plus grande quantité de bouillons. Rien qu'avec les invendus de cette feuille, il y aurait de quoi frictionner tous les derrières de l'arrondissement.

— Je ne dis pas non; mais il y a dans l'air une baisse qui fera époque.

— Et tu crois que le *Mot d'Ordre...*

— Oui, je crois qu'il ne suffira pas.

— Alors, c'est que ce sera quelque chose d'épouvantable!

— Précisément ; la moitié de Paris au moins aura la colique.

Le lendemain la Bourse était, en effet, sens dessus dessous. Il y avait un effondrement terrible de l'Union générale, qui entraînait dans sa chute une quantité extraordinaire de valeurs.

Le désarroi était immense.

Ce n'était plus une baisse, c'était un cataclysme.

On ne parlait que de gens qui, ruinés brusquement, se faisaient sauter la cervelle.

Ce jour-là, Pharamond était venu à Paris, et il ne manqua pas de rendre visite à Mélanie.

Accoudé auprès du comptoir, il murmurait à la belle des galanteries, tandis que les clients allaient et venaient, entrant à flots pressés. Achille Sapajou faisait le service avec deux bonnes.

— Diable ! ça va fort aujourd'hui, fit Le Crêpu en s'adressant au mari débonnaire, pour ne pas paraître ne causer qu'avec sa femme.

— Oui, j'aurais dû me faire prêter par le restaurateur d'à côté quelques-uns de ses garçons à titre d'extra.

— Sans doute.

Comme son mari ne suffisait plus à la besogne, Mélanie quitta le comptoir et prit un pinceau supplémentaire.

Les clients entraient à chaque minute plus nombreux.

— On n'a droit qu'à deux minutes dans les jours de presse, criait Achille.

Mélanie Sapajou pria Pharamond de donner un coup de main.

— Avec plaisir, répondit l'amoureux.

Et voilà le conseiller municipal de Clichy-la-Garenne qui retrousse ses manches et prend part au nettoyage précipité des cuvettes.

Ah ! il faisait beau le voir, courant d'une cabine à l'autre, agitant son pinceau de chiendent, le front ruisselant de sueur, bien qu'on fût en plein mois de janvier.

Tout le monde se donnait un mal de diable.

Soudain, une femme entre comme un ouragan dans l'établissement ; c'était Paméla.

Tableau !

Elle se jette sur son mari et le soufflette.

— Brigand ! scélérat ! monstre ! je savais bien que tu me trompais ! mais j'ai voulu te prendre en flagrant délit !

— Mais, Paméla, je te jure...

— Toi, un homme politique, toi, un aspirant député, toi

qui seras probablement ministre, tu voudrais me faire
croire que c'est pour le pur amour de l'art que tu es ici à
cette heure occupé à manier la balayette et le broc à l'eau!...
Non, mon cher, je n'avale pas de ces blagues-là !.. Je ne suis
pas tombée de la dernière pluie!...

Et, après avoir giflé son mari, la jalouse Marseillaise, qui
a soif de carnage, se jette sur Mélanie Sapajou et lui attrape
le chignon.

Les deux femmes sont aux prises.

Elles crient, hurlent, s'injurient. Les clients sont inquiets.
Les deux maris essaient de séparer les combattantes, qui
s'égratignent, dont la figure est labourée de coups d'ongles.

Tout à coup, Achille s'écrie :

— Nom de Dieu! ce n'est pas le moment de faire une
scène!... On s'expliquera tout à l'heure; mais nous sommes
en plein krack financier... Il faut n'avoir pas de cœur, sapristi! pour ne pas sentir la hauteur de la situation!

Ce mot produisit sur Paméla un effet prodigieux.

En effet, elle était venue troubler une journée comme il
n'y en aurait certainement pas deux dans l'histoire des lieux
d'aisances.

Le remords la saisit, les souvenirs de son ancienne profession lui reviennent à la mémoire. Elle songe à tout ce
passé glorieux. Les fumées de l'amour-propre lui montent
au cerveau. Elle lâche Mélanie et dit au directeur du *Général
Cambronne :*

— Vous avez raison, monsieur Sapajou, passez-moi une
balayette!

Ce fut un beau spectacle. Oubliant leurs colères récipro-
ques, les deux femmes s'attendrissent et font noblement
leur devoir. Pharamond et Achille, de leur côté, s'en donnent
à cœur-joie.

— Ami Le Crêpu, dit M. Sapajou, prenant de nouveau la
parole, malgré mon ingénieuse prévoyance, nous sommes
menacés de manquer de papier; nous avons épuisé tous les
bouillons du *Mot d'Ordre!*

— C'est inouï!

— Faites de suite, je vous en prie, la tournée du quartier,
et achetez les invendus du *Radical.*

— Croyez-vous que cela suffira cette fois?

— Je le présume; le *Radical* est, après le *Mot d'Ordre,* le
journal de Paris qui a le plus d'invendus.

CHAPITRE XXXV

CONSÉQUENCES, INCONSÉQUENCES ET CONCLUSIONS

Nous n'étonnerons personne en disant que Pie IX, quand il s'y mettait, faisait bien les choses; Irlande et Scholastique, quelques mois après leur retour à Paris, s'en aperçurent.

D'abord, elles se dirent :

— Tiens, qu'est-ce qu'il m'arrive?... C'est bien étrange!

Puis :

— C'est inquiétant!

Ensuite :

— Serais-je dans le cas de la bienheureuse vierge Marie?

Enfin, chacune fit à part soi des comparaisons intimes et conclut que le ciel devait avoir besoin d'un nouveau Messie, et qu'il s'était adressé à elle en lui déléguant feu Mastaï en guise d'ange Gabriel.

Seulement, pourquoi le ciel avait-il besoin de deux Messies?

Cette considération ne laissait pas que de les inquiéter. Elles se regardaient l'une et l'autre d'un air assez piteux, considérant le gonflement de leur ventre, se posant des milliers de points d'interrogation.

La dévotion finit par prendre le dessus.

Ce qui était indéniable, c'est qu'elles avaient été l'objet d'une distinction céleste. Sans doute, le Très-Haut avait des desseins impénétrables dont il devenait sacrilège de vouloir chercher la clef.

Il fallait, en somme, prendre patience et attendre les décrets de la divinité.

Elles se résignèrent.

A vrai dire, elles consultaient quelque peu l'abbé Groussofski, à qui chacune ouvrait son âme.

Le pompier tonsuré leur mettait, à chaque confession, du baume dans le cœur.

— Comment cela s'est-il passé? demandait-il.

— Oh! c'est vraiment un événement mystérieux. Je dor-

mais... Tout à coup, j'ai vu devant moi notre vénéré Pie IX ;
il était étincelant de blancheur...

— La blancheur du spectre?

— Non, c'était sa soutane qui resplendissait.

— Et son visage?

— Il était, si je ne m'abuse, entouré d'une auréole fulgu-
rante.

— Avez-vous reconnu ses traits?

— Oh! oui... Il n'a pas eu à me dire : Je suis Pie IX...
J'avais vu de suite à qui j'avais affaire...

— Et alors?

— Il s'est avancé au pied de mon lit...

— Vous dormiez?

— J'étais plongée dans un demi-sommeil...

— Un sommeil mystique?

— Je le crois.

— Le sommeil de l'extase?

— Ce devait être cela.

— Et il vous a parlé tandis que vous étiez plongée dans
ce sommeil de l'extase?

— Il s'est nommé. Je l'ai serré dans mes bras...

— C'est un peu vif.

— Je l'ai serré... respectueusement.

— Respectueusement?

— Oui, avec la plus grande vénération.

— Ne vous a-t-il pas adressé quelque salutation angé-
lique?

— Il m'a donné les plus doux noms. Oh! c'était bien l'envoyé de la Providence!...

— Je n'en doute pas.

— J'en suis sûre.

— Et après?

— Après, après... dame! le reste de l'explication se comprend, et le lecteur nous dispensera d'en donner les détails.

Philéas se prenait le menton, avait l'air de réfléchir profondément et disait à sa pénitente :

— Ma chère enfant, c'est admirable. L'événement est mystérieux. Le Tout-Puissant seul sait quels grands desseins il
a formés sur le bienheureux fruit de vos entrailles.

— Ainsi soit-il! répondait chacune des deux naïves demoiselles.

Elles finirent donc par prendre courage et désirèrent avec
une certaine joie le jour où elles mettraient au monde de
petits Pie IX.

Pendant ce temps, ainsi que Laripette l'avait prévu, sir

Ship Chandler avait accompli sa tournée d'Espagne. Il avait parcouru les villes principales de la péninsule, demandant à tous les échos si personne n'avait vu un jeune docteur accompagné de trois jeunes dames et d'une autruche. Il en fut pour ses frais, et, après quelques mois d'inutiles recherches, comprit qu'il avait suivi une fausse piste et que Robert n'avait jamais quitté la France. Le voilà donc de retour à Paris. Il se rend auprès de Laripette, le prie et le supplie. Laripette reste sourd aux prières et aux supplications.

Mais, un beau jour jour, il remarque que Briséis pleure à la suite de ses refus. La charmante enfant l'aimerait-elle?

La ténacité fatigante du père l'avait indisposé; mais la grâce de la fille finit par faire impression sur son cœur.

Puis il y songea, plus· Laripette se convainquit qu'en Briséis se trouvaient réunies les trois perfections (physique, intellectuelle et sentimentale), qu'il aimait éparses chez Gilda, Pauline et Marthe.

Dès lors, la théorie de M. Alfred Naquet lui sembla ne plus avoir de raison d'être. Il se dit que ce système était absurde et Briséis lui parut adorable.

Le lendemain du jour où le procès qu'il soutenait contre M. Tardieu fut jugé, il reçut de sir Ship Chandler des compliments de condoléance, — car il avait été définitivement condamné; — et comme l'Anglais lui disait : — Puisque vous voilà réduit à cette alternative, ou de quitter la maison ou de renoncer à Pélagie, épousez donc ma fille et venez habiter chez moi avec votre autruche, — il répondit : — Eh bien, ma foi, c'est accepté.

Ship Chandler fit au plafond un tel saut de joie qu'il en écrasa son gibus.

— Je savais bien que j'y arriverais! s'écria-t-il.

Robert fut tenté de dire à ce père tenace qu'il n'était pour rien dans sa détermination; mais il se tut.

Les noces eurent lieu; elles furent splendides. Le colonel et la colonelle, le plumassier et la plumassière furent invités. Quant au couple Mortier, on s'abstint de lui adresser une lettre de faire part. Il y avait à cela une bonne raison : c'est que d'abord Laripette ne pouvait pardonner au président d'avoir rendu un jugement contre lui, et ensuite, c'est que la présidente avait disparu.

Mme Suprême avait fait un matin une scène à son mari à propos d'Eglantine. Le chapelier nia tout rapport avec la domestique du président. L'épouse méfiante montra la lettre trouvée dans la coiffe. M. Suprême reconnut l'écriture de

Mme Mortier, mais n'en dit rien. Seulement, le lendemain, il tentait une démarche auprès de la sensible présidente et il réussissait pleinement. Quelques jours après, Marthe, vexée sans doute d'être sacrifiée par Robert et ne pouvant plus sentir son mari, fila avec le chapelier.

La colonelle et la plumassière avaient pris la chose du bon côté. Elles firent des remontrances très vives à l'ingrat, lui dépeignirent les horreurs du mariage; rien ne put ébranler les résolutions de Robert, dont l'amour pour Briséis était chaque jour plus ardent. Elles se vengèrent, l'une avec Saint-Brieux, l'autre avec Belvalli. Ce qui ne les empêcha pas de venir à la noce et d'avoir l'air parfaitement indifférentes à ce qui se passait.

Ceux qui se consolèrent le plus difficilement de la fugue de Marthe furent le président, son mari, et ses deux confesseurs. Romuald et Huluberlu étaient devenus les meilleurs amis du monde. Le curé de Saint-Germain apprit à son vicaire comment il s'était introduit deux fois dans son domicile; c'était par un balcon donnant sur le jardin. Il avait loué une chambre au même étage que Chaducul dans la maison voisine, et, pour venir dans le cabinet de son vicaire, c'était l'affaire d'une enjambée.

Philéas, ne voyant jamais paraître le véritable Groussofski, garda pour toujours soutane et tonsure. L'autre, qui avait de sales histoires en Pologne, eut le bon esprit de ne jamais faire connaître son identité : il préféra subir sa prison sans scandale. Irlande et Scholastique donnèrent enfin le jour aux petits Pie **IX**. Les gosses arrivèrent au nombre de trois, Scholastique ayant eu la belle idée de pondre une paire de jumeaux. Cette trinité de mômes combla de joie les deux vieilles filles, qui virent dans le chiffre des bébés une nouvelle manifestation divine. Elles attendirent les événements.

Le général Sesquivan est toujours aussi ganache que par le passé. Ses amis ont toutes les peines du monde pour l'empêcher de déposer au Sénat un projet de loi autorisant les prêtres à palper dans les rues les rotondités des dames collectivistes.

Pharamond Le Crêpu est en passe de devenir député. Il prépare un programme dans lequel il demande la socialisation du sol et du sous-sol; il veut la suppression des propriétaires et même de la monnaie; en attendant, il a loué à Paris une boutique qu'il a transformée en cabinets d'aisance et qui est située dans un quartier où les gens sont affairés. L'établissement porte cette enseigne : *A la Brise du Soir*. Il est tenu par Paméla et sa sœur, Mme Suprême, la malheureuse abandonnée. C'est à la fondation de cette maison que Pharamond doit le pardon de ses infidélités. Mᵐᵉ Le Crêpu, du reste, n'est pas rancunière, et l'horrible Mélanie Sapajou a été promptement oubliée.

Néostère Paincuit a adopté un négrillon à qui il a fait quitter sa place de groom dans un café du boulevard. Il ne s'en sépare plus, et ils vont de temps en temps creuser ensemble dans la cave.

Le cul-de-jatte a reparu. C'est un ancien contre-maître du père de Robert; son infirmité provient de ce qu'il a eu les deux jambes emportées par une explosion. Il a appris à Laripette que c'est à lui qu'appartient, en réalité, la mine de diamants détenue par Ship Chandler : d'après les traités, le père de Robert n'avait été l'associé de l'Anglais que pendant un certain nombre d'années, dont la dernière vient d'expirer. Ship Chandler doit donc remettre son gendre en possession de cette importante propriété et lui rendre compte de sa gestion depuis la mort du père Laripette. Robert s'explique donc la ténacité de l'Anglais à le vouloir pour gendre; c'était un bon moyen pour que les millions ne sortissent pas de la famille. Robert sait que Briséis était étrangère à ce calcul et il ne l'en aime que davantage. Il a renoncé à ses autres liaisons; c'est un mari modèle.

La Rastaquouère continue à recruter dans le clergé des affiliés à la Maçonnerie de l'Amour. Bredouillard bredouille de plus belle, et Georges Lapaix va toujours à confesse, tout en faisant des conférences matérialistes. Le colonel Campistron a reçu le pardon de son escapade du bois de Boulogne, à condition qu'il ne parlera jamais plus d'étrangler qui que ce soit.

Orifice, le vieux concierge, est devenu complètement fou. Quand sir Ship Chandler revint de son voyage de Lourdes et d'Espagne, le père Orifice poussa des hurlements à son aspect.

— J'arrive de Lourdes, avait dit l'Anglais au portier, et je désire parler à M. Robert Laripette.

— Le cul-de-jatte! s'écria l'époux d'Agathe... Il arrive de Lourdes!... Il s'est allongé!...

Ces exclamations attirèrent la foule devant la maison; il y eut un attroupement. Le lendemain, l'*Univers* publiait une note affirmant qu'un voyage à Lourdes suffisait pour rendre les deux jambes à un cul-de-jatte, et que le concierge du n° 47 du boulevard Saint-Michel pouvait attester un miracle de ce genre.

Au moment où je termine cet ouvrage, j'apprends que le

père Orifice vient de se suicider. Dans sa folie, il ne voyait
que des chiens enragés prêts à le dévorer; aussi sa cervelle
travaillait-elle pour découvrir le moyen de se mettre hors
d'atteinte. Ce moyen, le portier l'a trouvé un beau jour : se
suspendre à une belle hauteur. Il s'est donc passé une corde
au cou et s'est pendu au bec de gaz du troisième, dans la
cage de son escalier.

FIN

TABLE DES MATIÈRES

Paris. — Charles UNSINGER, imprimeur, 83, rue du Bac.

LIBRAIRIE ANTI-CLÉRICALE
26 et 35, rue des Écoles, Paris

Toute commande doit, à peine de nullité, être accompagnée du montant en mandat-poste ou chèque sur une maison de Banque de Paris. Au prix des volumes demandés, il faut ajouter pour le port : 10 cent. par chaque brochure; 25 cent. par volume de 1 fr. 50 à 4 fr.; et 50 cent. par chaque volume de 4 fr. et au-dessus. — Quand la commande qui nous est faite atteint le chiffre de 20 francs ou le dépasse, nous prenons à notre charge les frais de port. — Les mandats doivent être à l'ordre de Mᵐᵉ **Marie TAXIL, directrice-propriétaire de la Librairie Anti-Cléricale, rue des Écoles, 26 et 35, PARIS.**

EXTRAIT DU CATALOGUE

VOLUMES A UN FRANC CINQUANTE
(FORMAT CHARPENTIER)

La Religieuse, célèbre roman de DIDEROT, seule édition tout à fait complète, contenant la seconde partie (généralement supprimée dans les autres éditions) : *Amours monstrueuses d'une supérieure de couvent.* — Un volume.

La Pucelle, ouvrage renommé de VOLTAIRE, mais connu à peine par fragments, à cause de l'interdiction dont il a toujours été frappé. — Seule édition tout à fait complète. — Un volume.

Un Pape femelle, roman historique anti-clérical, par Léo TAXIL et F. LAFFONT. — Aventures et crimes de la papesse Jeanne. — Un volume. — Cette édition, quoique moins complète que l'édition grand format illustrée, est des plus intéressantes.

Le Fils du Jésuite, grand roman anti-clérical contemporain, par Léo TAXIL. Préface par GARIBALDI. — C'est à cause de cet ouvrage que Léo TAXIL a été excommunié par le pape Léon XIII. — Deux volumes.

La belle Dévote, roman anti-clérical contemporain, par J. VINDEX. — Un volume.

Le Couvent de Gomorrhe ou *les Mœurs horribles des Cloîtres dévoilées*, par Jacques SOUFFRANCE. — Un volume.

Les Sermons de mon Curé, satires anti-cléricales, par Auguste ROUSSEL, de Méry. — Un volume.

Le Moine Incestueux, orgies des couvents, par Edmond PLOERT. Ce roman est imité de l'anglais. — Un volume.

La Guerre des Dieux, ouvrage célèbre jusqu'à présent interdit, par Evariste PARNY. — Joli volume d'un format très commode pour les amateurs.

Confessions de Marguerite Bellanger, mémoires anecdotiques, mise en lumière des petits Mystères de la Cour Impériale. — Un volume.

Par la Grâce du Saint-Esprit, roman comique anti clérical, par Léo TAXIL et Fernand LAFFONT. — Un volume.

Les Crimes du Clergé. — 1er volume : LE CURÉ GUILLOTINÉ (affaire de l'abbé Verger). LA MARQUISE DE GANGES. — 2e volume : LE CURÉ MINGRAT, suivi de L'ABBÉ BAUJARD.

Les Bijoux Indiscrets, roman badin, par DIDEROT. — Un volume.

Le Capucin Enflammé, roman comique, par le R. P. ALLELUIA, de l'Ordre de la Sainte-Rigolade. — Un volume.

Dictionnaire Rigolo-Clérical, revue satirique fort amusante des sottises de la superstition, par PAULON. — Un volume.

Œuvres du curé Meslier. Ce curé si célèbre, qui a renié à sa mort l'enseignement prétendu sacré qu'il avait été forcé de donner durant sa vie, a laissé, on le sait, une œuvre admirable dont on n'a pas publié d'édition complète depuis d'Holbach. Notre édition est actuellement la seule sans aucune coupure. — Trois volumes.

Premier volume : LE BON SENS (attaque aux dogmes), précédé de la *Biographie du curé Meslier.* — Second volume : CE QUE SONT LES PRÊTRES (histoire critique de tous les clergés), avec le *Testament du curé Meslier.* — Troisième volume : LA RELIGION NATURELLE (où l'auteur pose les bases de la religion scientifique dite : Libre-Pensée), précédée de la *Correspondance de Voltaire et d'Alembert sur l'œuvre du curé Meslier.*

Pie IX devant l'Histoire, sa vie politique et pontificale, ses débauches, ses folies, ses crimes, par Léo TAXIL. — Trois volumes.

Gargantua, édition modernisée du chef-d'œuvre de Rabelais, par Alfred TALANDIER. — Ce livre est, grâce à M. Talandier, à la portée de tout le monde. — Un volume.

Les Nonnes Galantes, roman anti-clérical, par le marquis D'ARGENS, suivi de *La Retraite d'une Marquise,* conte grivois, par DUVERNET. — Un volume.

La Confession et les Confesseurs, conférence par Léo TAXIL, suivie d'extraits authentiques des manuels et traités spéciaux en usage dans les séminaires. — Un volume.

Le Livre qu'il ne faut pas faire lire. — Cet ouvrage est le recueil authentique de la Pornographie sacrée. Il contient in-extenso, entre autres pièces curieuses, le *Cantique des Cantiques.* — Un volume.

L'Origine de tous les Cultes, par Dupuis, membre de la Convention Nationale. — Un volume.

ALBUM DE DESSINS HUMOURISTIQUES

LA BIBLE AMUSANTE (pour les grands et les petits enfants), texte par Léo Taxil, dessins par Frid'Rick. — Cet ouvrage paraît par cahiers, beau papier glacé, couverture illustrée, vingt magnifiques dessins très comiques dans chaque cahier. — Format : 25 centimètres et demi de hauteur sur 19 centimètres de largeur. — Le cahier, 50 cent. L'ouvrage complet forme vingt cahiers, contenant ensemble quatre cents dessins et un frontispice. — On peut, indifféremment, l'acheter par cahiers de 50 centimes, ou en fort beau volume broché. — Le volume.............. 10 fr.

Journal spécial de propagande :

LA RÉPUBLIQUE ANTI-CLÉRICALE

Directeur politique : Léo TAXIL

Revue politique de tous les faits et gestes des cléricaux, pilori permanent des congréganistes et des calotins de toute espèce.

Deux numéros illustrés par semaine. — Dix centimes le numéro de huit pages. Beau papier glacé, romans-feuilletons, abondance extraordinaire de texte, tirage de luxe.

Abonnements : Un an, **10 fr.** — Six mois, **5 fr.** — Trois mois, **2 fr. 50.** — Un mois (abonnement d'essai), **1 fr.** — Etranger et colonies, le port en sus.

Primes gratuites au choix pour les abonnés d'un an.

Ce journal est, sans contredit, celui qui fait en France la plus forte propagande anti-cléricale. Il est l'organe des principales Sociétés de Libre-Pensée et principalement de la Ligue Anti-Cléricale. Il publie une très belle série de portraits d'hommes politiques célèbres, dus au crayon de Demare et à celui de Coll-Toc. Il annonce, en outre, d'une manière régulière, toutes les publications de notre Librairie.

VOLUMES ET BROCHURES A DIVERS PRIX

La Vie de Jésus, par Renan.................... 1 25
Le Péché de sœur Cunégonde, par Hector France 3 50
Tablettes d'un libre-penseur, par dom Jacobus 3 50

Le Célibat Ecclésiastique, compte rendu complet du procès intenté à Léo Taxil par les principales congrégations enseignantes ; démonstration irréfutable de l'immoralité de enseignement religieux. — Plaidoyer de Mᵉ Delattre, avec sa biographie et un joli portrait. — Une coquette brochure. Prix .... 60 c.

Les Livres secrets des Confesseurs, dévoilés aux pères de famille. — Cet ouvrage est le développement du volume intitulé : *La Confession et les Confesseurs*. Il contient in-extenso les manuels spéciaux des séminaires, dont le volume donne seulement des extraits. Il est la reproduction fidèle de tous ces livres infâmes au moyen desquels les jeunes prêtres qui se destinent au métier de confesseurs, s'instruisent de tous les mystères de l'alcôve. Cet ouvrage a été tiré à un très petit nombre d'exemplaires et seulement pour les amateurs. Il sera *introuvable* dans peu de temps. — Voici quels sont les manuels dont il se compose :

1° *Les Diaconales,* traité de toutes les questions d'impureté, par Mgr Bouvier, évêque du Mans. — 2° *Abrégé d'embryologie,* à l'usage des prêtres qui veulent se charger d'accoucher les femmes enceintes, par le même. — 3° *Compendium,* solution, d'après les conciles, de tous les cas intimes relatifs à la manière dont les époux doivent se comporter entre eux. — 4° *La Clé d'or,* pieuses exhortations à l'usage des confesseurs qui ont affaire à des pénitentes rebelles, par Mgr Claret. — 5° *Questionnaire* pour interroger les jeunes filles qui n'osent pas faire l'aveu de leurs péchés d'impureté, par le même. 6° *Examen de certains péchés délicats,* par le R. P. Bauny. — 7° *Traité de chasteté,* par le R. P. Louvel. — 8° *Règlement secret des grands séminaires.* — 9° *Cours de luxure,* par le R. P. Debreyne, trappiste. — 10° *Manuel du prêtre* appelé à baptiser les enfants dans les entrailles mêmes de leurs mères, par le même. — 11° *Examen de conscience,* destiné aux petits garçons et aux petites filles qui ne comprennent pas bien le sens du VIᵉ et du IXᵉ commandements interdisant l'œuvre de chair, par l'abbé Lenfant, curé de Villiers-le-Gambon. — 12° *Pratique du Confesseur,* par Alphonse de Liguori. — 13° *Traité minutieux du Mariage* et toutes les questions qui s'y rattachent, par le même.

Cet ouvrage forme un magnifique volume de *six cent quarante pages,* grand format (24 centimètres de hauteur sur 17 cent. de largeur, joli papier glacé, tirage soigné, texte en abondance, illustrations très amusantes par DEMARE. — Prix, broché .... 5 fr.

L'Ingénu, roman anti-clérical de VOLTAIRE, suivi de *Micromégas,* dessins de FRID'RICK .... » 50

Candide, roman anti-clérical de VOLTAIRE ; dessins de FRID'RICK .... » 50

L'Alcôve du Cardinal, roman de mœurs cléricales, par J. VINDEX .... 3 »

Le Christ au Vatican, célèbre poème jusqu'à présent interdit en France, complet et illustré .... » 25

Moines et Comédiennes, par Hortense ROLLAND. 3 50

Les Amours secrètes de Pie IX, p. C.-S. Volpi, ancien camérier du pape; deux volumes; chaque vol...... 2 50

La Chiffarde, roman, par Eugène Chavette. — L'ouvrage complet, illustré par Pépin, forme quarante et une livraisons. — Prix, broché............................ 4 fr.

Gros-Jean et son Curé, dialogues satiriques sur l'Eglise, par Auguste Roussel, de Méry; deux cents dessins, par A. Lepetit; édition grand format très luxueuse..... 4 50

Le Curé empoisonneur (affaire de l'abbé Gotteland), suivi de **Contrafatto**, avec dessins............... » 5

Le frère qui viole (affaire de l'ignorantin Léotade, meurtrier et violateur de Cécile Combette), avec dessins.. » 50

Le Roman d'un Prêtre, grand roman anti-clérical contemporain, par M.-L. Gagneur, dessins par Claverie et Beauvais. — C'est ce même roman dont la publication fut interdite sous le gouvernement du Seize-Mai. — Un grand volume....................................... 7 fr.

Le Beau Mufle (*Paris Coupe-Gorge*), roman étrange, excessivement émouvant, par Jules Fréval Dessins de Méjanel. — Un beau volume, grand format........ 3 50

La Religion du Crime, grand roman anti-clérical, par Léo Taxil et Paul Foucher. L'ouvrage complet forme cinquante-cinq livraisons, sur beau papier glacé, édition de luxe, magnifiques illustrations. — Prix, broché..... 5 fr.

Napoléon Dernier, collection complète des soixante-quinze *Lanternes* publiées sous l'Empire par Henri Rochefort, Dessins de Gill, Méjanel, Demare, Frid'Rick et Sapeck. Réimpression définitive de cet ouvrage à jamais célèbre. — L'ouvrage complet forme trois magnifiques volumes, sur papier glacé. — Prix de chaque volume, broché..... 4 fr.

Mgr Maret et le comte de Germiny, avec dessins » 50

Le Prêtre découpeur de femme (affaire de l'abbé Delacollonge), avec dessins............................ » 50

Coups de fouet, satires, par Saint-Eman.......... 2 »

ENVELOPPES ANTI-CLÉRICALES

Ces enveloppes constituent la plus heureuse innovation qui se puisse imaginer pour la propagande. Elles sont illustrées de dessins comiques anti-cléricaux par Pépin, ménageant la place pour le timbre-poste et l'adresse. Vente et circulation autorisées. — Cent enveloppes, de modèles variés et d'un format courant, sont expédiées *franco*, contre l'envoi de **1 fr. 25.**

La LIBRAIRIE ANTI-CLÉRICALE envoie gratis et franco son **Catalogue complet** à toute personne qui veut bien en faire la demande par lettre affranchie.

Paris. — Typ. Ch. Unsinger, 83, rue du Bac.

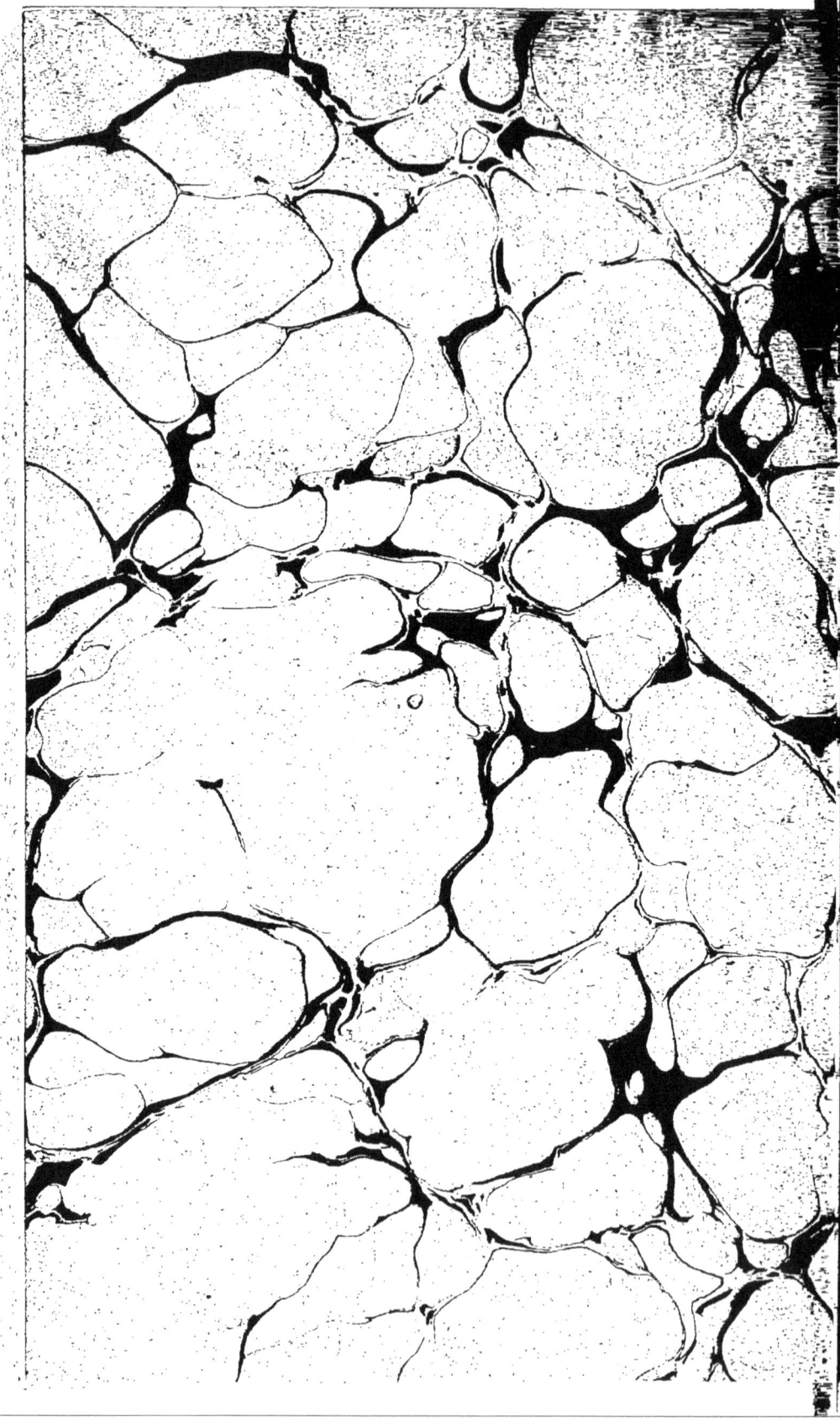

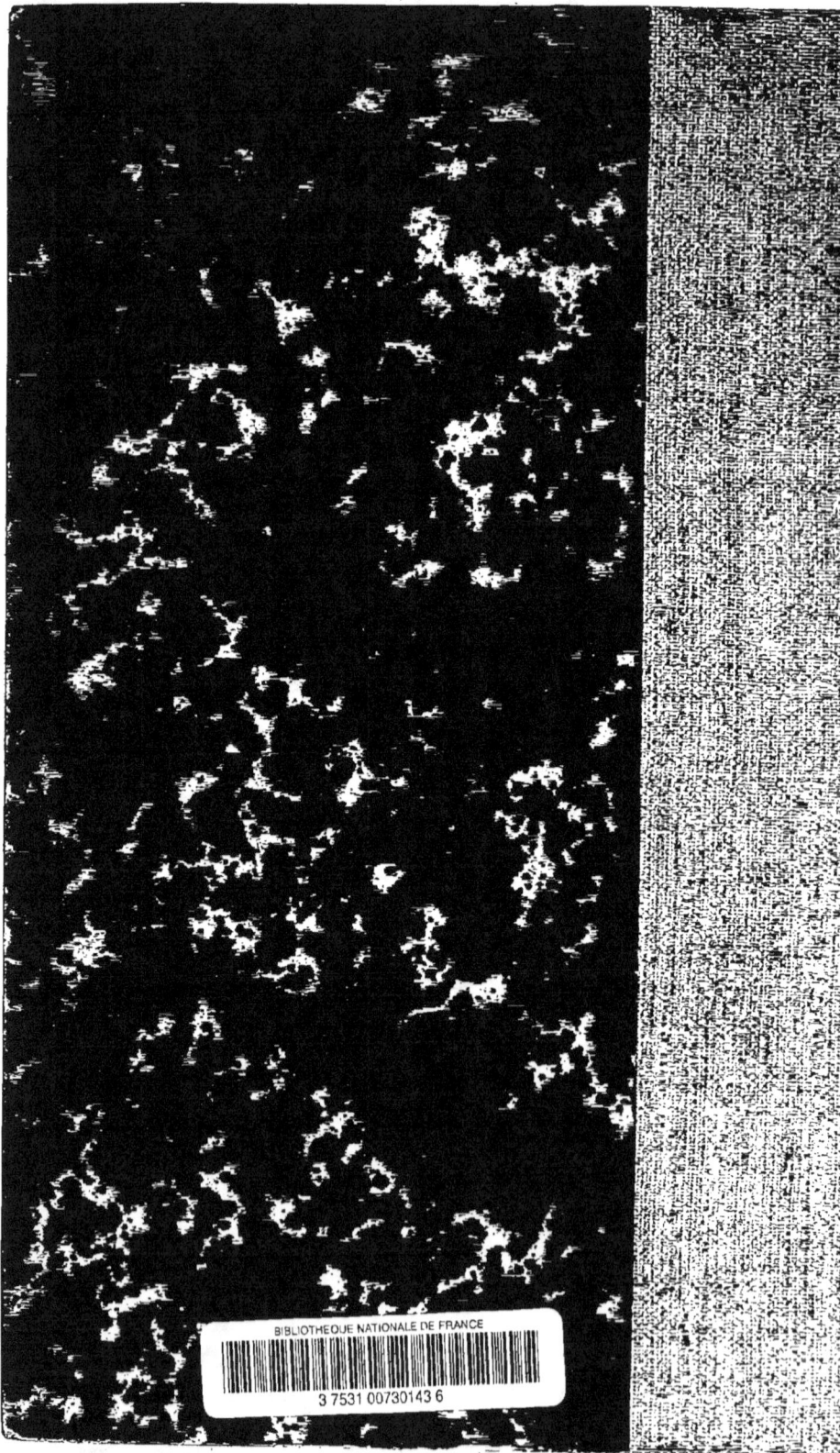

www.ingramcontent.com/pod-product-compliance
Lightning Source LLC
Chambersburg PA
CBHW071819020726
47502CB00004B/1161